Blutroter Hass

von Daniel Abenthum

Schwanthalerstraße 113
80339 München
Autor(at)daniel-abenthum.de

Umschlaggestaltung/Illustration: Ronny Dohmen
Background: Gusak Artem © 123rf.com
Butterfly: Thawat Tanhai © 123rf.com
Lektorat:
Lisa Schwerber
www.lektorat-klein-schwer.de

ISBN: 9781973179917

Deutsche Erstausgabe November 2017

Niemand weiß,
was in einem Menschen schlummert.
Bis er es der Öffentlichkeit zeigt …

Prolog

Er konnte seinen eigenen Geruch kaum noch ertragen – den beißenden Gestank von Urin und Kot.
Roland Reissberg lag durstig und hungrig auf dem kalten Boden und starrte in die Dunkelheit, die ihn umgab. Mit schweren Eisenketten wurden seine aufgeschürften Handgelenke an die Wand gedrückt.
Vor ihm stand ein mit abgestandenem Wasser befüllter Hundenapf. Eine Toilette gab es nicht, weswegen er sein Geschäft auf dem Boden verrichten musste. Es stank bestialisch und eine Infektion würde nicht mehr lange auf sich warten lassen.
Die erste Zeit in Gefangenschaft hatte Roland mit erfolglosen Schreien und Hilferufen verbracht, doch dazu fehlte ihm mittlerweile jegliche Kraft.
Er kauerte in der Ecke, fror und versuchte, die Schmerzen zu ignorieren.
Von seinem kleinen Finger war nur noch ein verkrusteter Stumpf übrig, an dem sich übelriechender Eiter sammelte. An den restlichen vier Fingern fehlten die Nägel und blutiges Gewebe kam zum Vorschein.
Roland dachte an die kranken Spiele der letzten Tage und die tiefen Wunden in seinem Fleisch. Wann würden die Schmerzen und all die Angst endlich ein Ende nehmen?

Mit einem Knarren öffnete sich die schwere Eisentür und der Raum wurde von einem schwachen Lichtstrahl beleuchtet.

Roland presste die Lider fest zusammen, da ihm selbst der leichte Lichteinfall Schmerzen zufügte. Zu lange hatte er bereits ohne Tageslicht auskommen müssen.
Als er die Augen wieder öffnete, stand vor ihm eine vermummte Gestalt.
Zu Rolands Überraschung hatte sein Entführer dieses Mal nichts bei sich. Weder die harte Peitsche, die blutige Striemen auf seinem Rücken hinterlassen hatte, noch die Zange, mit der ihm unter unerträglichen Schmerzen ein Backenzahn ausgerissen wurde.
»Und, machen wir jetzt mit der vierten Runde weiter?«, fletschte Roland.
»Keine Sorge, da du die Lösung nicht nennen kannst, ist deine letzte Chance nun verstrichen.«
Rolands Augen weiteten sich. Das durfte und konnte nicht sein Ende sein. So wollte er diese Welt nicht verlassen.
Sein Entführer zog einen Baseballschläger unter seinem Mantel hervor und ging mit entschlossenem Blick auf ihn zu.
Roland stiegen Tränen in die Augen. Er rüttelte an den Ketten, doch er war chancenlos.
Der Mann blieb vor ihm stehen.
»Das wars!«
Er holte aus und schlug Roland die Waffe mit Wucht gegen den Kopf.
Sofort durchjagte ihn ein stechender Schmerz, der jede Stelle seines Körpers zum Zucken brachte. Roland schmeckte das Blut in seinem Mund und spürte, wie es seine Stirn herunterlief.
Der Raum begann sich vor seinen Augen zu drehen und ihm wurde schwindelig. Der Mann holte ein weiteres Mal aus.

Blut spritzte an die schmutzüberzogene Wand, und auf dem Boden bildete sich eine blutige Masse aus Schädelknochen,

Gehirnmasse und Haaren. Doch davon bekam Roland Reissberg nichts mehr mit. Mit einem letzten Zucken sackte sein Körper zusammen.

Kapitel 1

»Wunderbar siehst du aus.«
»Wie du meinst«, brummte Walter Friedrich und betrachtete sich im Schlafzimmerspiegel.
Seine Frau Renate stand hinter ihm und richtete den Kragen seines schwarzen Anzugs.
»Ich komme mir vor wie ein Walross in Abendrobe«, murmelte Walter genervt.
Nicht nur, dass er im letzten Jahr als Kriminalhauptkommissar wieder damit begonnen hatte, im Dienst Anzüge zu tragen, nun musste er sich auch an seinem heiligen Feierabend in das zu enge Sakko zwängen.
»Jetzt schau nicht so grimmig. Eine Chance wie diese bietet sich nun mal nicht jeden Tag und du hast schließlich zugesagt«, erwiderte seine Frau. Sie betrachtete nun ebenfalls das Gesamtbild ihres Mannes im Spiegel und bestätigte sein Outfit mit einem zufriedenen Nicken.
»Nur, weil du mich dazu überredet hast«, versuchte es Walter ein weiteres Mal, gab es dann jedoch auf. Gegen seine Frau kam er nicht an. Und ihm war natürlich bewusst: Er selbst hatte sich auf das Treffen heute Abend eingelassen.
Letzten Sonntag hatte er entspannt auf der Couch gesessen, die neueste Folge *Tatort* angeschaut und dabei einen seiner Lieblings-Whiskeys genossen. Den Anruf der Reporterin hatte er dabei längst verdrängt gehabt, doch seine Frau hatte den Moment genutzt und ihn zu dem Treffen überredet – eine ihrer leichtesten Übungen, wenn er angetrunken war.
Hier stand er nun: eingeengt, schwitzend und aufgeregt, während Renate strahlte. Sie selbst hatte sich ebenfalls in Schale geschmissen.

Das Klingeln an der Tür ließ Walter aufschrecken. Jetzt gab es tatsächlich kein Zurück mehr.
»Florian ist wie immer pünktlich auf die Minute«, schwärmte Renate und verließ mit schnellen Schritten das Schlafzimmer.
»Dann schnapp ihn dir doch und zwing ihn, sich nach Feierabend so aufzubrezeln«, rief Walter ihr hinterher.
Wissend, dass seinen Kollegen Florian, der inzwischen ebenfalls bei der Kripo in Fürstenfeldbruck arbeitete, genau das heute Abend ebenfalls erwarten würde.
Hätte er doch bloß nicht zugesagt. Walter hasste Reporter, und es gab unendlich viele bessere Alternativen, als den Abend mit einem von ihnen zu verbringen. Unmotiviert folgte er seiner Frau.
»Wie toll du aussiehst«, himmelte Renate Florian an, als dieser grinsend im Türrahmen erschien. Er trug ebenfalls ein Sakko, darunter allerdings ein sportliches Shirt und statt einer Anzughose eine dunkelblaue Jeans.
»Er ist ja auch gut zwanzig Jahre jünger als wir, mein Schatz«, unterband Walter die Flirtversuche seiner Gattin und drängte sich schmunzelnd an ihr vorbei. »Kommt schon, ihr wollt doch nicht zu spät kommen.«

Wenige Minuten später parkte Florian seinen schwarzen BMW am Straßenrand. Obwohl es bereits 19:00 Uhr war, schien noch immer die Sonne und kaum eine Wolke war zu sehen.
»Ein T-Shirt hätte es auch getan«, raunte Walter und fächerte sich Luft zu, als die Drei auf das Restaurant *Park Café* zugingen.
Schon von Weitem konnte Walter die einladende Fensterfront des Gebäudes sehen. Die bepflanzte Terrasse

war bereits gut besucht und das Gelächter der vielen Gäste deutlich zu hören.
Sie gingen durch ein Tor und betraten den Empfangsbereich der Gaststätte. Immerhin waren die Temperaturen hier angenehm, und es roch köstlich nach gegrilltem Fleisch.
Walter hatte die Reporterin auf der Terrasse nicht entdecken können und hoffte nun, dass sie einen Platz im klimatisierten Innenbereich reserviert hatte.
»Guten Abend zusammen. Wie kann ich Ihnen helfen?«, wurden sie von einer blonden Kellnerin begrüßt, die der Schauspielerin Cameron Diaz zum Verwechseln ähnlich sah.
»Wir haben reserviert. Auf den Namen Bergmann«, ergriff Florian das Wort.
Im selben Moment entdeckte Walter die winkende Frau an einem der Fenstertische.

»Schön, dass Sie meiner Einladung gefolgt sind«, sagte Irina Bergmann zur Begrüßung und reichte den Dreien nacheinander die Hand.
Die Reporterin musste etwa Mitte dreißig sein. Sie trug einen engen schwarzen Rock, der ihr gerade bis zu den Knien reichte und eine graue Bluse, die ihre Brüste auffällig zur Geltung brachte. Eine violette Schleife, die in ihren schwarzen Haaren steckte, machte das Outfit komplett. Sie strich sich eine Strähne aus dem Gesicht und bot ihnen mit einem nervösen Lächeln an, Platz zu nehmen.
»Sind Sie gar nicht alleine hier?«, fragte Walter irritiert und deutete auf die vier vollen Gläser auf dem Tisch.
»Doch, natürlich bin ich das. Ich habe uns nur bereits eine kleine Erfrischung bestellt. Mojitos, die lockern die Stimmung etwas auf «, antwortete Irina. „Schließlich will ich ja heute einiges von Ihnen erfahren.“

Kapitel 2

Er durfte jetzt auf keinen Fall in eine Polizeikontrolle geraten. Wie sollte er es den Beamten auch erklären?

Nein, ich kann den Kofferraum leider nicht öffnen, denn da liegt eine verwesende Leiche drin. Und ich kann auch in kein Röhrchen blasen, weil ich zuvor gegen die Aufregung einen großen Schluck Wodka getrunken habe.

Es war ein warmer Sommerabend. Auf den Gehwegen neben der Hauptstraße tummelten sich die Jogger und Passanten. Mitten unter ihnen fuhr er mit seinem Auto und versuchte, so wenig Aufmerksamkeit wie möglich auf sich zu lenken. Er hielt sich penibel an die Verkehrsregeln, fuhr nur minimal über 50 km/h und hupte auch nicht, wenn wieder einer dieser Schnarcher vor ihm herumgurkte.
Stank es hier bereits nach Verwesung? Nein, das konnte nicht sein, dafür war die Leiche zu frisch. Dennoch bildete er sich ein, den süßlichen Gestank von vergammelndem Fleisch deutlich wahrzunehmen.
»Sicher, dass du ihn am Eichenauer See ablegen willst?«, fragte seine Begleiterin. »Da werden jetzt mit ziemlicher Sicherheit eine Menge Leute sein.«
»Wir halten direkt bei dem kleinen Waldstück, da sieht uns niemand. Mach dir keine Sorgen.«
Offensichtlich tat dies seine Beifahrerin auch nicht, denn sie wirkte deutlich entspannter als er es selbst war. Während er zitterte und hoffte, die Strecke bald hinter sich zu haben, lächelte sie und hielt ihre Hand in den Fahrtwind. Sie bewegte ihre Finger rhythmisch zum Takt der Musik und summte leise zum Gesang von Janis Joplin.

»Ich mach mir auch keine Sorgen,« erwiderte seine Begleiterin. »Ich will bloß nicht erwischt werden. Schließlich haben wir die nächsten Tage noch Einiges zu erledigen.«
Und das hatten sie wirklich – denn das Blutvergießen hatte gerade erst begonnen.

Kapitel 3

»Bitte sehr, Ihr Cheeseburger mit Speck«, sagte die Cameron-Diaz-Kellnerin freundlich und stellte den reichlich belegten Teller vor Walter auf den Tisch.

Der Burger roch köstlich nach gegrilltem Fleisch und die krosse Speckscheibe schaute unter dem geschmolzenen Käse hervor. In einer extra Schale wurden Pommes serviert. Walter lief das Wasser im Mund zusammen. Sein Magen knurrte und er hielt nichts von der Diät, die ihm seine Frau vor wenigen Wochen auferlegt hatte.

Allerdings hatte er den strengen Blick seiner Frau bei der Bestellung deutlich wahrgenommen. Später am Abend würde ihn wohl eine heftige Standpauke erwarten, doch das war ihm zu diesem Zeitpunkt egal. Er nahm einen kräftigen Bissen von seinem Burger.

Cameron Diaz servierte der Reporterin einen Salatteller mit gegrilltem Hähnchen und Ziegenkäse. Florian bekam ebenfalls einen Burger und vor Renate standen Spaghetti mit einer Weißweinsoße und geschmorten Tomaten.

»Bevor wir mit dem Essen beginnen, möchte ich nur nochmal sagen, wie sehr es mich freut, dass Sie meiner Einladung gefolgt sind. Ich weiß, dass Sie sehr beschäftigt sind, aber ich brauche wirklich Ihre Hilfe«, setzte Irina an. Sie nahm einen Schluck von ihrem Mojito und sprach weiter. »Ich möchte endlich aus der Nachrichtenbranche raus und meinen eigenen Kriminalroman veröffentlichen. Dafür benötige ich, wie Sie sich sicher vorstellen können, einige Einblicke in die Polizeiarbeit, Ermittlungen, den Ablauf von Befragungen, Einsicht in Akten und solche Sachen eben. Als Dankeschön bekommen Sie auch die Hauptrollen in meinem Krimi-Debüt.«

Walter wusste, dass es genau der letzte Punkt gewesen war, der seine Frau Renate überzeugt hatte. Sie liebte ihn zwar als den einfachen, etwas zu pummeligen und fast kahlen Oldie, doch sie genoss es ebenso, wenn Walter in einen spannenden Fall verstrickt wurde und im Rampenlicht stand.

»Ihnen ist aber bewusst, dass die Einsicht in Fallakten oder der Besuch von Tatorten absolut unmöglich ist«, meinte Walter schließlich.

Unabhängig davon konnte er sich nicht vorstellen, über mehrere Tage oder im schlimmsten Fall sogar Wochen eine Reporterin in seiner Umgebung zu ertragen. Auch, wenn sie Autorin werden wollte – Reporterin blieb Reporterin.

Trotzdem musste er sich eingestehen, dass ein Erfolgserlebnis nicht schlecht wäre, da ihr Team momentan schon genug wegen eines verzwickten und ungelösten Falls litt.

»Natürlich«, erwiderte Irina mit einem enttäuschten Unterton und steckte sich ein mit Sesam paniertes Stück Ziegenkäse in den Mund.

»Und mein Mann wird dabei auf jeden Fall im besten Licht dargestellt?«, riss Renate die Verhandlungen an sich.

Irina nickte und schluckte den Käse hinunter.

»Selbstverständlich. So, wie ich es versprochen habe.«

Von dem lauten Gemurmel um ihn herum genervt, blickte sich Walter in dem bis auf den letzten Tisch vollbesetzten Restaurant um. Dabei waren alle Altersklassen zu entdecken. Die meisten Besucher waren jedoch junge Leute, die eine Fingerfood-Platte vor sich platziert hatten und farbenfrohe Cocktails tranken.

Walter hingegen sehnte sich nach seinem Sofa. Er verbrachte die Samstagabende am liebsten zu Hause mit einem Glas Whiskey in der Hand auf der Couch und schaute einen seiner Actionfilme oder Krimis. Man sollte meinen, als

Hauptkommissar hätte er in seiner Freizeit nicht auch noch Lust auf Verbrechen, doch er liebte spannende Filme und fand darin seine Entspannung.
Wie würde es wohl mit ihm weitergehen, wenn er in wenigen Monaten in den Ruhestand ging? Würde er seinen Job vermissen? Als erstes stand eine große Reise mit seiner Frau an, doch wie sollte sein Leben danach aussehen? Würde er jemals der Rentner werden, der alte Gegenstände reparierte, Sport trieb oder sich gar ein ausgefallenes Hobby suchte?
Die letzten Jahrzehnte hatte er an den unterschiedlichsten Fällen gearbeitet und war oftmals tagelang nicht zu Hause gewesen. Wie würde es hingegen werden, wenn er sieben Tage die Woche an der Seite seiner Frau verbrachte?
»Lasst uns erst essen und dann über unseren Deal reden«, brachte ihn Irina in das Hier und Jetzt zurück. Sie erhob ihr Mojito-Glas und prostete ihnen zu. Florian als Fahrer war inzwischen auf Wasser umgestiegen.
Auch Walter erhob sein Glas und stieß mit der Reporterin an. Mojito würde wohl niemals sein Lieblingsgetränk werden, doch er musste zugeben, dass dieser hier köstlich und bei der Hitze sehr erfrischend schmeckte.
Als Walter gerade einen weiteren Bissen seines Burgers nehmen wollte, klingelte plötzlich sein Diensthandy in der Sakkotasche.
Enttäuscht ließ er den Burger auf den Teller zurücksinken und zog das Smartphone hervor.
»Kriminalhauptkommissar Walter Friedrich«, meldete er sich und bemerkte nebenbei, dass auch sein Kollege Florian zum Handy griff.

Kapitel 4

Keine fünfzehn Minuten später kamen Walter und Florian am Eichenauer See an. Der künstlich angelegte See zog im Sommer viele Menschen an. Insbesondere Jugendliche verbrachten hier gerne ihre Zeit, da es im Wasser eine kleine Badeinsel zum Relaxen und am Ufer einen Skatepark gab.
So war es kein Wunder, dass sich bereits einige Schaulustige vor dem Absperrband der Polizei drängten.
Der Tatort lag an einem schlecht einsehbaren Fleck am Rand des Parkplatzes. Walter blickte sich um und musste sich eingestehen, dass dies trotz der vielen Badegäste ein nicht gerade schlecht gewählter Mordschauplatz war.
Florian und er gingen an den neugierigen Gaffern vorbei, ignorierten die vielen Fragen und schlüpften unter dem Absperrband durch. Walter erkannte einige seiner Kollegen vom Erkennungsdienst und auch Sabine von der Rechtsmedizin, die über einen leblosen Körper gebeugt war.
»So, wie es nach ersten Untersuchungen aussieht,« erklärte Sabine, »wurde das Opfer vor seinem Tod an einem anderen Ort festgehalten und über einen längeren Zeitraum hinweg gefoltert. Wir haben eine Vielzahl an Wunden in unterschiedlichen Zuständen der Abheilung. Der Rücken ist übersät mit teils sehr tiefen Wunden, ich nehme an, von Peitschenhieben. Ein Finger wurde unsauber abgetrennt, vier Fingernägel wurden pre mortem gezogen.«
Während ihrer Ausführungen deutete Sabine auf die Wunden am Leichnam.
»Ich schätze, er muss mindestens einige Tage lang in Gefangenschaft gelebt haben. Sein Körper weist Mangelerscheinungen auf, und seine Handgelenke sind mit Schürfwunden übersät.«

Das Stimmen-Wirrwarr um sie herum wurde lauter, und die ersten Mitarbeiter der Presse erschienen. Blitzlichter leuchteten auf. Walter verabscheute diese Aasgeier.
»Dann ist das hier nicht der Tatort?«, fragte er in einem bemüht ruhigen Ton.
»Aufgrund der starken Kopfverletzungen und der Tatsache, dass hier kein Blut zu finden ist, kann ich mit Sicherheit sagen, dass der Tote nicht hier umgebracht wurde«, erklärte Sabine gelassen und schien den Trubel um sie herum gar nicht mitzubekommen.
Auch das noch. Es handelte sich folglich nicht um Totschlag, und es war auch keine Affekthandlung – kein Streit unter Betrunkenen. Nein, jemand wurde entführt, aufs Brutalste gequält, erschlagen und schließlich hier abgelegt.
»Kannst du schon sagen, wie lange er bereits tot ist?«, wollte Walter wissen.
»Noch nicht lange, er muss irgendwann heute in den Nachmittagsstunden gestorben sein. Genaueres kann ich natürlich erst nach der Obduktion sagen.«
Sabine lächelte ihn dabei charmant an. Diese Frau würde es wohl niemals aufgeben und ihn auch noch die letzten Monate vor seinem Ruhestand anflirten. Zugegeben, schlecht sah sie nicht aus, doch seine Frau würde Walter niemals hintergehen.

»Wissen wir schon, wer der Tote ist?«, fragte Florian seinen Kollegen Thomas, der sich gerade zu ihnen gesellte.
Dieser zog einen Notizblock aus der Hemdtasche und begann die darauf notierten Stichpunkte zusammenzufassen.
»Wir haben das Portemonnaie in seiner Hosentasche gefunden. Laut Ausweis handelt es sich bei dem Toten um

den 39-jährigen Roland Reissberg. Er hat hier in Eichenau gewohnt.«
Walter zupfte sich nervös am Hemdkragen herum. Er würde alles dafür geben, um aus dem engen Anzug schlüpfen zu dürfen. Der Stoff des Hemdes spannte um seinen Bauch herum, und er befürchtete, dass die Knöpfe das nicht mehr lange mitmachen würden.
»Thomas, kannst du bitte noch die Daten der anwesenden Personen aufnehmen, vielleicht hat ja jemand etwas gesehen«, sagte Walter.
Als sich sein Kollege mit einem kurzen Nicken entfernt hatte, kam Florian ein Stück näher an ihn heran.
»Ich weiß, das klingt vielleicht weit hergeholt«, flüsterte er. »Aber glaubst du, dass der Fall etwas mit der Ermordung des Mädchens aus Fürstenfeldbruck zu tun haben könnte? Auch sie wurde vor ihrem Tod längere Zeit gefangen gehalten, und der Täter befindet sich schließlich noch irgendwo da draußen.«
Walter dachte mit Wut und Enttäuschung an den Fall, der ihm die letzten Wochen alle Nerven gekostet hatte.
»Nein, das kann ich mir nicht vorstellen, denn bei dem kleinen Mädchen gab es ein sexuelles Motiv. Auf den ersten Blick haben wir das hier nicht. Und außerdem: Warum sollte jemand plötzlich von einem Mädchen auf einen erwachsenen Mann umsteigen?«

**

Zwei Stunden später sperrte Walter die Haustür so leise wie nur möglich auf. Im Flur war es dunkel, seine Frau lag also vermutlich schon schmollend im Bett. Er hatte Renate mit der aufdringlichen Reporterin alleine im Restaurant zurückgelassen, und das würde sie ihm nun mit Missachtung

heimzahlen. Er blickte auf die Rosen in seiner Hand und war froh über das Entschuldigungsgeschenk, das er schnell an der Tankstelle gekauft hatte. Fünf Euro pro Rose waren zwar Wucher, aber damit konnte er eher leben, als mit Renates wütendem Schweigen.
Er stellte seine Schuhe in den Schrank und stapfte die Treppe hinauf.
»Schatz, schläfst du schon?«
Er bekam keine Antwort.
Ob die Blumen wohl als Entschuldigung ausreichen würden?
Walter öffnete die Tür zum Schlafzimmer. Die Bettdecken waren ordentlich gemacht, die Jalousien noch geöffnet, und von Renate fehlte jede Spur.
»Liebling?«, rief er nun lauter.
Wieder keine Reaktion.
Schnell lief er Richtung Badezimmer, doch auch dieser Raum war dunkel.
In Walters Magen machte sich ein bedrückendes Gefühl breit, und seine Gedanken spielten verrückt. Was, wenn seiner Frau etwas zugestoßen war? Das Bild des Toten vom See tauchte vor seinen Augen auf.
»Schatz? Antworte bitte!«
Er stürmte die Treppe zum Erdgeschoss hinunter, als er plötzlich ein Geräusch vernahm.
Das Klappern eines Schlüssels war zu hören, dann bewegte sich die Klinke, und die Haustür wurde geöffnet.
»Bis bald. War wirklich lustig«, hörte er seine Frau sagen. Ihre Stimme klang schrill, und sie sprach jedes Wort bemüht deutlich aus. Nach all den Jahren ihrer Ehe wusste Walter genau, was das bedeutete: Sie war betrunken.
»Jetzt muss ich mich wirklich beeilen, sonst fährt der Taxifahrer noch ohne mich.«

Die Reporterin Irina Bergmann umarmte seine Frau, drückte ihr einen Kuss auf die Wange und verließ schwankend den Flur.
»Dann aber flott«, erwiderte Renate lachend und schloss die Tür.
Walter fehlten die Worte. Wie versteinert stand er auf den Stufen und beobachte, wie sie sich an der Wand abstützte und die Schuhe auszog.
»Schade, dass du nicht mehr gekommen bist«, brachte Renate lallend hervor, als sie ihn erblickte. »Irina ist eine Spaßkanone. Ich habe lange nicht mehr so viel gelacht.«
Sein Blick musste Bände sprechen.
»Liebling, Frau Bergmann ist eine Reporterin. Ich möchte nicht wissen, was du ihr alles in deinem Zustand erzählt hast.«
»Ach was. Außerdem ist sie ja keine richtige Reporterin mehr, sondern schon fast eine Autorin«, tat es Renate mit einer lässigen Handbewegung ab und lachte los.
Walter hatte da so seine Bedenken, doch in diesem Zustand würde er nicht mit seiner Frau diskutieren. Er konnte nur hoffen, dass sie nicht zu viel ausgeplaudert hatte.

Kapitel 5 – Einige Tage später

Walter lag auf dem kalten Boden. Das Atmen fiel ihm schwer. Während das Blut auf seiner Stirn langsam trocknete, pochte sein Kopf noch vor Schmerzen.
Er versuchte sich aufzuraffen, doch seine Hände sackten unter seinem Gewicht zusammen. Allmählich verschwand der Schleier vor seinen Augen, und die Umgebung wurde klarer. Der Raum war dunkel, und nur ein schwacher Lichtstrahl bahnte sich seinen Weg hinein.

Er war nicht allein!

Sofort erkannte er die beiden. Sein Kollege Florian und die Reporterin Irina Bergmann standen vor ihm.
»Was ist pass…«
Doch dann erkannte er etwas, das ihn sofort verstummen lies.
Beide hielten eine Pistole in den Händen und zielten auf ihn.

»Was … was soll das?«, brachte er zitternd hervor.

Doch Florian schüttelte nur den Kopf und blickte zu Irina. Sie erwiderte unsicher seinen Blick. Nach Sekunden der Totenstille schauten sie wieder zu Walter und richteten die Waffe erneut auf ihn.

Da ertönte der Schuss.

Kapitel 6 - Gegenwart

»Roland … er ist … ich meine … war … eher ein Einzelgänger und lebte sehr zurückgezogen.«

Walter beobachtete die Frau, die mit gesenktem Blick vor ihm saß.

»Sie wollen damit also sagen, dass Ihr Bruder keine Feinde hatte?«, hakte Florian nach.

Walter und sein Kollege befanden sich im Präsidium in Fürstenfeldbruck und befragten die Schwester von Roland Reissberg.

»Ich kann Ihre Frage ehrlich gesagt gar nicht so genau beantworten«, antwortete Kim Reissberg. Ihre Augen füllten sich mit Tränen, und sie zupfte gedankenverloren an ihren schwarzen Locken. Ihre Finger zitterten dabei.

»Wie meinen Sie das?«, wollte Walter wissen.

»Wir haben uns in den letzten Jahren leider nicht mehr so oft gesehen.«

»Dann hatten Sie also kein gutes Verhältnis zu Ihrem Bruder?«

Kim Reissberg wischte mit ihrem Handrücken eine Träne von der Wange. »Nein, so ist das nicht. Unsere Eltern sind früh bei einem Brand ums Leben gekommen, und wir sind bei einer Pflegefamilie untergekommen. Wir hatten nur noch uns. Nachdem ich vor fünf Jahren geheiratet habe und umgezogen bin, haben Roland und ich uns nicht mehr oft gesehen … und jetzt … jetzt ist es zu spät.«

Kaum hatte sie den Satz zu Ende gesprochen, begann die Frau hemmungslos zu weinen. Tränen liefen ihre Wangen hinunter, und der Eyeliner hinterließ schwarze Streifen auf ihrer Haut.

Florian öffnete eine Schublade an seinem Schreibtisch und zog eine Box hervor. Mit einfühlsamen Blick reichte er Kim die Taschentücher.
Walter machte sich währenddessen Notizen auf einem Block. Der Tote war zu Lebzeiten ein Einzelgänger gewesen. Wen also hatte er dermaßen verärgert, um ihm ein Motiv zum Foltern und Erschlagen zu geben?
Der Anfang eines neuen Falls war immer am schwierigsten. Zunächst mussten die Hintergründe des Opfers in Erfahrung gebracht werden, um dann zu entscheiden, welche Richtung die Ermittlungen einschlagen würden. Welche möglichen Motive gab es? Welchen potentiellen Täterkreis?
Gab es erst einmal Verdächtige, dann begann für Walter die eigentliche Arbeit. Er war gut in Vernehmungen und konnte sich problemlos in sein Gegenüber hineinversetzen. Besonders leicht fiel es ihm, in die Köpfe von Tatverdächtigen einzudringen.
Doch soweit waren sie bei ihrem aktuellen Fall noch lange nicht.
»Nach ersten Erkenntnissen«, brachte sich Walter wieder in die Befragung ein, »wurde Ihr Bruder längere Zeit festgehalten. Allerdings wurde er nicht als vermisst gemeldet. Hatte er keine Arbeitskollegen oder Nachbarn, denen sein Verschwinden aufgefallen wäre?«
»Roland lebte eher zurückgezogen in seinem kleinen Häuschen. Soweit ich weiß, war er auch immer noch arbeitssuchend. Ich kann mir einfach nicht vorstellen, wer ihm so etwas antun würde.«
Kim Reissberg tupfte sich mit einem Taschentuch die Tränen von den Augenlidern und legte es zerknüllt auf der Tischplatte ab. Walter war froh, dass sein junger Kollege an

seiner Seite war. So gut Walter sich in Täter hineinversetzen konnte, oft fehlte es ihm an Sensibilität, und er hätte wohl auch nicht daran gedacht, der Schwester des Opfers Tempos anzubieten.

»Was können Sie mir sonst noch über Ihren Bruder erzählen? Wie verbrachte er beispielsweise seine Freizeit?«

Walter hoffte, zumindest noch ein paar verwertbare Informationen aus der Schwester herauszubekommen. Doch zu seiner Enttäuschung fielen auch die folgenden Aussagen ernüchternd aus.

»Er liebte die Natur und war ein leidenschaftlicher Fotograf. Oft war er stundenlang im Wald und hat die Bäume und die Landschaften fotografiert.«

War Roland Reissberg womöglich ein zufälliges Opfer? Walter konnte diese These vorerst nicht ganz beiseitelegen.

»Wenn Ihnen noch etwas einfällt, können Sie sich jederzeit an uns wenden«, beendete er schließlich die Befragung und gab der Zeugin seine Visitenkarte.

Florian reichte Frau Reissberg zum Abschied die Hand und fügte hinzu: »Jede noch so unscheinbare Kleinigkeit kann uns im Endeffekt dabei helfen, den Mörder Ihres Bruders zu finden. Scheuen Sie sich nicht, uns anzurufen.«

**

»Wir müssen herausfinden, wo Roland Reissberg vor seinem Tod festgehalten wurde. Frag in der Rechtsmedizin nach, ob sie schon Spuren an seinem Körper gefunden haben, die Hinweise darauf geben. Und zu guter Letzt, Markus, hör du dich bei den Nachbarn um. Vielleicht hat ja jemand etwas beobachtet«, verteilte Walter eine halbe Stunde später die Aufgaben an sein Team.

Die Beamten schnappten sich ihre Aufzeichnungen und verließen das Büro.
Walter schaute seinen Mitarbeitern hinterher. Ob er die Arbeit und sein Team vermissen würde? Er hatte die letzten Wochen viel über seinen bevorstehenden Ruhestand nachgedacht. Die Ermittlungen machten ihm Spaß, und vor allem im letzten Jahr hatten sich die bedeutsamen Fälle gehäuft. Sie hatten ihm deutlich gemacht, wie sehr er seine Tätigkeit als Kommissar liebte und in gewisser Weise auch brauchte.
»Erde an Walter«, brachte ihn Florians Stimme in die Realität zurück.
»Äh … was?«, stammelte er.
»Ich habe dich eben gefragt, ob wir dann zur Wohnung des Toten fahren sollen. Aber du scheinst ja in Gedanken ganz woanders zu sein.«
Noch bevor Walter etwas erwidern konnte, klopfte es an der Tür. Seine Sekretärin steckte ihren Kopf herein und erklärte: »Herr Friedrich, hier ist eine Frau Bergmann für Sie.«
Walter und Florian warfen sich überraschte Blicke zu.
»Was will die denn hier?«, fragte Walter.
»Schicken Sie sie rein«, sagte Florian schnell.
Kaum hatte Florian den Satz zu Ende gesprochen, drängte sich die Reporterin an der Sekretärin vorbei und betrat das Büro.
»Hallo meine Herren, ich hoffe, ich störe nicht.«
»Frau Bergman, es war nie die Rede davon, dass Sie hier im Büro auftauchen dürfen«, erwiderte Walter genervt.
»Ach papperlapapp. Als ob Sie sich nicht freuen würden, mich zu sehen.« Irina zwinkerte ihnen zu.
Sie trug ein schwarzes Kleid mit türkisfarbenen Streifen und ihre Haare waren wild zerzaust.

Den Modegeschmack dieser Frau muss man nicht verstehen, dachte sich Walter.
»Außerdem haben Sie mich gestern einfach sitzen lassen. Und heute reagieren Sie auf keinen meiner Anrufe. Also, erzählen Sie mal, was ist denn so Spannendes passiert, dass Sie gestern nicht mal Ihr Abendessen genießen konnten?«
»Wissen Sie, nicht alle haben so einen entspannten Job wie Sie«, konterte Walter.
So kannte er Reporter, und genau deshalb verabscheute er diese Berufsgruppe. Immer unerträglich neugierig und aufdringlich. Er hatte keinen Nerv und keine Zeit, ihr jetzt mit Berichten über sein Vorgehen bei der Arbeit weiterzuhelfen. Und erst recht würde er keine Infos zum aktuellen Fall preisgeben. Wenn sie das nicht verstand, war es an der Zeit, den Deal endgültig abzublasen.

Doch dazu kam er nicht, denn im selben Moment wurde die Tür ohne ein Klopfen aufgerissen. Sein Mitarbeiter Thomas stürmte ins Büro und brachte mit aufgeregter Stimme heraus: »Wir haben einen Schmetterling an der Kopfwunde des Toten gefunden.«
Florian und Walter warfen sich einen erschrockenen Blick zu. Sie wussten beide, was dies zu bedeuten hatte.

Kapitel 7

»Sind die Ketten auch lang genug, damit sie einander erreichen können?«, fragte sie.

Er hob eine der vier Ketten an und zog daran, bis sie straff über dem Boden hing. Die Technik dahinter war perfekt: Die Fesseln konnten – je nach Bedarf – dem Opfer entweder Spielraum und Bewegungsfreiheit geben oder es dicht an die Wand ketten.

»Ja, die Länge reicht definitiv aus.«

Sie warf ihm ein Lächeln zu, und sofort kribbelte es in seinem Bauch. Er hätte nie gedacht, wie sehr Morden zusammenschweißen konnte.

Und bisher lief auch alles nach Plan. Keiner hatte sie dabei beobachtet, wie sie die Leiche am Rand des Eichenauer Sees abgelegt hatten.

Inzwischen wurde in den Nachrichten über Reissberg berichtet, die Presse war wie geplant alarmiert. Ob die Polizei den Schmetterling wohl schon gefunden hatte?

Das war sein Zeichen, und es hatte eine tiefe Bedeutung für ihn. Und es war auch nicht der erste, der zum Einsatz kam.

Er beobachtete seine Gehilfin dabei, wie sie den Mechanismus der Eisenketten kontrollierte und zufrieden nickte.

Was für eine Traumfrau.

»Die Kameras habe ich getestet, das passt alles. Auch die Anzeige funktioniert einwandfrei.«

Sie klopfte sich die staubigen Hände an ihrer Jeans ab und zog ein iPhone aus der Tasche. Sie drückte auf dem Display herum und wenige Sekunden später erschien auf einer gewaltigen Anzeigetafel an der Wand ein Countdown.

»Perfekt«, erwiderte er.

Seine tiefe Wut verschwand für einen Moment. Wie leicht seiner Komplizin doch alles von der Hand ging. Sollte es ihm Angst machen, dass sie so skrupellos tötete?
»An was denkst du?«, fragte sie.
Er blickte auf die vier Ketten und dachte an die Personen, die bald darin stecken würden. Sie alle hatten den Tod verdient, denn sie trugen eine Schuld in sich.
Und schon bald würde sein Spiel beginnen. Die Zeit der Schmetterlinge war gekommen.

Kapitel 8

»Was hat es mit dem Schmetterling auf sich?«, fragte Irina mit neugierigem Blick.
Walter ignorierte die Reporterin und folgte stattdessen unter Anspannung den Worten seines Mitarbeiters Thomas.
»Wir können noch nicht sagen, ob es wie bei dem letzten Opfer die gleiche Gattung ist, aber das Tier steckte in der Kopfwunde. Der Schmetterling wurde auf dem gesplitterten Schädelknochen platziert.«
Das durfte nicht wahr sein. Walter hatte nicht mit einem Zusammenhang gerechnet.
Irina schaute fragend in die Runde, doch keiner der Männer erwiderte ihren Blick oder reagierte auf die Frage. »Kann mich vielleicht mal jemand aufklären?«

Vor Walters Augen tauchten erneut die schrecklichen Bilder auf. Einer der schlimmsten Tatorte in seiner Karriere bei der Polizei.

** Wenige Wochen zuvor **

»Denkst du, es ist die Kleine?«, fragte Walter angespannt.
Florian ließ den Blick nicht von der Straße. Die Scheibenwischer liefen auf höchster Stufe, während der Regen auf die Scheibe prasselte.

»Ich hoffe nicht«, antwortete er in einem traurigen Ton. Walter hasste Momente wie diesen. Die Ungewissheit. Wie schlimm musste es erst den Eltern ergehen?
Das Sommergewitter wütete weiterhin heftig, als sie das Waldstück erreichten.
Florian parkte seinen Dienstwagen am Rande eines Feldwegs und atmete lautstark aus. »Gleich wissen wir mehr.«
Beim Öffnen der Tür stieg Walter sofort ein angenehmer frischer Geruch in die Nase. Ein Sommergewitter brachte für gewöhnlich eine erfrischende Kühle mit sich – heute hingegen brachte es den Tod.
»Laut dem anonymen Anrufer sollte es hier irgendwo sein.« Florian spannte einen schwarzen Regenschirm auf und ging los. Walter folgte seinem Kollegen mit wenigen Schritten Abstand. Seine Knie zitterten, und er hoffte immer noch darauf, dass sich die ganze Sache als übler Scherz herausstellen würde.
Doch die Hoffnung verflog in diesem Moment. Am Rand des Waldes befand sich ein mit Moos bewachsener Gedenkstein. Er wirkte verloren zwischen den wuchtigen Bäumen.
Am Fuß des Steins erblickte Walter einen reglosen Körper. Als sie näher kamen, erkannte er die Kleine. Ein blasser Mädchenkörper. Nackt. Die Innenseite ihrer Oberschenkel voller Blutergüsse und blauer Flecken.
Walter kniete sich neben das Kind. Er traute sich kaum, den Puls zu fühlen. Das brauchte er eigentlich gar nicht, denn die Augen des kleinen Mädchens waren weit aufgerissen, und in ihrem Gesicht lang ein Ausdruck von Angst. Todesangst. Ihre Haut war blass und an den Wangen eingefallen.
»Das ist sie. Julia Abraham, nicht wahr?«
Mit einem Nicken bestätigte Walter die Frage seines Kollegen. Für eine Antwort fehlten ihm die Worte.

»Wer tut so etwas? Sie war gerade einmal sieben Jahre alt.« Florian stand auf und zog sein Diensthandy hervor.
Walter hingegen beugte sich näher über den leblosen Körper. »Was ist denn das da?«, murmelte er und zog etwas aus den blonden Haaren. In der Hand hielt er einen blutroten Schmetterling.

** Gegenwart **

»Frau Bergmann, bitte verlassen Sie jetzt das Büro. Sie haben sowieso schon viel zu viel gehört«, befahl Walter streng.
Irina blickte ihn beleidigt an.
»Vor allem möchte ich Sie darauf hinweisen, dass Sie auf keinen Fall jemand anderem gegenüber den Schmetterling erwähnen. Sie könnten damit unsere gesamten Ermittlungen gefährden.«
Thomas murmelte ein »Entschuldigung« und verließ mit den Worten »Ich lasse euch mal kurz alleine« den Raum.
Das hatte Walter gerade noch gefehlt. Die Tatsache, dass bei der Mädchenleiche vor einigen Wochen ein präparierter Schmetterling gefunden worden war, hatten sie bewusst vor der Presse verheimlicht. So gab es einen Fakt, wovon nur der Mörder wissen konnte. Und genau dieser bestätigte jetzt, dass Roland Reissberg vom selben Täter ermordet worden war, wie das Mädchen damals.
Nun wusste aber auch die Reporterin Irina Bergmann davon und das konnte jeden Vorteil der Kommissare zunichtemachen. Schließlich war dieses Wissen nützlich, um mögliche Trittbrettfahrer zu identifizieren oder letztendlich den Täter zu bestätigen.

Julia Abraham war die Tochter liebevoller Eltern gewesen. Walter erinnerte sich noch heute an jedes Detail der Befragung, als hätte sie soeben erst stattgefunden.

** Wenige Wochen bevor **

Das Foto zeigte Julia vor Freude strahlend. Das blonde Mädchen lächelte stolz in die Kamera. Sie trug ein rosa Prinzessinnenkostüm und umklammerte mit der Hand einen goldenen Zauberstab.

Andreas Abraham hielt das Foto in seinen zitternden Händen.

Bereits gestern hatten Walter und Florian den Eltern vom Tod ihrer Tochter berichtet. Jetzt saßen ihnen Andreas und Manuela Abraham für eine erneute Befragung gegenüber. Ihre Augen waren gerötet und ihre Haut blass. Walter wusste aus eigener Erfahrung, wie schlimm sich der Verlust eines Kindes anfühlte – als würden sich tausend Dornen in das Herz bohren.

»Haben Sie denn schon einen Verdächtigen? Wer hat unserer kleinen Tochter das angetan?«, fragte der Vater mit gebrochener Stimme.

»Meine Kollegen werten gerade die Spuren aus. Ich versichere Ihnen, dass wir alles in unserer Macht Stehende tun, um den Mörder zu finden.«

Andreas Abraham legte das Foto seiner Tochter auf dem Tisch ab. Er schaute Walter eindringlich in die Augen.

»Ich will, dass Sie es versprechen. Schwören Sie mir, dass Sie den Mörder schnappen.«

Noch bevor Walter etwas darauf erwidern konnte, drehte sich Manuela Abraham zu ihrem Mann und schlug ihm mit der flachen Hand ins Gesicht. Andreas riss die Augen auf und fasste sich an seine Wange.

»Du wagst es, dich hier aufzuspielen? Es ist deine Schuld, dass unsere Tochter tot ist«, schrie Manuela.

Walter blickte die Frau irritiert an. Was meinte sie damit?

Andreas stiegen sichtlich die Tränen in die Augen.

»Sag sowas nicht!«

»Ich soll das nicht sagen? Ist es etwa nicht wahr?«

»Frau Abraham«, setzte Florian an. »Wollen Sie damit etwas andeuten? Denn haltlose Schuldzuweisungen helfen Ihnen nicht. Sie und Ihr Mann sollten füreinander stark sein und in der schweren Zeit zusammenhalten.«

Die Frau sprang von ihrem Stuhl auf.

»Haltlos?«, schrie sie hysterisch. »Mein ach so heiliger Mann sollte auf unsere kleine Julia aufpassen. Doch er hat sie alleine gelassen und jetzt ist sie tot.«

»Hätte ich sie auf dem Motorrad mitnehmen sollen? Du weißt, dass ich dringend wegmusste, sonst hätten wir nicht in den Urlaub fahren können. Außerdem, dir war dein Aussehen wichtiger als deine Tochter. Wärst du nicht so lange dort gewesen, hätte ich Julia auch nicht alleine lassen müssen.«

»Du verdammtes Arschloch! Du weißt genau, dass mein Termin seit Wochen ausgemacht war und was konnte ich dafür, dass meine Freundin mich aufgehalten hat? Du solltest einmal im Leben auf Julia aufpassen und hast sie stattdessen im Stich gelassen.«

** Gegenwart **

Walter nahm das Gespräch immer noch mit. Er hatte den Eltern Mut gemacht. Er war sich sicher gewesen, dass sein Team und er den Täter schnappen würden.
Doch der Fall war bis heute ungelöst und die Ehe der Eltern zerbrochen.

Nun war der Killer zurückgekehrt. Er hatte einen zweiten Mord begangen. Und genau das sollte sein Fehler werden. Denn Walter schwor sich, ihn dieses Mal zu erwischen.

»Ich denke nicht, dass er jetzt aufhören wird«, riss Florian Walter unsanft aus seinen Erinnerungen. »Er hat bereits zwei Leute gefoltert und getötet.«
Walter blickte seinen Kollegen traurig an. »Davon bin ich leider auch überzeugt. Wir müssen herausfinden, was die beiden Opfer miteinander verbindet. Und das, bevor er noch einen Menschen töten kann.«
»Wenn das mal nicht spannend ist«, ertönte es plötzlich.
Erschrocken blickte Walter Irina Bergmann an. Die Reporterin betrat erneut das Büro.
Bevor er sie ein weiteres Mal ermahnen konnte, fügte sie schnell hinzu: »Ich weiß, es war nicht höflich, Sie zu belauschen, aber hören Sie, ich mache Ihnen einen Vorschlag: Ich habe sowieso schon zu viel gehört und denke, ich kann Ihnen helfen. Ich werde nichts ausplaudern und auch kein Wort über den Fall schreiben, das Sie nicht vorher abgesegnet haben. Ich will nur bei Ihren Gedankengängen dabei sein, und wenn der Fall gelöst ist, werde ich eventuell Teile davon in meinen Roman einbauen. Selbstverständlich etwas abgeändert.«

Walter und Florian blickten sich unschlüssig an. Die Infos zu den Schmetterlingen durften unter keinen Umständen an die Öffentlichkeit geraten.
Nachdem Florian keine Anstalten machte, Irina rauszuschicken, sagte Walter schließlich: »Wir werden uns Ihr Angebot durch den Kopf gehen lassen und melden uns bei Ihnen. Bitte schreiben Sie bis dahin aber nichts über diesen Fall. Weder für Ihr Buch, noch für die Zeitung, für die Sie momentan arbeiten.«

Wenige Minuten später saßen Walter und Florian endlich alleine im Büro.
»Wir können ihr nicht einfach Informationen zu dem Fall geben«, sagte Walter schließlich.
»Aber was meinst du, was wollte Irina damit sagen, dass sie uns weiterhelfen kann?«
»Bestimmt nur wieder dummes Reportergeschwätz. Wir sollten uns jetzt auf den Fall konzentrieren. Trommeln wir nochmal das Team zusammen, damit jeder auf dem gleichen Stand ist.«

Kurz darauf standen mehrere Mitarbeiter in Walters Büro und hörten ihm konzentriert zu, als er ihnen von dem Schmetterling erzählte.
Walter nahm einen Block aus seiner Schreibtischschublade und riss das oberste Blatt mit einer Einkaufsliste davon ab. Er zerknüllte es und warf es Richtung Mülleimer. Mit genervtem Blick beobachtete er, wie die Papierkugel jedoch am Rand des Papierkorbs abprallte und unter die Heizung kullerte.
»Wir können mit dem Täterprofil bei null anfangen«, begann Walter mit seinen Ausführungen. Dabei schaute er in die

Runde und bemühte sich, das zerknautschte Blockblatt am Boden zu ignorieren.

»Serienkiller suchen sich meistens eine bestimmte Personengruppe aus. Wenn der Täter beispielsweise einen Mutterkomplex hat, oder ihm seine Mutter in der Kindheit etwas angetan hat, dann sind die Opfer meistens auch Frauen. Diese ähneln der Mutter sogar in den meisten Fällen äußerlich oder in einer entscheidenden Charaktereigenschaft. Oder sagen wir, ein Serienmörder wurde als Kind von seinem Vater verprügelt oder sexuell missbraucht, dann sind die Opfer sehr wahrscheinlich Familienväter, die in den Augen des Täters ihre Söhne nicht richtig erziehen. Das Opferprofil, das wir normalerweise schnell ermittelt haben, ist den Mördern in manchen Fällen gar nicht bewusst. Sie merken meist nicht, dass all ihre Opfer eine markante gemeinsame Eigenschaft aufweisen, die Außenstehenden sofort auffallen würde.«

Florian nickte ihm zu und führte das Thema weiter aus. »In unserem Fall wurde ein Mädchen entführt und missbraucht. Wir sind bis vor Kurzem also noch von einem Pädophilen ausgegangen. Doch warum tötet er als nächstes Roland Reissberg? Aufgrund des Schmetterlings gehen wir davon aus, dass es derselbe Täter gewesen sein muss. Niemand, nicht einmal die Eltern, wussten von dem Tier. Dem Mörder muss es folglich um etwas anderes gehen, als ausschließlich dem Tod von Julia. Wir müssen unbedingt herausfinden, welche Gemeinsamkeit das Mädchen mit dem Toten vom Eichenauer See hat. Findet mehr über die Vergangenheit und mögliche Schnittpunkte im Leben der Familien heraus.«

Walter beobachtete, wie sich sein Team Notizen machte. Er sah seine Mitarbeiter noch für einen Moment an und erklärte dann: »Florian und ich haben eine Theorie, die ich euch nicht vorenthalten möchte. Der Mörder könnte sich

zunächst das Mädchen ausgesucht haben, um eine einfache Beute zu haben. Zwar sind Kinder meistens unter Aufsicht, und ihr Verschwinden würde schneller auffallen, dennoch ist der Entführungsakt an sich bei einer Siebenjährigen einfacher, als bei einem erwachsenen Mann. Dass er sie sexuell missbraucht hat, könnte im Affekt passiert sein. Weil das für ihn problemlos funktioniert hat, traute er sich mehr zu. Er schnappte sich also einen erwachsenen Mann. Entweder war Herr Reissberg von vorn herein das eigentliche Ziel … oder der Mörder bereitet sich auf etwas noch Größeres vor.«
Einige Mitglieder seines Teams schauten ihn überrascht an und Thomas fragte schließlich: »Was könnte denn noch größer sein?«

Walter hoffte, dass sie das so schnell nicht herausfinden würden.

Kapitel 9

Walter saß am Steuer seines neuen Opel Astra und tippte ungeduldig auf dem Lenkrad herum.
»Herrgott! Fahr doch zu!«, rief er genervt.
Vor ihm schlich ein BMW mit Münchener Kennzeichen, offensichtlich auf der Suche nach einem Parkplatz.
Walter nutzte die freiwerdende Gegenspur und überholte hupend den Sonntagsfahrer.
»So kennt man Sie ja gar nicht, Herr Kommissar«, sagte Irina Bergmann schmunzelnd.
Sie saß auf dem Beifahrersitz und trug eine dunkle Sonnenbrille. Walter sah gar nicht ein, darauf zu antworten. Er fragte sich ohnehin, weshalb er sich schon wieder von dieser Reporterin hatte betüdeln lassen.
»Haben Sie es sich denn überlegt? Ich kann Ihnen wirklich weiterhelfen«, hatte Irina am Telefon gesagt.
Und nun – nachdem Florian ihn ebenfalls gedrängt hatte – saßen sie gemeinsam hier im Auto und waren auf dem Weg zu einem Blumenladen.
Das letzte Stück der Strecke führte über einen schmalen Feldweg und endete an einem Häuschen am Waldrand. Vor dem Gebäude wuchs eine Vielzahl der unterschiedlichsten Pflanzen. Über der Tür hing ein selbstgebasteltes Schild mit der Aufschrift »Karls Pflanzenwelt«. Die Holzplatte war an den Seiten mit Moos bewachsen, und die Schrift darauf war über die Jahre ausgeblichen.
»Und Sie sind sicher, dass er uns weiterhelfen kann?«, fragte Walter genervt, während er mit Florian und Irina Richtung Eingang ging.

Irina blieb stehen und erwiderte melancholisch: »Er ist ein verrückter Kauz, aber ich kenne ihn schon ewig, und er ist wohl der fanatischste Schmetterlingssammler, den es gibt.«
Walter klopfte einmal und öffnete vorsichtig die Tür.
»Herr Ganzmann, wir sind von der Mordkommission«, rief er ins Innere. Doch es folgte keine Antwort. Er trat hinein und sofort stieg ihm der Duft unterschiedlichster Gewächse in die Nase. Es roch frisch, nach Blumen und gleichzeitig nach Dünger. Der Raum wurde durch ein großes Dachfenster hell erleuchtet.
Pflanzen interessierten Walter zwar nur bedingt, und er war in seinem Leben auch nur selten in einer Gärtnerei gewesen, aber er musste zugeben, dass dieses Häuschen seinen Charme hatte.
Er erkannte Sonnenblumen, Tulpen und Rosen. Doch es gab auch eine Vielzahl an farbenprächtigen Blumen, die Walter noch nie zuvor gesehen hatte: große, kleine, farbenfrohe, blühende, verwachsene.
»Faszinierend«, bemerkte Florian und schaute sich bewundernd um.
Irina bückte sich zu einer Pflanze mit hellvioletten Blüten und roch daran.
»Herr Ganzmann«, rief Walter erneut.
Es folgte weiterhin keine Reaktion.
»Vielleicht ist er nicht zu Hause«, meinte Irina und ging in den hinteren Teil des Ladens. Dieser bestand aus einem Tresen, auf dem sich ein Block, ein Stempel und eine antike Kasse mit Hebel befanden. Neugierig spielte sie daran herum, während Walter sie mit bösen Blicken beobachtete.
Doch dann bemerkte er eine Tür mit der Aufschrift »Zutritt verboten«.
»Seltsam, dass hier niemand ist«, hörte er Florian sagen.

Walter machte seinen Kollegen auf den verbotenen Raum aufmerksam, und Irina und Florian kamen zu ihm.
Walter blickte sich ein letztes Mal im Laden um und öffnete dann die Tür. Dahinter war es dunkel und ihn empfing ein modriger Geruch.
»Vorsicht, hier ist eine Treppe«, sagte er, als er unter seinen Schuhen die erste Stufe ertastete.
»Warten Sie, ich leuchte Ihnen mit dem Handy den Weg«, bot ihm Irina hinter ihm an.
Die Taschenlampenfunktion des Smartphones schaffte es jedoch kaum, den Raum auszuleuchten.
Gemeinsam stiegen sie in das Dunkel hinab.
Als sie den unebenen Boden erreichten, tauchte plötzlich vor ihnen im schwachen Licht eine Gestalt auf. Walter erschrak. Die Person riss die Hand nach oben. Schnell griff Walter nach seiner Pistole.
Im selben Moment wurde er von einem grellen Licht umgeben.
Seine Augen konnten sich nur schwer an die Helligkeit gewöhnen, doch dann gab die Umgebung ein klares Bild ab.
Die Gestalt entpuppte sich als junger Mann. Offensichtlich hatte er das Licht eingeschaltet.
»Wer sind Sie?«, fragte Walter und steckte die Pistole zurück in das Holster.
»Oh man, hast du mich erschreckt! Ich heiße Johnny und wer bist du?«
Der Mann musste Mitte zwanzig sein, wirkte aber deutlich kindlicher und unbeholfener, als es sein Aussehen vermuten ließ.
»Was machen Sie da?«
Eine schroffe Stimme von hinten ließ die Gruppe zusammenzucken. Erschrocken drehte sich Walter um.

Ein kleingewachsener, älterer Mann kam gerade die Treppe herunter. Seine wenigen grauen Haare standen zerzaust nach oben, und in der Hand hielt er eine Gartenschere, die er auf sie richtete.
»Hallo Karl. Ich bin's«, erwiderte Irina und trat nach vorne.
Die Gesichtszüge des Alten entspannten sich, und er legte die Schere in einem Regal mit Blumentöpfen ab.
»Hallöchen Irina, ich habe Sie gar nicht gleich erkannt. Wer sind denn die Herren bei Ihnen?«

Kurze Zeit später saßen Walter, Irina und Florian am Wohnzimmertisch im Haus von Herrn Ganzmann, das sich direkt hinter der Gärtnerei befand.
Nachdem Walter erklärt hatte, wer sie waren und was sie von dem Gärtner wollten, ergriff dieser das Wort.
»Es tut mir leid, wenn Johnny Sie vorhin erschreckt hat. Er macht ein Praktikum bei mir. Er ist nicht gerade der Hellste und geistig nicht unbedingt auf dem Stand eines typisch 28-jährigen, aber er hat eine herzensgute Seele und ist mir ein treuer Helfer geworden.«
Der alte Mann schenkte ihnen Tee ein und setzte sich zu ihnen.
»Sagen Sie mal, warum war Ihr Praktikant überhaupt im Dunkeln? Was befindet sich da unten?«, fragte Walter und hob das dampfende Getränk an die Nase. Es roch nach unterschiedlichen Kräutern und Pflanzen – vielmehr nach Medizin als nach einem Tee. Es war sowieso viel zu warm für ein derart heißes Getränk. Also schob Walter die Tasse unauffällig beiseite und folgte den Worten seines Gegenübers.
»Im Keller versuche ich neue Gewächse zu züchten, Blumen, die auch ohne Licht auskommen können und im Dunkeln

blühen. Aber darf ich jetzt das Bild von dem Schmetterling sehen?« Die Augen des Mannes glänzten. Bereits als Walter vor wenigen Minuten von den Schmetterlingen erzählt hatte, war Karl Ganzmann aufgeregt und voller Neugierde gewesen.

Florian zog die Fotos aus seiner Tasche. Sie zeigten die Falter, die bei Julia Abraham und Herrn Reissberg gefunden worden waren.

»Können Sie uns etwas über diese Tiere sagen?«, wollte Walter wissen.

»Das ist eindeutig ein Jakobskrautbär.«

Als Walter daraufhin nur mit einem Schulterzucken reagierte, sprach Karl weiter.

»Er wird auch Blutbär genannt und gehört zu den Nachtfaltern. Wie Sie sehen können, ist es ein sehr auffälliger Schmetterling. Die Vorderflügel sind sowohl bei Männchen als auch bei Weibchen schwarz, während die Hinterflügel leuchtend rot sind. Es sind wundervolle Tierchen, die in der Natur eher selten zu finden sind. Ich selbst besitze nur eines dieser Exemplare in meiner Sammlung.«

»Das bedeutet, der Täter hat die Tiere eher nicht selbst gefangen und die Präparate hergestellt?«

Karl Ganzmann prustete lautstark die Luft aus.

»Mein lieber Herr Kommissar. Sie haben wohl keine Ahnung davon, wie aufwendig es ist, einen Schmetterling zu präparieren?«

Walter schüttelte verlegen den Kopf. Noch bevor er etwas erwidern konnte, sprach Ganzmann bereits weiter.

»Ich halte es für unwahrscheinlich, dass Ihr Mörder mehrere Blutbären gefangen hat. Sie fliegen in der Regel nur in den Monaten Mai und Juni, und selbst in diesem Zeitraum sind sie heutzutage kaum noch in der freien Natur zu finden. Und selbst wenn Ihr Mörder das Glück gehabt hätte, die Tiere zu fangen, nur wenige Personen können Schmetterlinge derart gekonnt zur Schau stellen. Das können nur Profis mit jahrelanger Erfahrung. Schon das Fangen an sich ist eine Kunst. Man benötigt ein Schmetterlingsnetz und spezielle Gläser und Gifte. Sie sollten wissen, dass die kleinen Tiere nach dem Tod sofort weiterverarbeitet oder einige Zeit in einer Aufweichbox gelagert werden müssen, bevor sie austrocknen. Setzt erst einmal die Totenstarre ein, dann trocknen sie aus und zerbröseln bei der kleinsten Berührung.«

Walter erschauderte und auch Florian war sichtlich angeekelt. Irina hingegen beugte sich nach vorne und warf einen neugierigen Blick auf die Fotografien.

»Welche Gifte verwendet man denn?«, fragte sie und Walter ärgerte sich, da er diese Frage ebenfalls stellen wollte.

»Ich verwende Chloroform oder Essigäther, wobei man bei Letzterem aufpassen muss, vor allem im Sommer. Dieses Gift fängt bei höheren Temperaturen ziemlich schnell an zu brennen. Früher hat man auch gerne Zyankali verwendet, doch das bekommt man heutzutage nicht mehr.«

Kaum hatte der alte Mann den Satz zu Ende gesprochen, stand er unvermittelt auf und verließ den Raum.

»Seltsamer Kauz. Was er jetzt wohl macht? Und woher kennen Sie ihn überhaupt?«, flüsterte Florian Irina zu.

Walter beobachtete, wie Florian seinen Tee in einem Zug leer trank. Er hingegen brachte nicht mal einen Schluck dieser warmen Brühe hinunter.

»Karl war lange Jahre ein guter Freund von meinem Vater. Er mag vielleicht etwas verwirrt sein, aber er ist ein herzensguter Mensch«, erklärte Irina.

In diesem Moment kam der Schmetterlingsfanatiker zurück. In den Händen hielt er einen Schaukasten von der Größe

eines Schuhkartons. Demonstrativ stelle er ihn auf den Tisch und grinste zufrieden.
»Einige meiner favorisierten Gattungen. Sehen Sie, ich besitze auch einen Blutbären. Direkt daneben, das ist ein Aurorafalter. Also wie bereits gesagt, selbst wenn Ihr Täter das Glück hatte, die Schmetterlinge zu fangen – sie zu präparieren ist die eigentliche Kunst. Man benötigt die richtigen Geräte, denn ein Fehlschlag wäre eine Katastrophe. Da gibt es zum Beispiel sogenannte Spannbretter, auf denen man die Schmetterlinge fixiert. Das ist eine Millimeterarbeit. Ich selbst besitze zehn verschiedene Größen, die nochmals um mehrere Millimeter verstellbar sind. Zudem brauchen Sie Spannstreifen und Spannnadeln, das sind so kleine Stahlnadeln mit Glasköpfen an den Enden. Beim Befestigen muss man extrem aufpassen, dass die Flügel nicht brechen oder zerstochen werden. Und bedenken Sie, für einen einzelnen Schmetterling benötigt ein Profi in der Regel etwa zwei bis vier Wochen.«
Walter nickte anerkennend. Er hatte sich nie mit dem Thema auseinandergesetzt und wollte es auch nicht, allerdings musste er zugeben, dass das Präparieren tatsächlich eine anspruchsvolle Arbeit zu sein schien.
Florian griff nach dem Schaukasten, doch sofort schlug ihm der alte Mann mit einer schnellen Bewegung auf die Finger.
»Nicht anfassen! Sonst schmeiße ich Sie hochkant raus!«
»Tut mir leid«, murmelte Florian und blickte Walter mit verdrehenden Augen an. Ja, so kannte er seinen jüngeren Kollegen.
»Herr Ganzmann, wir wollen Sie auch gar nicht mehr lange behelligen. Nur noch eine letzte Frage: Was denken Sie, woher hat der Mörder die Schmetterlinge?«
»Meiner Meinung nach kann er die nur von einem Sammler bezogen haben. Aber viele gibt es hier nicht in der Gegend.«

»Dafür gibt es auch das Internet«, erwiderte Florian und erntete dafür einen bösen Blick von dem Gärtner.
Plötzlich klopfte es an der Tür.
»Ja?«, knurrte Ganzmann.
Der Praktikant Johnny trat ein und lächelte die Gruppe verlegen an. Er kratze sich an einem Leberfleck am Hals, der an den Rändern bereits gerötet war.
»Ich bin jetzt fertig und gehe nach Hause. Ich wünsche Ihnen einen schönen Urlaub, Herr Ganzmann.«
»Dir auch, Johnny. Und grüß deine Mutter von mir.«
»Das mach ich.«
Johnny schnallte sich einen mit Blumen beklebten Rucksack auf den Rücken und verließ das Zimmer.
»Du fährst weg?«, fragte Irina, nachdem der Mann den Raum verlassen hatte.
»Zwei Wochen Urlaub, morgen Früh geht es los in den Schwarzwald.«

**

Keine fünf Minuten später beobachtete Karl Ganzmann, wie der Wagen der Polizei von seinem Grundstück fuhr.
Er zog ein Handy aus seiner Hosentasche und wählte eine Nummer. Kurz darauf sprach er auf eine Mailbox.
»Was für ein Spiel spielen Sie hier? Ich bitte um Rückruf. Ich will über die Schmetterlinge reden, die Sie von mir haben.«

Kapitel 10

»Diese aufdringliche Frau wird es wohl nie verstehen«, schimpfte Walter und legte sich dabei flach auf den Boden.
Florian folgte ihm mit irritierten Blicken, als er sich schwer atmend gegen die Heizung drückte.
»Schau nicht so blöd. Mir ist da heute nur etwas runter gekugelt.«
Genervt tastete Walter zwischen den Rohren umher und bekam endlich das zerknüllte Blatt mit der Einkaufsliste zu fassen.
»Ich finde Irina ganz nett, und sie hat uns heute schließlich weitergeholfen. Dieser Ganzmann konnte uns spezifische Infos über das Präparieren von Schmetterlingen geben, die viel genauer als die Kurzmeldungen aus dem Netz waren«, erwiderte Florian.
Er reichte Walter die Hand, um ihm beim Aufstehen behilflich zu sein.
»Passt schon. Das schaffe ich gerade noch alleine.«
»Ich wollte ja nur helfen. Jedenfalls bin ich wirklich dafür, dass wir Irina nicht vergraulen. Immerhin hat sie versprochen, nichts über den aktuellen Fall zu schreiben. Außerdem wollte ich schon immer mal die Hauptfigur in einem Roman sein. Sobald der Fall gelöst ist, können wir ihr damit helfen.«
»Wenn wir ihn jemals aufklären werden …«

Da sich die meisten Kollegen wenig später wieder im Präsidium einfanden, gab es eine erneute Besprechung zwischen den Kommissaren und dem Team der Mordkommission. Walter und Florian saßen vor den

Mitarbeitern und informierten sie über die Begegnung mit Karl Ganzmann.

»... deshalb ist es auch eher unwahrscheinlich, dass der Mörder die Schmetterlinge selbst gefangen hat«, beendete Florian den Satz.

»Nun aber zu euch, habt ihr etwas herausgefunden?«, fragte Walter in die Runde.

»Roland Reissberg hat abgeschottet gelebt. Es gibt nicht viele Nachbarn, die ich befragen konnte. Und die paar konnten mir nichts sagen, das uns irgendwie weiterhelfen würde. Niemand hat etwas gehört oder gesehen, wie es leider so oft bei unseren Befragungen der Fall ist«, berichtete Markus mit enttäuschtem Blick.

»Wie sieht es mit dem Raum aus, in dem er festgehalten wurde? Gibt es Hinweise darauf?«, wollte Walter wissen.

»Ähnlich wie bei der Mädchenleiche. Die Haut war aufgeschürft und der Körper leicht unterkühlt. Also war es vielleicht ein alter Keller oder ein leerstehendes Lagergebäude. Leider kann ich momentan nicht mehr sagen«, antwortete ein anderer Kollege.

»Vielleicht habe ich eine Spur«, erwiderte Thomas und strich sich mit einer hastigen Bewegung eine Haarlocke in die Stirn. Er war vor vielen Jahren in einen Banküberfall geraten, als er in der Mittagspause in einer hiesigen Sparkassen-Filiale gewesen war. Thomas hatte den Geiselnehmer zwar unschädlich machen können, dabei jedoch selbst einen Streifschuss abbekommen. Und davon kam die Narbe, die wiederum dazu führte, dass Thomas seine Frisur bis über die Stirn trug.

»Wie wir von Kim, der Schwester des Toten, erfahren haben, war Roland Reissberg im Kindesalter kurzzeitig in einem Heim gewesen. Ich habe mich über das Waisenhaus *Goldener*

Engel schlau gemacht. Ungefähr zu der Zeit, als Reissberg dort untergebracht war, gab es einen Vermisstenfall, einen Selbstmord und auch einen mysteriösen Unfall mit Todesfolge«, erzählte Thomas weiter und Walter hörte ihm interessiert zu.

»Aber jetzt haltet euch fest: Bei den Nachforschungen bin ich tatsächlich auf eine Verbindung gestoßen. Unser erstes Opfer, Julia Abraham, sie war auf einer Schule, die vor Kurzem einen Spendentag für das Heim veranstaltet hat. Die Klasse war sogar für einen kurzen Besuch dort.«

Walter war plötzlich hellwach.

»Bleib da auf jeden Fall dran, Thomas. Das klingt für mich nicht nach einem Zufall. Das könnte die Verbindung zwischen unseren beiden Leichen sein.«

Kapitel 11

Karl Ganzmann sperrte seinen Blumenladen zu und hängte das selbstgebastelte Schild mit der Aufschrift »Ich bin im Urlaub« an die Tür.

Er blickte auf sein Handy und musste feststellen, dass sie bisher weder geschrieben noch zurückgerufen hatte. Sollte er womöglich direkt zur Polizei gehen? Es war schon ein seltsamer Zufall, dass ausgerechnet die Schmetterlinge, die sie bei ihm gekauft hatte, bei einer Leiche auftauchten. Allerdings wollte er ihr die Chance geben, sich zu rechtfertigen, bevor er die Mordkommission informierte. Und bei der Gelegenheit vielleicht gleich auch noch etwas Geld rausschlagen.

Sein Geschäft lief längst nicht mehr so gut, wie es sollte. Die teilweise verbotenen Gifte, die er für sein Hobby verwendete, waren auch nicht gerade günstig.

Karl steckte den Schlüssel in die Haustür zu seiner Wohnung.

»Mist, habe ich heute schon wieder vergessen, abzusperren. Alzheimer lässt grüßen«, murmelte er irritiert zu sich selbst.

Er drückte die Türklinke hinunter, blickte in den dunklen Flur und betätigte den Lichtschalter.

Der Raum wurde in helles Licht getaucht. An den Wänden hingen einige Schaukästen mit toten Schmetterlingen, und auf den Fliesen standen Blumentöpfe mit groß gewachsenen Pflanzen. Seine Schuhe stellte Karl in den Schrank und ging Richtung Küche. Dabei rückte er einige Schaukästen gerade und freute sich stolz über seine Sammlung.

Vor etwa fünfzig Jahren hatte ihm sein Vater das Handwerk beigebracht, und für ihn führte er es fort.

In der Küche angekommen stellte Karl den antiken Wasserkocher auf die Platte, drehte den Herd auf und öffnete einen Hängeschrank.

Warte! War da nicht etwas? Schnell drehte er sich um und schaute in das angrenzende Wohnzimmer. Der Raum war dunkel und er konnte nur Umrisse erkennen.

Mach dich nicht verrückt, alter Mann, dachte er sich.

Er drehte sich wieder Richtung Schrank und wühlte sich durch die darin lose herumliegenden Teebeutel. Karl entschied sich für einen einfachen Pfefferminztee, nahm den Beutel heraus und schloss die Schranktür.

Vor ihm stand jemand. Erschrocken schrie er auf und wich zurück. In diesem Moment traf ihn eine Klinge in die Schulter. Ein stechender Schmerz durchjagte seinen Körper und er musste sich am Schrank abstützen.

Die Frau war unter der Kapuze deutlich zu erkennen.

»Bitte …, wir … wir können darüber sprechen«, stammelte Karl und versuchte, mit seiner Hand die Blutung zu stoppen.

Doch sie grinste nur und schüttelte den Kopf.

Im selben Moment war das Pfeifen des Wasserkochers auf der Herdplatte zu hören. Sie drehte sich um.

Karl nutzte seine Chance. Er rannte an ihr vorbei und stürzte in Richtung Flur.

»Stehen geblieben!«, hörte er sie rufen.

Er blickte sich um und sah die Frau vor sich stehen. Sie hielt den Wasserkocher in den Händen und zielte damit auf ihn.

»Nein, bitte nicht!«

Der Moment, als die kochende Flüssigkeit Karls Kopf übergoss, brachte unbeschreibliche Schmerzen mit sich. Er schrie, während sich seine Haut löste. Dunkelrotes Fleisch kam zum Vorschein. Sein Körper zuckte, es war unerträglich.

Die Frau zog erneut das Messer und rammte es ihm mit Wucht in den Bauch. Das Atmen fiel ihm schwer, und der Raum um ihn herum verschwamm.
»Selbst schuld, du neugieriger Bastard«, fletschte sie und zog das Messer in seinem Körper nach oben.
Sie drehte die Klinge in seinem Bauch langsam herum.
Karl schrie vor Schmerzen. Warmes Blut lief an seiner Seite herab und er spürte, wie sich seine Gedärme teilten.
Dann kam die erlösende Dunkelheit.

Kapitel 12

War sie ein Psychopath? Geisteskrank? Möglich.
Sie musste schmunzeln.
Wahrscheinlich habe ich es geerbt, dachte sie sich.
Auf jeden Fall war sie gut darin, sie hatte ja auch einiges an Übung. So viele Tote zeichneten ihren Lebensweg, es hatte nicht erst mit Julia Abraham begonnen.
Sie stoppte den Wagen auf dem Parkplatz ihrer Stamm-Pizzeria und stieg aus. Sicherheitshalber machte sie ein Selfie und suchte ihr Gesicht und ihre Kleidung nach Blutflecken ab. Nicht, dass noch Reste von Karl Ganzmann an ihr klebten. Der Mantel hatte ihr Shirt vor Spritzern geschützt, und so konnte sie nun problemlos das Restaurant betreten.
»Zwei Hawaii-Pizzen zum Mitnehmen bitte«, orderte sie am Tresen.
Sie durfte ihren Komplizen nicht mehr zu lange warten lassen, sonst würde er noch wissen wollen, wo sie heute gewesen ist. Niemals durfte sie ihm davon erzählen, dass sie Ganzmann getötet hatte. Er musste schließlich denken, dass sie alles nur für ihn tat.

**

Er wartete im Versteck und beobachtete die vier orangefarbenen Kreise auf dem Bildschirm. Jeder von ihnen stand für eine Person, und morgen würde die erste von ihnen genau hier sein. Kurz darauf auch die anderen.
Er wartete darauf, dass seine Mittäterin endlich kam. Sein Herz schlug schneller, und er konnte nur schwer einschätzen, ob es an ihr lag oder an der Vorfreude auf morgen. Jedenfalls war es großes Glück, dass er seine

Komplizin getroffen hatte. Er war froh, dass sie ihm zur Seite stand, denn alleine könnte er sein Vorhaben kaum umsetzen.
Ja, er war getrieben von Hass und Wut. Von Rache und Blut. Sein Magen knurrte, und er freute sich darauf, bald etwas zwischen die Zähne zu bekommen. Bereits den ganzen Tag hatte er hier auf sie gewartet und ihre Nähe vermisst. Ob sie ähnlich für ihn fühlte?
Es musste so sein, warum sonst sollte sie all das hier für ihn tun und ihn bei den Morden unterstützen? Andererseits musste er zugeben, dass es ursprünglich ihre Idee gewesen war, seiner Wut freien Lauf zu lassen. Sie hatte ihm zugeredet und den Plan perfekt ausgearbeitet.

»Die Pizzabotin ist da.«
Sie stellte die dampfenden Kartons auf den Tisch und wischte sich über die Stirn.
»Das ist so ein Akt, jedes Mal hier runterzusteigen.«
»Ich weiß. Aber du musst zugeben, es erfüllt seinen Zweck«, erwiderte er und setzte sich auf einen der beiden Stühle.
Er öffnete die Pizzakartons und nahm das erste Stück heraus. Der Geruch von Käse stieg ihm in die Nase. Er biss ein Stück davon ab, das Fett lief ihm am Mundwinkel entlang, und er spürte eine vollkommene Zufriedenheit in sich.
Bald würde es ihm bessergehen, das hatte er nur ihr zu verdanken.
»Du hättest mit dem ersten Bissen auch auf mich warten können«, sagte sie und setzte sich ihm gegenüber.
Sie aß ebenfalls ein Stück, stöhnte leise und fügte dann hinzu: »Das ist die perfekte Mahlzeit für heute Abend. Wir

müssen Kräfte sammeln, schließlich wird es Zeit. Morgen geht es endlich richtig los.«

Kapitel 13

Es war dunkel im Keller. Nur noch eine der drei an der Decke montierten Lampen spendete Licht, und das kleine Fenster nach draußen war dermaßen verstaubt, dass kaum ein Sonnenstrahl den Weg hindurch fand.

Patrick kniete vor einem Kühlschrank und nahm zwei Bierflaschen und einen Weißwein heraus. Katja Körner stand hinter ihm und starrte ihn an.

Sie beobachtete, wie Patrick leicht hin und her schwankte und sich beim Aufstehen an einem Regal festhalten musste.

»Oh weh, das letzte Bier habe ich wohl zu schnell getrunken.« Verlegen lächelte er sie an.

Er war angetrunken. Das würde ihr einen Vorteil verschaffen.

»Sollten wir nicht noch etwas Eis mitnehmen?«, fragte Katja unschuldig und ein Lächeln umspielte ihre Lippen.

»Wenn ich dich nicht hätte«, erwiderte Patrick und drehte ihr wieder den Rücken zu. Er öffnete das Eisfach und blickte sich kurz darauf suchend um. »Wo ist denn der verflixte Eispickel?«

Diesen hielt Katja bereits in der Hand hinter dem Rücken.

Langsam ging sie auf Patrick zu.

Jetzt würde es geschehen.

Während Patrick den Boden nach dem Pickel absuchte, kniete sich Katja neben ihn, legte die Hand auf seine Schulter und reichte ihm den Eis-Zerkleinerer.

Dabei streifte sie seine Hand. » Ich habe ihn gefunden«, flüsterte sie ihm ins Ohr.

Dann küsste sie Patrick sanft auf die Wange.

»Wir wollten das doch nicht mehr tun und sollten es erst recht nicht, wenn Diara oben ist«, sagte Patrick schnell.

Eigentlich verabscheute Katja Fremdgehen und hatte sich die ersten Male schlecht dabei gefühlt.
Doch ihr Herz sehnte sich nach Patrick, und so konnte sie einfach nicht anders, als sich immer wieder an ihn ranzuschmeißen. Hoffentlich würde er seine Freundin bald verlassen, dann hätte sie ihn ganz für sich.
»Ach komm schon, das geht doch ganz schnell. Und ich muss ja eh gleich gehen. Oder gefalle ich dir nicht mehr?«
»Es ist gegenüber Diara nicht fair, aber natürlich weißt du, dass ich dich heiß finde.«
Das war Katja selbstverständlich bewusst. Wer würde auch eine kurvige Afrikanerin vorziehen, wenn er eine schlanke Blondine haben könnte.
»Dann komm her.«
Katja fasste ihm zwischen die Beine und spürte die Erektion in seiner Hose. Mit ihrer Zungenspitze fuhr sie über seine Lippen und verstärkte gleichzeitig den Druck ihrer Hand.
Patrick stöhnte leise auf – sie hatte ihn.
Sanft liebkoste sie sein Ohrläppchen und öffnete den Gürtel seiner Jeans. Stöhnend ließ er es zu, wie sie die Knöpfe seiner Hose öffnete und mit der Hand langsam in seine Boxershorts griff.
Nun fuhr auch Patrick mit seinen Händen unter ihr Shirt. Er knete ihre Brüste und ein Kribbeln durchfuhr ihren Körper.
Katja geriet in Ekstase, rieb sich an seinem starken Körper, und sie küssten sich innig.
Er griff unter ihren Rock, zog den Slip runter und streichelte sie.
Stöhnend setzte sie sich auf Patricks Schoß.

Wenige Minuten später stiegen sie die Kellertreppe wieder nach oben. Katja schwitzte.

»Sagen wir einfach, dass wir den Eispickel nicht gefunden und deshalb länger gebraucht haben. Das ist ja sogar halbwegs die Wahrheit«, sagte Patrick.
Katja nickte und drückte ihm einen Kuss auf den Mund. Dann beschleunigte sie ihren Schritt, öffnete die Tür und betrat die Terrasse.
An der ausgefahrenen Jalousie hing eine Lichterkette, deren Lämpchen von Muscheln umgeben waren. Die Terrasse erinnerte Katja an den Vorgarten einer Ferienwohnung in Italien, in der sie vor vielen Jahren mit ihrer Familie gewesen war. Die Temperaturen in Fürstenfeldbruck hatten sich dem Klima des südlichen Nachbarlandes jedenfalls an diesem Donnerstagabend angepasst.
»Sorry, dass es so lang gedauert hat, aber euer Geburtstagskind hat ganz schön einen sitzen und da war es gar nicht so einfach, die Weine und das Bier zu tragen«, behauptete Katja und stellte die Flaschen auf den Tisch.
Dabei fiel ihr Diaras kritischer Blick auf. Hatte sie etwas gemerkt? Nein, das war unmöglich, warum sollte sie ihnen auch gefolgt sein – außerdem würde die temperamentvolle Frau sicherlich anders mit der Affäre ihres Freundes umgehen, als zu schweigen.
Die anderen Gäste tranken und verhielten sich wie zuvor, also war Katjas Techtelmechtel mit dem Gastgeber anscheinend unbemerkt geblieben.
Patrick erschien hinter ihr. Sein Gesicht war gerötet und er torkelte.
»Wer hat Lust auf einen erfrischenden *Sauvignon Blanc*?«
Patrick wurde sogleich von den Gästen bestürmt, die ihre Gläser hinhielten. Diara dagegen schnappte sich ein *Augustiner* Bier und öffnete den Deckel mit einem Feuerzeug.

»Für mich nichts mehr. Ich sollte jetzt wirklich los. Ich muss morgen wieder früh nach München in die Uni«, sagte Katja. Sie drückte Patrick und spürte seine Anspannung. Dafür, dass er vor wenigen Minuten mit ihr einen hoffentlich grandiosen Orgasmus erlebt hatte, war er nun ganz schön abweisend. Würde er doch nur Diara endlich verlassen.
Katja verwarf ihre Gedanken und winkte zum Abschied in die Runde.
»Geh doch noch nicht, ich habe hier noch etwas«, meinte eine Freundin und zwinkerte ihr zu. Sie zog einen durchsichtigen Plastikbeutel in der Größe einer Streichholzschachtel hervor.
»Das ist das beste Gras, das euch je untergekommen ist.«
Katja verneinte. Würde sie jetzt einen Joint rauchen, dann bräuchte sie morgen überhaupt nicht mehr in den Kurs gehen.
Also verließ sie die sommerliche Terrasse und ging über den mit Steinen ausgelegten Weg durch den Garten zur Straße. Noch immer war es warm, und das Zirpen der Grillen war laut aus den angrenzenden Feldern zu hören.
Katja fächerte sich mit ihrer Hand Luft zu und schlenderte am Wiesenrand entlang. Obwohl der Weg offiziell eine Hauptstraße sein sollte, war er mit Schlaglöchern übersät und ähnelte eher einem Feldweg. Sie bog rechts ab und folgte einem Forstweg. Die Abkürzung sparte ihr auf dem Weg zu ihrer Studentenbude fast zehn Minuten.
Die Luft war wunderbar warm, und es roch nach Blumen und Gräsern. Nach einem Sommerabend auf dem Land.
Katja blieb stehen und blickte verträumt in das Waldstück, als ihr Handy vibrierte. Sie zog es aus ihrer Rocktasche und sah im Sperrmodus die Vorschau der App.

Heute Abend noch spontan für zwei Stunden Zeit?

Sie schüttelte den Kopf. Das war zwar gut verdientes Geld, aber ihre letzten Kunden waren so anstrengend gewesen, dass ihr die Lust daran vergangen war. Sie entsperrte den Bildschirm und löschte die App.

Im selben Moment spürte Katja einen kühlen Windhauch. Sie hatte das beklemmende Gefühl, beobachtet zu werden.

Plötzlich hörte sie ein Geräusch hinter sich. Sie drehte sich erschrocken um und entdeckte eine Person, die im Dunkeln stand.

Kapitel 14

»Das schmeckt richtig gut«, schwärmte Irina und griff nach einem weiteren Tomate-Mozzarella-Spieß. Renate hatte den Nachmittag über in der Küche gestanden und kleine Häppchen für die Gäste vorbereitet. Auf einem gläsernen Tablett lagen Datteln im Speckmantel, aufgeschnittenes Baguette mit Lachs und kleine Mozzarella-Kugeln, die abwechselnd mit Tomaten und Basilikumblättern auf einem Spieß steckten.

»Danke Irina, freut mich, wenn es euch schmeckt«, erwiderte Renate, und Walter sah, dass auch Florian zur Bestätigung nickte. Walter wusste, dass seine Frau gerne in der Küche stand und kleine Leckereien zauberte, dennoch vermisste er die vollwertige Fleischvariante. Schnitzel, Hackfleischbällchen oder auch Weißwürste mit süßem Senf würden ihm jetzt gefallen.

Stattdessen griff er nach einer Dattel, wickelte den Speck ab und aß diesen genüsslich. Die Frucht hingegen schob er mit dem Zahnstocher Richtung Tellerrand.

Selbst, wenn ich den ganzen Teller esse, werde ich davon nicht satt, dachte sich Walter und warf einen Blick in die Küche. Er überlegte, ob er nicht einfach zum Kühlschrank gehen und Landjäger holen sollte. Doch er wollte nicht riskieren, dass Renate ihm vor den Gästen eine Szene machte. Mit scharfem Blick begutachtete sie die Dattel auf seinem Teller, und so blieb Walter nichts anderes übrig, als die klebrige Frucht zu essen.

Zugegeben, schlecht schmeckte sie ja nicht – aber das war einfach nicht seine Vorstellung von einem Abendessen.

Allgemein hätte er den Abend lieber mit seiner Frau alleine verbracht. Doch Florian hatte ihn überredet, Irina am

Donnerstag nach Feierabend einzuladen – als Dankeschön für den Tipp mit dem Gärtner Karl. Erst hatte sich Walter dagegen gewehrt, doch letztendlich hatte er sich mal wieder überzeugen lassen und dem Treffen zugestimmt.
Irina griff nach einem Lachsbaguette und biss ein Stück davon ab.
»Nein wirklich, das ist echt lecker. Und du hast dir so viel Mühe gegeben. Schade nur, dass wir von den vielen Wespen nach drinnen vertrieben wurden.«
Dem konnte Walter nur zustimmen. Während es in letzter Zeit immer weniger Bienen zu geben schien, litt Fürstenfeldbruck in diesem Jahr unter einer aggressiven Wespenplage. Erst vorgestern hatte ihn eines dieser Viecher in den großen Zeh gestochen.
»Aber sag mal, hast du eigentlich nochmal etwas von Roberto gehört?«, fragte Irina Renate.
Roberto? Wer sollte das sein? Walter wurde hellhörig und schaute seine Frau fragend an. Er bemerkte, dass diese sofort rot anlief. Plötzlich meldete sich eine leichte Eifersucht in ihm.
»Schatz, wer ist denn Roberto?«, fragte er deshalb.
Renate antworte mit einem verlegenen Schulterzucken.
»Ach, du hast gar nichts davon erzählt?«, stellte Irina fest.
»Jetzt möchte ich aber wirklich gerne wissen, worum es geht«, drängte Walter seine Frau.
»Nicht der Rede wert, ich hatte ihn schon ganz vergessen. Ist ja auch eine langweilige Geschichte.«
Renate deutete mit einer bemüht lässigen Handbewegung an, dass die Story keine Bedeutung für sie hatte.
Doch Walter ließ nicht locker. Er schaute erst seine Frau und dann Irina eindringlich an.

»Als Sie uns letztens alleine im *Park Café* gelassen haben, führte ich mit Ihrer Frau noch eine interessante Unterhaltung und wir haben uns Cocktails bestellt«, rückte Irina endlich mit der Sprache raus. »Plötzlich kam ein Kellner zu uns und stellte ein Glas Tequila auf unseren Tisch. Wir sagten ihm, dass wir diesen nicht bestellt hätten, doch er meinte, ein Gast hätte den Shot spendiert. Dann sahen wir ihn: Einen jungen Italiener ein paar Tische weiter. Er prostete und zwinkerte uns zu. Ich wollte schon nach dem Glas greifen, als der Kellner dazwischen ging. Er meinte streng, dass das Getränk für Renate sei und nicht für mich. Wir haben uns angeschaut und gleichzeitig losgelacht.«

Irina musste bei der Erinnerung erneut kichern.

»Genial. Und was ist dann passiert?«, fragte Florian schmunzelnd.

»Er kam zu uns an den Tisch und stellte sich als Roberto vor«, erzählte Irina weiter. »Und dann sagte er, dass Renate ihn an seine Mutter erinnere und wollte wissen ob sie nicht Lust hätte, mit ihm um die Häuser zu ziehen.«

Nun musste auch Walter erleichtert auflachen. Wenn es eine Sache gab, die seiner Frau jegliche Stimmung verderben konnte, dann waren es Anspielungen auf ihr Alter.

»Ob dieser Anmachspruch jemals funktioniert hat?«, meinte Florian.

Renate spielte peinlich berührt an dem obersten Knopf ihrer Bluse herum und forderte Walter schließlich auf, in die Küche mitzukommen.

»Hilf mir mal mit dem Baguette.«

Ihm schwante zwar nichts Gutes, doch er folgte ihr artig.

In der Küche angekommen, schloss Renate die Tür.

»Du bist aber hoffentlich nicht eifersüchtig. Ich habe dir nur nichts von Roberto erzählt, weil es einfach lächerlich war.«

»Nein, Liebling, alles in Ordnung. Du weißt, ich vertraue dir.«
»Gut, dann kannst du ja jetzt das Baguette schneiden.«

**

Florian schaute Irina nervös an. Er hasste Smalltalk, deshalb griff er sich seine Dattel und steckte sie in den Mund.
»Kannst du bei deinem Kollegen nicht ein gutes Wort für mich einlegen? Ich weiß, er mag mich nicht besonders, aber es würde mir wirklich weiterhelfen, wenn ihr mich für mein Buch noch mehr an euren Ermittlungen teilhaben lasst«, sagte Irina und legte unerwartet ihre Hand auf seinen Oberschenkel.
Schnell schluckte Florian die Frucht hinunter und wich ein Stück zur Seite.
»Versteh mich nicht falsch, Irina. Ich habe rein gar nichts gegen dich, aber auf diese Art brauchst du mir nicht zu kommen.«
Er schob ihre Hand von seinem Bein und wollte weiter wegrutschen, doch Irina hielt ihn auf.
»Scheiße Florian, denkst du ernsthaft, ich will dich mit Sex bestechen? Oder dich anmachen, damit du mir weiterhilfst? Das war überhaupt nicht so gemeint.«
Er bemerkte, wie sich Tränen in ihren Augen sammelten und legte sich Worte für eine Entschuldigung zurecht. Womöglich hatte er die Situation ja tatsächlich missverstanden.
Doch Irina hielt ihn zurück und sprach mit erstem Ton weiter.
»Ich habe mir meine Karriere komplett selbst erarbeitet und hatte es nie leicht. Dennoch würde ich niemals auf

irgendwelche sexuellen Avancen zurückgreifen. Denkst du, eine Frau wird in der Nachrichtenbranche so einfach akzeptiert? Ich musste jeden beschissenen Job und jede noch so dämliche Story übernehmen, um aufzusteigen. Und dass, während mein Vater wegen eines tödlichen Autounfalls im Gefängnis saß. Dabei war er nicht mal der Auslöser. Die wahren Schuldigen sind straffrei davongekommen. Ich habe für ihn und meine Mutter da sein müssen und es trotzdem geschafft, durch ehrliche Arbeit meine heutige Stellung zu bekommen.«

»Ich wollte dir nichts unterstellen, ehrlich«, versuchte Florian sich zu verteidigen.

Im selben Moment läutete es an der Haustür. Irina stand auf und rief mit bebender Stimme in die Küche, dass sie öffnen würde. Florian folgte ihr. In welches Fettnäpfchen war er da nur wieder ungebremst getreten?

Irina gefiel ihm, und anscheinend hatte sie auch Interesse an ihm. Hoffentlich hatte er jetzt nicht mit seiner Unterstellung alles kaputt gemacht, bevor es überhaupt begonnen hatte.

»Ich mach das schon«, rief Walter, und Florian sah, dass auch dieser auf die Haustür zuging.

Zu dritt erreichten sie den Eingang, und Walter öffnete die Tür.

»Was ist denn das?«, fragte er und bückte sich, um einen Karton vom Boden aufzuheben. Er schaute die anderen fragend an und öffnete ihn. Plötzlich wurde er blass, und Irina hob die Hände vor den Mund.

Schnell drängte sich Florian an ihr vorbei und wagte ebenfalls einen Blick in den Karton.

»Da hinten läuft jemand«, rief Irina und rannte los.

Kapitel 15

»Scheiße, hast du mich erschreckt!«
Vor Katja stand Diara und schaute sie eindringlich an.
»Was machst du denn hier?«, fragte Katja.
»Hast du nicht etwas vergessen?«
Katja tastete sich ab. Handy, Schlüssel, Geldbeutel, alles war da. »Ich wüsste nicht, was«, erwiderte Katja irritiert.
Diaras Blick verfinsterte sich. Sie schlug ihr mit der flachen Hand ins Gesicht. Schockiert fasste sich Katja an ihre brennende Wange.
»Was sollte das?«
»Das war eine Ausrede, du kleine Hure. Denkst du echt, ich habe nicht gecheckt, was du mit Patrick im Keller getrieben hast? Weil ihr so lange da unten wart, wollte ich nachschauen und habe das Stöhnen gehört. Du verdammtes Miststück hast mit meinem Freund gefickt, und das, während ich oben sitze und auf euch warte.«
Katja war irgendwie erleichtert, dass es raus war. Insgeheim sah sie darin eine Chance, dass Diara Patrick nun endlich verlassen würde und sie bei ihm Chancen hätte. Andererseits überkam sie ein mulmiges Gefühl, denn Diaras Blick sah gefährlich aus.
»Diara, es tut mir so leid. Wir wollten das nicht, es ist einfach passiert.«
»Erzähl keine Scheiße. Du bist doch schon die ganze Zeit hinter ihm her, ich habe deine Blicke immer bemerkt. Du bist eine billige Verräterin, nichts anderes als eine Hure vom Strich.«
In Katja stiegen Tränen auf. Sie wusste selbst, dass sie sich in eine Beziehung gedrängt und es darauf angelegt hatte,

Patrick zu verführen, dennoch trafen sie die Worte seiner Freundin.

»Es ist für mich auch nicht einfach. Patrick bedeutet mir viel, und ich kann ihn nicht einfach loslassen. Du weißt nicht, was vor mehreren Jahren mit meinem damaligen Freund Laurin passiert ist«, setzte Katja schließlich an, obwohl sie sich geschworen hatte, dieses Thema ganz weit hinten in ihrem Herzen zu vergraben.

»Laurin und ich waren frisch verliebt, verlobt und glücklich. Wir wollten bald heiraten und hatten bereits die Feier organisiert. Er ist zu seiner Familie nach Norwegen geflogen um die Einladungen persönlich zu übergeben …«

Katja konnte ihre Tränen nicht länger zurückhalten, und so liefen sie unkontrolliert über ihre Wangen.

»Ich war zu Hause, habe nach Hochzeitstorten gegoogelt, als in den Nachrichten von einem Amokläufer die Rede war, der auf einer Insel in Norwegen um sich schoss. Es war genau die Insel, wo Laurin mit seinen Eltern war.«

Die Worte bereiteten Katja eine Gänsehaut. Dieser eine Moment hatte ihr Leben zerstört. Verzweifelt hatte sie tagelang versucht, ihren Verlobten zu erreichen, doch wenig später erreichte sie die erschütternde Meldung. Laurin und seine Familie waren tot.

Diaras Gesichtszüge entspannten sich etwas – doch nur für den Bruchteil einer Sekunde. Dann fragte sie in einem ernsten Ton: »Das tut mir ja wirklich leid für dich, aber warum sollte das rechtfertigen, dass du mit meinem Freund fickst?«

»Ich habe mich seit damals auf keinen anderen Mann mehr einlassen können. Bei Patrick war plötzlich alles anders. Er hat etwas in mir bewegt, sein Lächeln und seine Art. Ich

denke, ich habe mich in ihn verliebt«, versuchte Katja zu erklären.
Diara schüttelte nur den Kopf, wodurch ihre schwarzen Locken wild umherbaumelten. Die Wut kehrte in ihr Gesicht zurück und ihre Mine versteinerte.
»Du liebst ihn? Und er soll dich auch lieben? Denkst du ernsthaft, deine ach so rührende Geschichte bringt mich dazu, dir zu verzeihen? Oder dir gar Patrick zu überlassen? Scheiße, das kannst du vergessen.«
Sie zog ein Küchenmesser aus ihrer Sommerjacke.
Erschrocken wich Katja zurück. Sie stolperte beinahe über ihre eigenen Füße, konnte sich aber im letzten Moment fangen.
Diara ging langsam auf sie zu, das Messer nach vorne gerichtet.
»Was soll das? Willst du mich jetzt ernsthaft töten? Das ist doch ein schlechter Scherz.«
Zumindest hoffte Katja das. Diara kam ihr bedrohlich nahe, und Katja musste sich eingestehen, dass sie eine Scheißangst hatte.
»Ich werde sagen, dass ich dich hier gefunden habe. Du lagst blutend am Boden, und ich konnte gerade noch ein Auto wegfahren sehen.«
Diara meinte das ernst, Katja sah es in ihren Augen. Zum Schutz hob sie abwehrend die Hände.
»Bitte, ich verspreche dir, ich lasse die Finger von Patrick. Ich werde aus eurem Leben verschwinden und den Kontakt abbrechen.«
Mit finsteren Augen riss Diara das Messer nach oben. Sie holte aus. Die Klinge sauste auf Katjas Körper zu.

Doch es war etwas anderes, das Katjas Aufmerksamkeit auf sich zog. Mit lauten Motorengeräuschen raste ein dunkler Wagen auf sie zu. Diara drehte sich um, ihre Augen weiteten sich. Katja stand wie versteinert da. Das Auto fuhr mit voller Geschwindigkeit auf sie zu.
Fast gleichzeitig sprangen die beiden Frauen zur Seite, doch der Wagen erwischte Diara frontal. Katja sah in den Augenwinkeln, wie die dunkelhäutige Frau durch die Luft geschleudert wurde. Katja konnte ausweichen, fiel jedoch unsanft auf den Boden.
Kurzzeitig begann sich die Umgebung um sie herum zu drehen, doch dann wurden ihre Gedanken sofort klar. Panisch schaute sie zu Diara. Ihr Körper lag verdreht in einer Blutlache. Ihr Arm war seltsam verbogen, und ein zerfetzter Knochen schaute aus einer offenen Wunde.
»Diara«, hauchte Katja, während ihr Kopf wie verrückt pochte.

Diaras Augen waren vor Schreck weit aufgerissen. Aus Mund, Nase und Ohren lief Blut, das sich mit der Lache unter ihr vermischte. Katja krabbelte zu Diara und fühlte ihren Puls. Sie war tot. Scheiße. Was war nur geschehen?
Schnell sah sich Katja nach dem Auto um und entdeckte es in einiger Entfernung. Die Fahrertür stand offen, und der Fahrer schien ausgestiegen zu sein.
»Hier bin ich«, flüsterte eine Stimme neben ihr. Bevor Katja aufschreien konnte, spürte sie einen Einstich am Hals. Die Umgebung begann sich erneut zu drehen und ihr wurde schwarz vor Augen. Katja sah verschwommen einen Mann, der sein Handy zog und ans Ohr hielt. Im letzten Moment vor der Ohnmacht hörte sie seine Stimme.

»So ein Mist, ich habe eine Frau getötet, dabei wollte ich sie gar nicht richtig erwischen. Aber zumindest habe ich unser eigentliches Ziel: Katja.«

Kapitel 16

Walter hatte den Karton geöffnet und war erstarrt. Unterbewusst hatte er mitbekommen, wie auch Florian in die Kiste geschaut hatte und Irina losgerannt war.
Er blickte auf die vier präparierten Schmetterlinge vor sich. Das konnte unmöglich wahr sein. Vor seinen Augen tauchten die Bilder von den beiden Opfern Julia Abraham und Roland Reissberg auf.
Doch Walter bemühte sich, wieder in die Realität zurückzukehren. Neben den toten Tieren lag eine Karte. Es war eine Trauerkarte, die als Motiv eine weiße Rose mit schwarzem Herz zeigte. Mit zitternder Hand öffnete er die Karte und las den aufgedruckten Text:

Liebe Herren Kommissare,

die vier Schmetterlinge stehen jeweils für eines meiner kommenden Opfer.
Schon bald werden Sie von den Entführungen erfahren. Finden Sie den Zusammenhang, dann können Sie sie vielleicht noch retten. Ansonsten wird einer nach dem anderen sterben. Der Countdown läuft!

»Dieser Mistkerl!«, murmelte Walter. Der Täter hatte vier Entführungen geplant, und sie hatten keinerlei Hinweis darauf, wer die Opfer sein könnten. Jedenfalls stand nun mit Sicherheit fest, dass es auch eine Verbindung zwischen Roland Reissberg und dem toten Mädchen geben musste.

In Gedanken versunken sah Walter, wie Florian Irina nachlief. Er hingegen konnte die Schachtel nicht aus den Augen lassen.
»Was ist denn passiert?«, ertönten die Worte seiner Frau. Renate tauchte hinter Walter auf und blickte irritiert in den Karton.
»Bring mir bitte mein Handy, ich muss mein Team und die Spurensicherung informieren.«

Während Walter den Anruf tätigte, kamen Irina und Florian zurück. Sein Kollege hielt einen Teenager am Ärmel und führte ihn unsanft zum Haus.
»Jetzt erzähl nochmal in Ruhe, was du uns eben gesagt hast«, forderte Florian ihn auf.
Die Gesichtsfarbe des etwa Vierzehnjährigen hatte sich rot verfärbt, und er trommelte nervös auf seinem Skateboard herum.
»Ich schwöre, dass ich nicht weiß, was in dem Päckchen ist. Ist sollte es nur hier ablegen.«
Walter beendete den Anruf und wandte sich dem Teenager zu. »Wer hat es dir gegeben? Und wieso solltest du es herbringen?«
Der Junge strich sich seine blonden Haare aus dem Gesicht und schaute aufgeregt in die Runde.
»Hör zu«, setzte Irina an. »Die beiden Herren sind von der Polizei. Sie werden dir nichts tun, erzähl ihnen einfach das, was du vorher auch mir gesagt hast. Beginne doch einfach mit deinem Namen.«
Das schien den Burschen etwas zu beruhigen. Irina mischte sich zwar ständig in die Ermittlungen ein, doch Walter musste zugeben, dass sie bisher mehr half, als dass sie störte.

»Ich heiße Kevin und wohne direkt da hinten.« Er zeigte auf eine Kreuzung, die zu einer Spielstraße führte. »Ich bin heute Mittag mit dem Skateboard rumgefahren, als ein Auto neben mir gehalten hat. Ich hatte schon Angst, dass es irgendein komischer Pädo ist, aber es saß eine megahübsche Frau am Steuer. Sie hat mir fünfzig Euro und das Paket gegeben. Ich sollte es einfach um 19 Uhr herbringen, klingeln und mich wieder verpissen. Ich habe mir ja nichts dabei gedacht.«
»Kannst du die Frau beschreiben?«, fragte Walter völlig perplex.
Da das erste Opfer missbraucht worden ist, arbeitete sie offensichtlich nicht alleine. Was brachte eine Frau dazu, einem Kind so etwas Schreckliches anzutun? Oder war sie womöglich bloß eine Handlangerin, wie Kevin auch?
»Die Frau trug eine dunkle Sonnenbrille, und sie war schlank, aber schon älter, ich würde schätzen dreißig. Und sie hatte blonde Haare, aber ich glaube, dass das eine Perücke war. Über den Ohren hing nämlich eine schwarze Strähne raus.«
»Würdest du sie wiedererkennen?«, fragte Florian.
Kevin schüttelte vehement den Kopf.
»Nein, bestimmt nicht. Ich habe sie ja nur kurz im Auto gesehen, und die große Sonnenbrille hat eigentlich alles verdeckt. Aber darf ich jetzt gehen?«
»Nein! Ich würde gerne noch deine Daten aufnehmen und mit deinen Eltern sprechen«, antwortete Walter.
Renate drängte sich hinter Florian hervor und legte eine Hand auf Kevins Schulter.
»Ich bringe dich nach Hause, damit du ihnen Bescheid geben kannst.«

Während Renate und der Junge die Straße entlang verschwanden, standen Walter, Irina und Florian vor dem

Haus. Walter bezweifelte, dass an dem Paket Fingerabdrücke oder DNA Spuren gesichert werden konnten.
Das Klingeln eines Handys ließ ihn aufschrecken.
Irina griff in ihre Tasche und zog ein Smartphone heraus.
»Ja? … Nein, eigentlich ist es gerade schlecht … was? Naja, ist doch nicht schlimm … Warum? … Na gut, dann komme ich halt.«
Mit betrübten Blick steckte Irina das Handy wieder ein.
»Ärgerlich, dass ich genau jetzt wegmuss, aber meine Mutter braucht meine Hilfe.«
Mit diesen Worten verabschiedete sich die Reporterin, und Walter musste sich eingestehen, dass er trotz der Hilfe froh war, die Frau endlich los zu sein. Jedoch entging ihm nicht, dass sein Kollege Florian das wohl anders sah, denn er blickte der jungen Frau mit einem enttäuschten Gesichtsausdruck hinterher.

Kapitel 17

»Und jetzt mach dir keinen Kopf. Es war ja nicht deine Schuld, dass sie dir vor's Auto gesprungen ist. Außerdem hat sie es bestimmt verdient.«

Sie legte auf und steckte ihr iPhone in die Ladeschale des Autos zurück.

Dieser Trottel sollte Katja Körner entführen, und das bestmöglich ohne Aufsehen dabei zu erregen. Doch er war an dieser einfachen Aufgabe tatsächlich beinahe gescheitert. Aber was soll's. Immerhin war Katja nun in seiner Gewalt.

Sie konnte es kaum erwarten, das nächste Opfer selbst zu entführen. Alles lief nach Plan. Gut, dass ihr Kumpan nichts davon ahnte, wie sie ihn als ihre Marionette benutzte. Niemals hätte sie gedacht, dass ihr Plan so gut funktionieren könnte. Er dachte doch tatsächlich, dass er das Sagen hatte.

Ein lautes Lachen entfuhr ihrer Kehle. Dieser Trottel.

Nummer Eins – Katja Körner – war also auf dem Weg ins Verlies. Nummer Zwei würde sie sich holen. Jetzt!

**

Er saß im Auto und starrte sich im Spiegel an.

Dank seinem GPS Gerät hatte er Katjas genaue Position leicht herausfinden können. Sein Plan war es gewesen, anzuhalten, Katja nach dem Weg zu fragen und sie dann zu betäuben. Doch alles war anders kommen.

Er selbst war spät dran, und Katja war nicht alleine gewesen.

Also hatte er spontan umgeplant: Er wollte Katjas Begleitung anfahren und sie somit außer Gefecht setzen. Doch diese dumme Kuh war ihm direkt vors Auto gesprungen.

Selbst schuld, dass sie tot war.

Katja Körner lag wie geplant bewusstlos im Kofferraum. Seine Gehilfin war gerade auf dem Weg zu Nummer Zwei, und er selbst hatte ebenfalls noch zwei weitere Namen auf der Liste.
So, wie es die vier Schmetterlinge versprochen haben.

Kapitel 18

»Hat der Suchtrupp schon etwas gefunden?«

Es war Nacht geworden, und der Schauplatz wurde durch aufgestellte Flutlichter beleuchtet. Am Straßenrand parkten einige Autos, Kranken- und Polizeiwagen. Inmitten tummelten sich Mitarbeiter der Spurensicherung, der Polizei und der Kripo, sowie ein Notarzt-Team.

Walter ließ den Blick über die Szenerie gleiten.

»Bisher nicht«, antwortete ein Beamter. »Von Katja Körner fehlt weiterhin jede Spur. Wir haben auch auf den Straßen und im Wald keine Blutspuren gefunden. Für mich sieht es momentan nicht danach aus, als wäre die Frau verletzt worden.«

Walter glaubte ebenfalls nicht daran. »Was ist denn nur in dieser verfluchten Stadt los?«, murmelte er mehr zu sich selbst und beobachtete, wie der Beamte über das Funkgerät Kontakt mit dem Suchtrupp aufnahm.

»Nein, wir haben immer noch nichts. Auch keine Fußspuren und zertretene Äste oder Pflanzen«, ertönte eine Stimme daraus.

Erschöpft nahm Walter auf der hölzernen Bank am Waldrand Platz. Erst war ihm der Karton mit den toten Schmetterlingen zugestellt worden, und nun befand er sich wenige Stunden später an einem Tatort.

»Glaubst du an einen Zufall?«

Florian war herangetreten und setzte sich neben ihn.

»Nein«, antwortete Walter. »Die toten Schmetterlinge kündigen vier weitere Entführungen an, und kurz darauf wird eine Frau überfahren und eine weitere verschwindet – das klingt für mich nicht nach einem Zufall.«

Während er sprach blickte Walter zu der Blutlache auf dem Boden. Er erkannte Sabine, die gerade über den Leichnam von Frau Awolowo gebeugt stand und die Verletzungen begutachtete.

»Wenn ihr mich fragt: Ich glaube auch nicht an einen Zufall«, erwiderte Markus.

Walters Kollege stand vor ihnen und blätterte in einem Notizblock.

»Ich habe gerade mit Sabine gesprochen. Es wurden keine Bremsspuren gefunden, was darauf hindeutet, dass Frau Awolowo absichtlich überfahren wurde. Außer der Lache wurde kein weiteres Blut gefunden. Allem Anschein nach wurde Frau Körner also nicht schwer verletzt.«

»Zumindest nicht so sehr, wie ihre Freundin«, fügte Florian hinzu, wofür Walter ihn sofort mit einem bösen Blick strafte.

»Wer hat die Tote eigentlich gefunden?«, fragte er schließlich.

»Patrick Winterbach war der erste am Tatort, er ist der Lebensgefährte der Toten«, antwortete Markus. »Er sagt aus, dass Frau Awolowo Katja Körner nachgegangen sei. Nachdem seine Freundin nicht zurückgekehrt sei, habe er sich selbst auf die Suche gemacht.«

»Wir werden morgen noch mit Herrn Winterbach sprechen. Habt ihr sonst irgendwelche Spuren gefunden? Eventuell etwas, das uns Hinweise auf den Täter gibt?«, wollte Walter wissen.

»Leider nicht. Die Reifenspuren deuten auf ein großes Fabrikat hin, ansonsten können wir derzeit nichts sagen. Schon verrückt, was zurzeit los ist.« Markus schüttelte den Kopf und steckte sich die Hände in die Hosentasche.

Walter stand von der Bank auf und streckte sich, wobei seine Knochen laut knackten. Die Rückenschmerzen machten ihm allmählich zu schaffen.

Er zog sein Handy aus der Hosentasche. Seine Frau hatte sich nicht gemeldet, keine Seltenheit, wenn er an einem Tatort war. Dennoch wünschte er sich ein Lebenszeichen von ihr, schließlich wussten der oder die Täter, wo er wohnte. Immerhin beruhigte es Walter, dass für heute Abend ein Streifenwagen vor ihrem Haus positioniert wurde. Das Gespräch zwischen Markus und Florian lenkte ihn von seinen Befürchtungen ab.

»Also gehen wir vorerst davon aus, dass sich Katja Körner in der Gewalt unseres Mörders befindet?«

»Aktuell dürfen wir nichts ausschließen. Aber ja, davon bin ich leider überzeugt, schließlich ist sie nicht in ihrer Wohnung, es gibt keine Meldungen von nahegelegenen Krankenhäusern und auch keine weiteren Blutspuren«, antwortete Florian.

Die lauten Stimmen und der Trubel um ihn herum, machten es Walter schwer, sich zu konzentrieren. Er atmete tief ein und trat zu seinen Kollegen.

»Das Kinderheim ist eine mögliche Verbindungsstelle zwischen unseren ersten beiden Opfern. Wenn Frau Körner die Nächste ist, dann müssen wir herausfinden, ob sie ebenfalls etwas mit dem Waisenhaus zu tun hat. Einen weiteren Anhaltspunkt haben wir momentan nicht.«

»Morgen besuchen wir ja das Heim, dann erfahren wir hoffentlich mehr«, fügte Florian hinzu.

Daraufhin gingen er und Markus wieder Richtung Tatort.

»Ich wäre nie darauf gekommen, dass ein und derselbe Täter Julia und den Reissberg umgebracht hat, aber die Schmetterlinge lassen einen Trittbrettfahrer ausschließen. Niemand, außer unserem Team und der Rechtsmedizinerin wussten davon«, sagte Markus, dann waren er und Florian außer Hörweite.

Walter stieß die Luft aus. Erschöpfung machte sich in ihm breit.
Da es sich bei den Taten nun allem Anschein nach um eine Mordserie handelte, konnte er damit rechnen, dass sein Vorgesetzter schon bald das LKA München hinzuziehen würde. Anzugträger, die ihn als Witzfigur darstellen und den Fall an sich reißen würden.
Walter nahm sich vor, alle Register zu ziehen, um das Eingreifen zu verhindern.
Doch heute Nacht würde nichts mehr davon geschehen, und so blieb ihm nichts anderes übrig, als nach Hause zu fahren.

Blieb nur zu hoffen, dass bis zum nächsten Tag keine weiteren Leute verschwanden.

Kapitel 19

Yuki Tanaka wischte sich den Schweiß von der Stirn und nahm den Mundschutz ab. Endlich Feierabend. Die Arbeit in ihrem Laden war anstrengend genug, dennoch organisierte sie zusätzlich zweimal im Monat Abendveranstaltungen, bei denen sie ihren Freundinnen günstig die Nägel machte.

Ihr Nagelstudio lief zwar zufriedenstellend, dennoch konnte sie von dem Gewinn nur schwer die Miete bezahlen. Einen lukrativeren Laden würde sie als Siebenundvierzigjährige ohne Berufsausbildung allerdings wohl kaum eröffnen können. Außerdem war sie gut in ihrem Job, und das wusste sie. Sogar auf den kleinsten Fingernägeln konnte sie die farbenprächtigsten Muster zaubern: kleine Clownfische, Leoparden oder japanische Anime-Figuren. Es war eine Kunst, die sie beherrschte wie wohl kaum eine andere in Bayern.

Vor vielen Jahren einmal hatte sie mit ihren Pokemon-Nägeln einen internationalen Wettbewerb gewonnen. Zusätzlich hatte sie in ihrer Heimat als Tätowiererin gearbeitet – doch diese Zeit war längst vorbei, und inzwischen konzentrierte sie sich vollends auf die Nägel.

Es war bereits nach Mitternacht, als sie erschöpft die Ladentür abschloss und Ayumi nachwinkte. Endlich war auch die letzte ihrer Freundinnen gegangen.

Den Mundschutz verstaute Yuki in einer Schublade und räumte die unterschiedlichen Nagellackfarben weg.

Der beißende Geruch der Chemikalien brannte noch in ihrer Nase, als sie vor dem Aufzug stand. Genervt drückte sie mehrmalsauf den Knopf.

Dass der auch immer so lang brauchen muss, dachte sie sich und presste ihren Finger erneut gegen das Symbol.

In dem Büro über ihr befanden sich eine Anwaltskanzlei und ein Arzt. Gerne dachte sie an Herrn Friesinger. Ein gut aussehender Mann in ihrem Alter. Der *Herr Doktor*, wie sie ihn oftmals ansprach.

Er war immer für einen Scherz aufgelegt und wirkte niemals genervt oder angespannt. Es gab Momente, in denen sich Yuki einen Schnupfen wünschte, nur um bei dem Herrn Doktor in Behandlung zu sein. Ein drittes Mal ihren Impfpass prüfen zu lassen, wäre jedenfalls verdächtig.

Um die Uhrzeit war er jedoch garantiert nicht mehr in der Praxis, sondern längst zu Hause bei seiner Familie. Kein Wunder, dass solch ein Mann vergeben war, während sie geschieden lebte und zu ihren Kindern keinen Kontakt mehr hatte.

»Na endlich«, stieß Yuki erleichtert aus, als das Signal ertönte und die Tür aufging. Der Aufzug war da.

Eilig stieg sie in die Kabine und betrachte sich im Spiegel. Ihre Augenringe waren groß, die Haut hing schlaff herab, und die Haare wurden langsam grau.

Ist doch klar, dass du solo bist, dachte sie und drehte sich wieder Richtung Tür. Sie ertrug momentan ihr Spiegelbild nicht und konnte es kaum erwarten, ins Auto zu steigen, endlich nach Hause zu fahren und dann in ihr gemütliches Bett zu fallen. Morgen war Freitag. Ihr freier Tag.

Mit einem Pling öffnete sich die Aufzugtür wieder, und vor Yuki lag die nur schwach beleuchtete Tiefgarage. Sie war nicht sonderlich groß und bot nur etwa zwanzig Parkplätze. Die meisten davon waren um diese Uhrzeit nicht mehr besetzt, und nur vier Autos standen auf dem Parkdeck verteilt. Eines davon gehörte Yuki, ein weißer Kia.

Gähnend trottete sie auf den Wagen zu und drückte bereits von Weitem den Knopf auf ihrem Autoschlüssel, der die

Türen entsperren ließ. Sie steckte den Schlüssel zurück in ihre goldene, mit Plastikrosen beklebte Handtasche und zog ihr Samsung Handy hervor.

Tom liebt meine neuen Nägel.
Danke für deine Mühe und
den tollen Abend, Süße.
Bis nächste Woche
Ayumi

Yukis Lippen umspielte ein Lächeln. Deshalb liebte sie ihren Job – zufriedene Kunden, die ihre Arbeit zu schätzen wussten.
Yuki steckte das Smartphone in die Jeanstasche.
Beim Auto angekommen, öffnete sie die Fahrertür, stieg ein, warf ihre Handtasche auf den Beifahrersitz und ließ sich in das Polster sinken. Für einen kurzen Moment schloss sie die Augen und massierte sich die Schläfen.
Das Handy vibrierte erneut in Yukis Hosentasche. Anscheinend eine weitere Lobeshymne auf ihre Arbeit. Sie zog ihr Samsung hervor und entsperrte den Bildschirm. Darauf zu sehen war eine SMS von einer unbekannten Nummer.

Schaust du keine Horrorfilme?
Man sollte immer seinen Rücksitz
überprüfen, bevor man einsteigt!

Erschrocken hielt Yuki den Atem an. War diese Nachricht ein schlechter Scherz?

Sollte sie aus dem Wagen springen oder direkt auf den Rücksitz schauen? Ein kalter Schauer bildete sich auf ihrem Körper.
Mach dich nicht lächerlich! Das ist nur ein dummer Scherz!
Langsam drehte Yuki ihren Kopf zur Seite.
Mit einer schnellen Bewegung schaute sie auf den Rücksitz und atmete auf. Da war niemand. Natürlich nicht.

Haha! Sehr lustig

antwortete sie auf die SMS und feuerte ihr Handy neben die Tasche auf den Beifahrersitz. Wer auch immer diese Nachricht verschickt hatte, hielt sich wohl für besonders lustig.
Sie drückte den Startknopf, der Motor sprang an, und Yuki legte den Rückwärtsgang ein.
Als sie losfuhr, gab es plötzlich einen kräftigen Ruck, und das Jaulen eines Hundes war zu hören. Schnell trat Yuki auf die Bremse.
Scheiße, nein! Was hatte ein Hund um diese Uhrzeit hier unten zu suchen? Sie riss die Tür auf und sprang aus dem Auto.
Was sie dann sah, lies Yuki erneut erschaudern. Unter dem Wagen lag kein verletztes Tier, sondern ein größerer Ziegelstein. Daneben befand sich ein Abspielgerät, aus dem das Jaulen des Hundes ertönte.
»Verdammt, was soll das?«, murmelte Yuki gerade noch, als sie plötzlich einen Einstich am Hals spürte und die Garage um sie herum unscharf wurde.

Kapitel 20

Der Gang schien endlos lang zu sein. An den Wänden hingen Bilder von Laurin. Er lächelte sie an. Ihr Verlobter. Jetzt lag er tot unter der Erde – in Norwegen. Die nächsten fünf Bilder zeigten Patrick. Niemals hätte Katja Körner gedacht, dass sie sich noch einmal verlieben würde.

Das nächste Foto ließ Katja verkrampfen. Darauf war Diara zu sehen. Knochensplitter ragten aus blutigen Wunden.
Nein, sie ertrug das nicht mehr. Also lief sie weiter in das Dunkel.
Plötzlich sah Katja eine Gestalt vor sich. Abrupt bliebt sie stehen. Das konnte unmöglich real sein.
Vor ihr stand Diara. Ihre Arme hingen verdreht herab, und sie zog eine Blutspur hinter sich her. Ihr Gesicht wirkte blass, und ihre Augen waren weit aufgerissen.
»Du … «, hauchte sie in gespenstischem Ton. »Du hast Schuld an meinem Tod.«
In genau diesem Moment rannte die Gestalt auf Katja zu. Sie schrie auf.

Und erwachte in einem dunklen Raum. Katjas Kopf schmerzte, und ihre Augen brannten. Am schlimmsten jedoch war ihre trockene Kehle, die sich anfühlte, als hätte sie seit Tagen nichts mehr getrunken.
Verdammt! In was war sie da nur reingeraten, und wo befand sie sich überhaupt? Die Bilder von dem Unfall schossen ihr durch den Kopf. Das Auto. Diara, wie sie durch die Luft geschleudert wurde. Der Schrei. Ihre verdrehten Gliedmaßen. Schnell versuchte Katja, die Gedanken zu verwerfen, da vernahm sie plötzlich ein leises Atmen.

»Wer ist da?«, fragte sie mit zitternder Stimme.

**

Yuki berührte ihre Füße. Sie spürte die harten Fesseln, die ihre Knöchel fest umspannten und die damit verbundene Eisenkette. Langsam tastete sie die Kette ab, bis sie bei einer Verankerung in der Wand ankam. Sie rüttelte mit voller Kraft daran, doch ihre Fesseln lösten sich nicht.
Enttäuscht ließ Yuki davon ab und schaute sich stattdessen im Raum um. Die Lampe an der Decke spendete nur schwaches Licht, sodass die meisten Bereiche kaum zu erkennen waren. Der Boden war dreckig und kalt, die Wände von Rissen überzogen. Yuki krabbelte auf allen Vieren los. Die Kette war gerade lang genug, dass sie etwa bis zur Mitte des Raumes kam.
Plötzlich sah Yuki eine Gestalt auf der gegenüberliegenden Seite kauern. Im schwachen Licht erkannte sie eine blonde Frau, die in Embryostellung auf dem Boden lag.
»Hey, Sie«, flüsterte Yuki.
Es folgte keine Reaktion. War die Frau ebenfalls entführt worden? War sie bereits tot? Und warum wurden sie hier festgehalten?
Für diese Fragen hatte Yuki vorerst keine Zeit. Wichtig war, dass sie eine Fluchtmöglichkeit fand. Sie krabbelte zurück an *ihre* Wand und tastete den Boden ab. Der Ziegelstein und das Tonbandgerät waren kein Zufall, wer auch immer sie entführt hatte, hat einen durchdachten Plan.
Yuki musste sich beruhigen und zwang sich, ein- und auszuatmen.
Plötzlich regte sich die andere Frau doch. »Wer ist da?«, fragte sie.

»Ich heiße Yuki Tanaka und bin entführt worden. Wer sind Sie?«
»Ich … ich … ich heiße Katja«, stammelte die andere Frau.
»Was ist mit Ihnen passiert?«
»Ein Unfall … Jemand hat sie überfahren. Meine Freundin ist tot. Und dann wurde ich betäubt.«
Kaum hatte Katja denn Satz zu Ende gesprochen, begann sie zu weinen. Hemmungslos. Sie schluchzte und trommelte mit den Fäusten gegen die Wand.
Yuki hätte die arme Frau gerne beruhigt, doch erst einmal musste sie sich konzentrieren. Sie brauchte einen Stein oder einen anderen Gegenstand, den sie zur Verteidigung verwenden konnte. Langsam tastete sie jede erreichbare Stelle an der Wand und dem Boden ab.

**

Katja konnte ihre Tränen nicht mehr zurückhalten. Auch wenn es fies klingen mochte, es war irgendwie beruhigend zu wissen, nicht alleine zu sein. Dennoch wollte es die Panik nicht mindern. Warum waren sie hier, und was wollte der Entführer von ihnen?
Katja registrierte, wie Yuki klopfend den Boden abtastete.
»Was machst du da?«, fragte sie neugierig.
»Ich suche nach einer Möglichkeit hier rauszukommen oder nach einer Waffe, um mich zu verteidigen«, folgte die Antwort.
Katja schaute sich um. Es war zu dunkel, um etwas Genaues zu erkennen.
Die Tür am Ende des Raumes konnte sie wegen der Eisenketten nicht erreichen, außerdem war diese mit ziemlicher Sicherheit ohnehin verschlossen. Erneut

übermannte Katja die Angst, und Tränen liefen ihre Wangen hinab.

Konzentrier dich, Katja! Warum könntest du hier sein? Wer hat etwas gegen dich?

Diara wollte sie wegen ihrer Affäre mit Patrick töten – aber jetzt war Diara tot. Außerdem, was hatte diese Sache mit der Asiatin zu tun?

Hatte sie irgendwem etwas angetan, oder törnte es ihren Entführer an, Frauen wie einen Hund anzuketten und sie leiden zu sehen?

In diesem Moment waren Schritte von außerhalb zu hören, und ein Schlüssel drehte sich in der schweren Eisentür.

Katja hielt die Luft an, und auch Yuki gab auf einmal keine Geräusche mehr von sich. Mit einem Quietschen öffnete sich der Eingang, und eine Gestalt war zu sehen. Sie trug eine schwarze Ski-Maske und einen schwarzen Mantel.

Und sie schob eine Schubkarre. Darin lag jemand!

»Hilf mir mal schnell«, sagte die Gestalt mit mechanisch verzerrter Stimme. Für Katja war es unmöglich auszumachen, ob es sich um einen Mann oder eine Frau handelte.

Der Maskierte kippte den Körper aus der Karre auf den Boden, und eine weitere vermummte Gestalt trat in den Raum.

Katja erschrak und presste sich gegen die Wand. Von Yuki war ein unterdrückter Aufschrei zu hören.

Gemeinsam wuchteten die Entführer den Körper, der jetzt als kräftiger Mann zu erkennen war, zu einer der beiden freien Wände. Sie legten ihm ebenfalls eine Kette um das Bein und nickten sich zu.

Was für ein krankes Schauspiel.

»Was wollen Sie von uns? Lassen Sie uns frei«, schrie Yuki und rüttelte lautstark an den Fesseln.
Einer der beiden Maskierten ging auf die Asiatin zu und schlug ihr mit der Faust ins Gesicht. Katja konnte alles nur schemenhaft erkennen, sah aber, wie Yuki zurückfiel und sich das Gesicht hielt.
»Du redest nur, wenn du gefragt wirst. Und glaub mir, du kommst schon sehr bald dran.«

»Alles in Ordnung mit dir?«, fragte Katja, nachdem die beiden Gestalten den Raum wieder verlassen hatten.
»Dieser Mistkerl hat mir die Nase gebrochen. Kannst du den Mann sehen? Ist er bewusstlos?«
Katja strengte sich an, im schwachen Licht etwas zu erkennen.
»Ich glaube schon, er ist wohl bewusstlos. Sein Bauch bewegt sich leicht.«
Plötzlich kehrte Stille ein. Yuki erwiderte nichts mehr, und auch Katja wusste nicht, was sie sagen sollte.
Bis Yuki auf einmal weitersprach.
»Hier ist noch eine vierte Kette an der Wand.«

Kapitel 21

Himmelherrgott, du musst heute fit sein!

Es war kurz vor halb sechs am Freitagmorgen und die Sonne kam gerade erst zum Vorschein. Vom Garten aus ertönte sanftes Vogelzwitschern, und durch das gekippte Fenster strömte der Duft von Blumen und Gräsern herein.

Doch das nahm Walter nur unterbewusst wahr, während er sich im Badezimmerspiegel anblickte. Der Fall hatte ihn bis in seine Träume verfolgt. Julia Abraham, Roland Reissberg, Diara Awolowo und die vier Schmetterlinge. Es war noch lange nicht vorbei, und Katja Körner wurde immer noch vermisst.

Walter spritzte sich kaltes Wasser ins Gesicht und drückte sich anschließend das Handtuch fest auf die Haut.

Hoffentlich brachte die Befragung der Angehörigen einen entscheidenden Hinweis. Oder zumindest der Heimbesuch. Walters Vorgehen wurde vermutlich bereits kritisch beobachtet, und das LKA München wartete nur darauf, dass er einen Fehler beging und es sich einmischen konnte.

Irgendetwas an diesem Fall passte nicht. Eine Frau hatte den Jungen Kevin dazu angestiftet, das Paket mit den toten Tieren abzugeben. Da das erste Opfer missbraucht worden war, musste es sich folglich um ein Duo handeln. Das hatte Walter in seiner Karriere selten erlebt. Meistens waren Serientäter Einzelgänger, nur in wenigen Ausnahmen waren es mehrere, die sich zusammenschlossen. Schließlich war ein Mord für Psychopathen ein sehr intimer und bewegender Moment.

Leise ging Walter ins Schlafzimmer zurück, um seine Frau nicht zu wecken. Er nahm ein Hemd und eine dunkle Hose vom Kleiderständer und ging damit ins Wohnzimmer. Der angebrochene Tag lag ihm bereits jetzt schwer im Magen.

Kurze Zeit später saß Walter in seinem Auto und wählte wütend den nächsten Radiosender.
»Gerade auf Platz Eins der Charts, jetzt hier bei uns …«, ertönte die schrille Stimme der Moderatorin.
Genervt drückte er auf die Suchtaste.
Wieso um Himmels Willen gab es nur noch solch einen Schrott an Musik? Die Stimmen bis ins Unkenntliche bearbeitet, nur noch *Bumm-Bumm* und keine Instrumente mehr. Sogar sein geliebter Sender *Bayern1* schloss sich dem Trend an. Anscheinend wurde er allmählich zu alt, um die heutige Musik zu verstehen.
Walter dachte an David Bowie, die Beatles, Sting, Jefferson Airplane – das waren noch Künstler und ihre Songs Hymnen. In seiner Jugend gab es noch echte Instrumente, gute Stimmen und originelle Songs, die er auch heute noch mit Genuss hörte. Dagegen erschien heutzutage ein Möchtegern Superstar nach dem anderen am Musikhimmel, der innerhalb weniger Tage bereits wieder vergessen war. Genauso wie die dazugehörigen Songs.
Als auch auf dem nächsten Sender eine kreischende Frauenstimme, unterlegt mit einem viel zu heftigen Beat, unverständlichen Kram trällerte, stellte Walter das Radio aus.
»Dann eben nicht«, knurrte er genervt.
Er fuhr noch wenige Minuten über die überfüllte Hauptstraße und stellte schließlich den Wagen auf einem Parkplatz vor dem Revier ab.

Walter begrüßte die Dame am Empfang und ging an ihr vorbei zum Aufzug.

»Guten Morgen, Walter. Schaust aber ganz schön zerknittert aus, heute.«
Florian kam auf ihn zu. Im Gegensatz zu ihm wirkte dieser überraschend gut gelaunt. Walter wusste jedoch, dass der erste Eindruck täuschen musste. Denn seinen Kollegen nahmen die Fälle mindestens genauso mit, wie ihn selbst.
Florian drückte auf den Fahrstuhlknopf für den ersten Stock und biss ein Stück seiner Brezel ab. Walters Magen knurrte. Hätte er doch nur am Bäcker Halt gemacht.
Oben angekommen wurden sie direkt von seiner Sekretärin überfallen.
»Guten Morgen, die Herren. Patrick Winterbach ist bereits hier und wartet vorne.«
Es ging also direkt los. Der Freund von Diara Awolowo saß auf einem Stuhl und blickte traurig ins Leere. Der junge Mann war bereits vernommen worden, doch Walter war es wichtig, noch einmal in Ruhe mit ihm zu sprechen und hoffte, dass dieser einen Zusammenhang zu den bisherigen Opfern herstellen konnte. Oftmals erinnerten sich Angehörige erst nach einigen Stunden oder Tagen der Ablenkung an wichtige Einzelheiten.
»Herr Winterbach, Sie sagten gestern einem Beamten, Katja Körner und Ihre Freundin Frau Awolowo seien fast zeitgleich von Ihrer Geburtstagsparty aufgebrochen. Ist das so richtig?«, wollte Walter wissen.
»Nicht direkt. Katja ist gegangen, weil sie noch irgendetwas für die Uni zu erledigen hatte. Diara meinte kurz darauf, dass Katja ihre Schlüssel vergessen hätte, und ist ihr gefolgt … aber ich …«
Dann stoppte er unvermittelt und zupfte an seinen Fingernägeln.

»Herr Winterbach, ich möchte Sie bitten, nichts auszulassen. Ich merke doch, dass da etwas ist, dass Sie uns nicht sagen möchten«, belehrte ihn Florian.
Sein Kollege hatte also auch bemerkt, dass der Zeuge etwas verschwieg.
»Nein … ich … ich weiß nicht.«
»Lassen Sie nichts aus, nur so können wir den Fahrer des Wagens finden. Außerdem ist Frau Körner bisher nicht aufgetaucht, wir müssen also davon ausgehen, dass sie entführt wurde.«
»Sie haben ja recht«, begann Patrick Winterbach endlich zu sprechen. »Katja und ich hatten eine Affäre, und ich denke, meine Freundin hat was gemerkt. Wenn jemand also ein Motiv hätte, ihr etwas anzutun, dann Diara. Aber sie … sie ist ja selbst tot.«
»Wusste denn sonst noch jemand von der Affäre? Oder fällt ihnen jemand anderes ein, der ein Motiv hätte, Frau Körner zu entführen?«, fragte Walter.
Er konnte nicht sagen woher das Gefühl kam, aber dieser Winterbach hatte etwas Unehrliches an sich.
»Nein, niemand wusste von Katja und mir. Aber ich kann mir auch nicht vorstellen, dass deswegen jemand Katja etwas antun würde. Ansonsten bin ich mir nicht sicher. Katja hat mal von einer Dozentin an der Uni erzählt, mit der sie Probleme hatte.«
Walter wurde hellhörig. Auch wenn es im ersten Moment weit hergeholt klang – einer der Entführten könnte durchaus das eigentliche Ziel sein und die anderen Opfer nur Ablenkung vom eigentlichen Motiv.
»Können Sie diese Probleme genauer erläutern, und kennen Sie den Namen der Dame?«
»Ich weiß bloß, dass Katja mal von ihr erzählt hat. Sie heißt wie irgendeine Stadt, aber ich komme gerade nicht darauf,

welche. Jedenfalls hat die Dozentin wegen Katja ihren Job verloren. Aber weshalb genau weiß ich leider auch nicht.«
»Eine andere Frage: Sagen Ihnen die Namen Roland Reissberg oder Julia Abraham etwas?«
»Sind das nicht die zwei Toten, die hier in der Nähe gefunden wurden? Sie denken doch nicht etwa, dass der Mörder der beiden Katja in seiner Gewalt hat?«

**

Als nächstes erschien der Vater von Julia Abraham im Büro von Walter und Florian.
»Danke, dass Sie sich die Zeit genommen haben. Ihre Frau konnten wir nicht erreichen, um sie ebenfalls herzubitten«, begann Walter die Befragung.
»Das kann ich leider auch nicht. Ich weiß nicht, wo meine Frau steckt. Wir haben uns getrennt, und seitdem meldet sie sich nicht mehr. Wahrscheinlich ist sie irgendwo bei ihrer Familie in Schweden.«
Der Mann war offensichtlich am Tod seiner Tochter zerbrochen, und damit auch seine Ehe. Walter nahm sich vor, die Kontaktdaten von Frau Abrahams Eltern in Erfahrung zu bringen, doch das konnte erst einmal warten.
»Es tut mir leid, das zu hören.«
»Herr Abraham«, trieb Florian die Befragung voran. »Sagt Ihnen der Name Katja Körner etwas?«
Ihr Gegenüber verneinte die Frage. Daraufhin zog Florian ein Foto der Entführten aus der Schreibtischschublade und legte es dem Mann vor.
»Ich bedaure, ich kenne die Person nicht. Wieso fragen Sie überhaupt? Hat die Frau etwas mit dem Tod meiner Julia zu tun?«

»Dazu können wir leider noch nichts Genaueres sagen. Jedenfalls ist es nicht auszuschließen, dass Sie eine wichtige Zeugin sein könnte.«
»Und warum befragen Sie die Frau dann nicht einfach?«
»Das würden wir gerne, aber sie ist seit gestern Abend verschwunden«, erklärte Florian.
Walter war verunsichert. Er hatte nicht vorgehabt, dem Angehörigen so viele Details mitzuteilen. Es war nicht üblich, zu diesem frühen Zeitpunkt die Spekulationen öffentlich zu machen.
»Jetzt sagen Sie schon, was hat die Frau mit meiner Tochter zu schaffen?«
»Wir ermitteln derzeit in verschiedene Richtungen. Aber ich habe noch eine weitere Frage: Julia war mit ihrer Schulklasse im Waisenhaus *Goldener Engel* zu Besuch. Hat Ihre Tochter etwas von dem Tag erzählt?«

**

»Bevor wir die Reissberg gleich befragen werden, wollte ich noch etwas mit dir abstimmen«, informierte Walter seinen Kollegen Florian in einem ruhigen Moment.
»Lass uns das Heim, in dem sie und ihr Bruder gelebt haben, noch außenvorhalten. Wir wissen schließlich nicht, ob es überhaupt etwas mit dem aktuellen Fall zu tun hat. Laut Julias Vater ist bei ihrem Besuch im Heim nichts Besonderes oder Auffälliges passiert. Kim Reissberg hat schon genug mit dem Tod ihres Bruders zu kämpfen, da müssen wir nicht auch noch unnötigerweise die Vergangenheit aufwühlen.«

»Hallo Frau Reissberg«, begrüßte Walter die Frau wenige Minuten später im Gang.

Angespannt spielte sie an ihren Locken herum, die sie inzwischen zu einer Kurzhaarfrisur trug. Der neue Haarschnitt stand ihr gut, wie Walter fand. Kim trug bis auf einen dezent aufgetragenen Lippenstift kein Makeup, das brachte die natürliche Schönheit der Frau zur Geltung.
Walter führte sie ins Büro, und sie nahm Florian und ihm gegenüber Platz.
»Gibt es etwas Neues zum Tod meines Bruders? Haben Sie seinen Mörder endlich geschnappt?«
»Leider nein. Wir haben Sie aus einem anderen Grund …«
Ein Klopfen an der Tür unterbrach Walter.
Sein Mitarbeiter Thomas Markwardt trat ein und blieb neben Walter stehen. Dabei nickte er Kim freundlich zu.
»Hast du kurz Zeit für mich?«, flüsterte er ihm ins Ohr.
»Natürlich. Frau Reissberg, ich bin gleich wieder zurück.«
Walter folgte seinem Kollegen zur Tür.
»Es tut mir leid, dass ich dich aus der Befragung rausgeholt habe, aber mir geht es heute nicht so gut. Ich würde dann jetzt nach Hause fahren.«
»Was ist denn los?« So kannte Walter ihn überhaupt nicht. Normalerweise würde Thomas sich sogar mit einer Kugel im Bein ins Büro schleppen.
Thomas schaute zu Boden und strich sich den Pony über die Narbe an der Stirn. »Es ist halb so schlimm. Ich fühle mich nur nicht gut, und auch privat gibt es gerade ein paar Schwierigkeiten.«
Walter merkte deutlich, dass sein Mitarbeiter nicht darüber sprechen wollte und ließ ihm seine Privatsphäre.
»Ich hoffe, bei dir und Jürgen ist alles in Ordnung. Selbstverständlich kannst du heimfahren.«

Während sich Thomas mit einem verlegenen »Ja, alles in Ordnung. Danke, bis Montag« verabschiedete, kamen Florian und Kim Reissberg aus dem Büro.

»Danke, dass Sie sich die Zeit genommen haben. Und sollte Ihnen doch noch etwas zu Katja Körner einfallen, melden Sie sich einfach.«

Also hatte auch diese Befragung keine neuen Informationen gebracht. Blieb noch das Waisenhaus, das ihnen hoffentlich einen Hinweis liefern würde.

Kapitel 22

Schreiend wachte Katja auf. Panisch schaute sie sich um und musste feststellen, dass es kein böser Traum war. Sie befand sich in einem Kerker. Festgekettet, mit Kopfschmerzen und trockener Kehle.

Schnell blickte sie zu Yuki – sie hockte noch an derselben Stelle. Auch der andere Typ lag noch immer auf der anderen Seite des Raumes. Bewusstlos.

»Gut, dass wenigstens du etwas schlafen konntest«, sagte Yuki traurig. »Ich habe kein Auge zubekommen. Es ist aussichtslos, es gibt einfach keinen Ausweg und auch nichts, das sich zur Verteidigung eignen würde.«

Katja war selbst überrascht, dass sie hatte einschlafen können. Doch nach langem Wachliegen und ins Nichts Starren, war sie in einen unruhigen Schlaf gefallen.

»Scheiße, was ist das hier? Wo bin ich?«

Der eben noch bewusstlose Mann sprang schreiend auf, wurde jedoch durch die Ketten unsanft zurückgerissen und knallte auf den Boden.

»Wer ist da? Was soll das? Lassen Sie mich raus!«

»Beruhigen Sie sich«, erwiderte Yuki ruhig. »Mein Name ist Yuki, und das da drüben ist Katja. Anscheinend wurden Sie wie wir entführt und von zwei Maskierten hergebracht.«

»Aber warum ich? Ich habe doch nichts Schlimmes getan!«, schluchzte der Mann.

»Denken Sie etwa, wir hätten etwas getan, um das hier zu verdienen? Sagen Sie doch erstmal, wer Sie sind«, forderte Yuki.

»Ich heiße Bernhard«, antwortet er und begann zu erzählen.

** Mehrere Stunden zuvor **

Bernhard Klotznebel zog seine Schuhe aus und stellte sie in den Schuhschrank in der Garderobe. Seine Socken waren feucht vom Schweiß, und auch unter seinen Achseln hatte sich eine unangenehme Nässe gebildet. Er hasste seinen Job – und im Sommer erst recht. Den ganzen Tag in dem überhitzten Auto sitzen und Pakete ausfahren. Bis er vierunddreißig Jahre alt gewesen war, hatte er gemeinsam mit seiner Mutter in einer Wohnung gelebt. Sie hatte ihn versorgt, und er hatte in Teilzeit Pakete im Ort ausgefahren. Doch als sie vor zwei Jahren verstorben war, hatte er auf Vollzeit wechseln müssen.
Es war eine Qual. Von morgens bis abends im Auto zu sitzen, den Leuten ihre Pakete ins Haus zu tragen, nur um dann angemotzt zu werden.

Warum kommt das erst jetzt?

Wehe, Sie haben es fallengelassen.

Warum haben Sie nicht geklingelt?

Zugegeben, oftmals brachte er die Päckchen tatsächlich direkt in die Filiale und warf Benachrichtigungskarten ein oder ließ diese am nächsten Tag per Post an den Empfänger schicken. Das tat er aber nur, wenn wirklich viel los oder es wie heute enorm heiß war. Wieso mussten die Leute auch derart viel bestellen? Irgendwie waren sie ja selbst schuld. Konnten Sie nicht einfach in den Laden gehen?

Bernhard zog sich sein Shirt aus und ging in die Küche. An seinem Hintern juckte seit Tagen ein Geschwür und machte ihn verrückt – er musste dringend zum Arzt gehen. Aber das war ihm auch unangenehm. Also kratzte er sich und nahm eine Wundsalbe aus dem Arzneischrank. Er verteilte sie auf der juckenden Stelle und stöhnte erleichtert auf. Tat das gut.
In der Küche öffnete Bernhard die Kühlschranktür und blickte hinein. Er hatte die Auswahl zwischen einer fertigen Currywurst und Knoblauchbaguette. Im Tiefkühlfach lagerten außerdem Pizzen und im Schrank mehrere Dosen Ravioli. Wie oft schon hatte er sich vorgenommen, sich gesünder zu ernähren. Abzunehmen und sich eine Frau zu suchen. Tagsüber schwor er Besserung, abends fehlte ihm dann aber die Lust, etwas zu kochen. Außerdem: Ein Salat war kein richtiges Essen. Höchstens eine Beilage, die man im Zweifel besser liegen ließ.

Bernhard, Fetthard, Ekelhard,
stirbst bald an 'nem Herzinfarkt

Der Spruch aus seiner Schulzeit ertönte in seinem Kopf. Traurig und wütend zugleich nahm er die Schale Currywurst aus dem Kühlschrank und aus dem Tiefkühlfach die Schokoladenpizza. Was für eine verrückte Idee, diese Mischung aus herzhaftem Pizzateig und süßer Schokolade. Doch er liebte dieses Gericht.

Bernhard, Fetthard, Ekelhard,
stirbst bald an 'nem Herzinfarkt

Bernhard heizte den Ofen auf zweihundert Grad vor und nahm die Pizza aus dem Karton. Die Plastikabdeckung der

Currywurstpackung stach er mit einer Gabel ein, stellte sie in die Mikrowelle und wählte die benötigte Zeit und Wattanzahl aus.
Dann ging er ins Wohnzimmer, schaltete den Fernseher ein und startete die Netflix App. Endlich war die neue Staffel der Politik-Serie *House of Cards* erschienen. Wie gerne wäre er wie Francis Underwood – gespielt von Kevin Spacey – der Präsident der Vereinigten Staaten, der sich seinen Weg erkämpft und dabei alle Neider hinter sich lässt.
Wer ist denn das jetzt, fragte sich Bernhard überrascht, als plötzlich sein Handy zu klingeln begann.
Seltsam, eine unterdrückte Nummer.
»Hallo, Bernhard Klotznebel hier, mit wem spreche ich?«
»Schlaf kleiner Bernhard, sei nicht traurig. Bald hole ich dich zu mir und schlitze dich auf«, sang eine mechanische Stimme zu der Melodie von *Hush little Baby*.
Erschrocken ließ er das Handy fallen und starrte auf das Display. Was in Gottes Namen war das?
Das Piepsen der Mikrowelle ließ ihn aufschrecken.
Wahrscheinlich nur ein dummer Scherz, dachte sich Bernhard.
Sein Leben war einfach beschissen und völlig unbedeutend. Wenn er jetzt tot umfallen würde, wer würde ihn vermissen? Die Antwort war ganz einfach: Niemand!
Er nahm die Plastikpackung aus der Mikrowelle, zog die Abdeckung ab und streute das Currypulver über die duftende Wurst und Soße.
Erneut klingelte sein Handy.
Angespannt hob Bernhard es auf. Die Nummer war wieder unterdrückt.
»Was soll das? Wer auch immer dran ist, das ist nicht lustig«, brüllte er in den Hörer.
Dieselbe mechanische Stimme wie zuvor ertönte.

»Denkst du wirklich, dass das ein Scherz ist? Bei Horrorfilmen fragt man sich, wie blöd die Protagonisten denn sein können. Aber anscheinend sind die Leute im realen Leben auch nicht schlauer. Das war kein Scherz. Ich *werde* dich aufschlitzen.«
Bernhard legte auf. Wenn das ein Schabernack war, ging es eindeutig zu weit.
Das Handy klingelte wieder. Scheiße! Dieses Mal ging er nicht ran, sondern drückte den Anruf direkt weg.
Viel Platz zum Verstecken bot seine kleine Wohnung nicht. Drei Räume, die offen zusammenhingen. Das Wohnzimmer, die Küche und das Schlafzimmer. Niemand war hier. Doch Bilder des Horrorfilmes *Halloween* erschienen vor seinen Augen.
Unter dem Bett. Im Kleiderschrank. Hinter den Vorhängen. Wenn es jemand drauf anlegte, würde er schon ein Versteck finden.
Panik stieg in ihm auf.
Ein kurzes Piepsen kündigte den Eingang einer SMS an. Nervös griff Bernhard nach dem Handy und las die Textnachricht.

Schau mal ins Badezimmer

Okay, jetzt hatte er eindeutig genug und wollte nur noch raus. Mit schnellen Schritten lief er zur Couch und streifte sich sein zuvor ausgezogenes Shirt über. Er riss die Haustür auf und erstarrte.
»Hallo.«
Vor Bernhard stand eine maskierte Gestalt. Und ehe er sich's versah, wurde ihm eine Spritze in den Hals gerammt.

Kapitel 23

Walter saß an seinem Schreibtisch und drückte auf den Startknopf seines Computers.
»Seltsam, dass niemand diese Katja Körner kannte. Ob sie wirklich von *unserem* Killer entführt wurde?«, fragte Florian, während er mit dem Tacker herumspielte.
»Dessen bin ich mir sicher. Wir haben vier präparierte Schmetterlinge erhalten, die Entführungen ankündigen sollten. Kurz darauf verschwindet eine Frau. Außerdem hätten wir Katja längst irgendwo aufspüren müssen.«
»Gut, dann sind wir uns ja einig«, bestätigte Florian.
Der PC brauchte mal wieder eine gefühlte Ewigkeit zum Hochfahren. Doch endlich konnte Walter seine Anmeldedaten eintippen.

Walter.Friedrich

tippte er als Nutzernamen und

Renate1904

als Passwort ein. Zugegeben, den Namen seiner Frau plus ihr Hochzeitstag war nicht gerade ein einfallsreicher oder besonders sicherer Code, doch welche andere Kombination aus Großschreibung, Kleinschreibung und Zahlen sollte er sich sonst merken? Seinen Geburtstag? Das wäre ja wohl noch einfacher für jedermann herauszufinden.
Als der Computer endlich hochgefahren war, öffnete Walter als erstes sein Mail Postfach. Es durfte ihm nicht noch mal passieren, dass er eine wichtige Nachricht überlas, nur, weil er nicht gerne am Computer arbeitete. So war es vor drei

Monaten geschehen, als er eine dringende Anfrage seines Vorgesetzten erst Tage später gelesen und eine derbe Standpauke erhalten hatte.
Zwei neue Emails wurden in Outlook angezeigt. Die erste war eine Rundmail aus dem Intranet. Zum Jubiläum eines Streifenpolizisten wurde Geld gesammelt. Die zweite hingegen weckte schon eher sein Interesse.
»Was ist denn das?«, murmelte Walter überrascht und zeitgleich stockte ihm der Atem.

Absender Katja.Körner@newsmail.de

Helfen Sie mir. Ich bin entführt worden.
Öffnen Sie bitte den Anhang und suchen
Sie mich.

Florian schaute ihm über die Schulter und rief plötzlich: »Nicht aufmachen, das ist bestimmt … «
Doch weiter kam er nicht, denn da hatte Walter bereits den Anhang geöffnet. Irritiert schaute Walter sich zu seinem Kollegen um. Warum sollte er das Dokument nicht anklicken?
Im selben Moment wurde der Monitor schwarz.
»Was ist denn jetzt los?«
Während der Bildschirm dunkel blieb, erschienen darauf auf einmal vier blutrote Schmetterlinge. Sie flatterten wirr umher und stoppten im nächsten Moment.
Auf einem der Falter bildete sich ein Gesicht. Erst unscharf, dann wurde es klarer.
»Das kann doch nicht sein«, murmelte Walter.
Es war eindeutig das Gesicht von Katja Körner zu sehen. Daneben erschien eine Sprechblase.

Hilfe! Hilfe! Hilfe!
»Scheiße, die haben dir einen Virus eingeschleust. Fuck, ich wollte dich ja noch warnen«, schrie Florian.
Walter spürte, wie er rot anlief. Was hatte er da nur wieder angestellt?

Kapitel 24

»Ha! Er hat die Mail geöffnet.«

Triumphierend riss er den Arm in die Luft. Hier machten sich seine IT-Fähigkeiten doch etwas zunutze.

»Haben wir jetzt Zugriff auf die Daten des Polizeipräsidiums?«, fragte seine Mittäterin.

»Das ist noch nicht gesagt. Es kommt darauf an, welche Firewalls die haben. Aber darum geht es mir ja auch nicht unbedingt. Die Polizei soll einfach merken, dass sie gegen uns keine Chance hat. Wir geben ihnen zwar Hinweise, aber wir sind ihnen immer einen Schritt voraus.«

Er konnte es kaum fassen, wie leichtsinnig dieser Kommissar doch war, und wie einfach er mit ihm spielen konnte.

Erst die Schmetterlinge, die der Junge zu dessen Haus gebracht hatte, und jetzt die Mail. Er wollte der Polizei deutlich machen, dass er ihnen einen Schritt voraus war. Niemals würden sie ihn erwischen, dieses unnütze Pack. Diese Versager! Und vor allem nicht Walter Friedrich, dessen Verfallsdatum längst abgelaufen war.

Er blickte auf den Monitor. Katja, Yuki und Bernhard kauerten in dem vorbereiteten Raum und litten vor sich hin. So, wie sie es verdient hatten.

Kamen sie wirklich nicht darauf, warum genau *sie* hier waren? Warum er *sie* töten würde?

Bald würde er ihnen den ersten Hinweis geben.

Doch einer fehlte noch in der Runde.

»Bringen wir ihn rein, dann kann er sich mit den anderen bekannt machen. Du beobachtest die Vier, und ich kann endlich meine Besorgungen tätigen«, schlug sie vor.

»Klingt gut«, bestätigte er und stand auf.

Hinter ihnen befand sich eine Schubkarre. In ihr lag Alejandro Sanchez. Betäubt.
Während seine Komplizin die Maske überzog, blickte er sich im Raum um.
Wie gut sie ihr Versteck doch ausgebaut hatten. Es bestand aus mehreren Räumen und langen Gängen. Im ersten Zimmer kauerten ihre drei ersten Opfer. Festgekettet. In dem zweiten, in dem sie gerade saßen, hatten sie eine Art mobile Einsatzzentrale errichtet. Es gab Monitore, auf denen jeder Winkel der Räume zu sehen war. Ein weiterer spiegelte die Anzeigetafel wider. Praktisch, dass er durch seine IT-Kenntnisse alles hatte vernetzten und die entsprechenden Programme entwickeln können. Mit dem PC und dem Smartphone konnten sie den Timer beliebig starten, anhalten und einstellen. Sie hatten zudem die Möglichkeit, die Fallen auszulösen oder das Gas freizusetzen.
Die anderen Räume und Wege waren unbenutzt und viel zu unübersichtlich, um diese auch noch zu nutzen oder vollständig zu überwachen. Der alte Bunker musste zu NS-Zeiten einem großen Stützpunkt gedient haben.
In den Regalen vor ihm lagen mehrere vorbereitete Spritzen, mit denen sie die Gefangenen außer Gefecht setzen konnten. Das Sedativum hatte er problemlos besorgen können, nachdem er sich in das System einer Arztpraxis eingehackt und falsche Rezepte hatte ausstellen lassen.
Neben den Spritzen befanden sich die Hundenäpfe, in denen er den Gefangenen Wasser und Brot servieren würde, schließlich sollten sie nicht verhungern, bevor der Spaß so richtig begonnen hatte.
Und dann waren da natürlich noch seine Messersammlung und die Waffen.
Er nickte zufrieden. Es war alles vorbereitet.

Kapitel 25

Heute wird es wieder ein wunderschöner Tag in Bayern. Die Sonne steht bereits jetzt hoch am Himmel, und uns erwarten Temperaturen von bis zu 33 Grad. Weiterhin ist kein Wärmegewitter in Sicht.

Denkt daran, wenn die ersten von euch in wenigen Stunden ins Wochenende starten: Eincremen nicht vergessen!

Nun aber zu einem ernsten Thema: Bereits gestern haben wir euch davon berichtet, dass in Fürstenfeldbruck eine junge Frau angefahren und mit lebensgefährlichen Verletzungen liegengelassen wurde. Eine weitere Frau, Katja K., die mit dem Opfer unterwegs war, ist seitdem verschwunden. Von Seiten der Polizei gibt es weiterhin keine neuen Informationen. Wir halten euch aber selbstverständlich auf dem Laufenden.

Jetzt aber erstmal Musik. Nur hier bekommt ihr den besten Mix aus 80ern, 90ern und den Hits von heute.

Ich habe einen ganz besonderen Klassiker für euch. Hier ist '99 Luftballons' von Nena.

Walter drehte das Radio etwas leiser und öffnete das Fenster. Im Auto musste es mindestens vierzig Grad haben.

Florian schnaufte angestrengt und wischte sich mit dem Handrücken über die Stirn. »Es wäre wirklich hilfreich, wenn du die Klimaanlage aufdrehen würdest.«

»Bist du verrückt? Davon bekomme ich Schnupfen.«

»Mach dich nicht lächerlich«, erwiderte Florian und atmete lautstark aus.

»Von Klimaanlagen wird man nicht krank, nur etwas erfrischt. Außerdem kannst du dir eher einen Zug holen, wenn du das Fenster bei einhundert Stundenkilometern ganz öffnest.«

Natürlich, dieser Neunmalklug wieder. Walter wusste ganz genau, dass er die Klimaanlage nicht vertrug. Zwar amüsierte sich seine Frau auch regelmäßig über diese Aussage, doch die beiden würden es schon einsehen, wenn sie sich am nächsten Tag mit Halsschmerzen herumplagen mussten.

Also ließ er die Klimaanlage ausgeschaltet und streckte die Hand aus dem Fenster. Der Fahrtwind wehte eine angenehme Brise ins Auto. Das durch die hohe Geschwindigkeit entstandene Brummen in seinen Ohren versuchte Walter dagegen zu unterdrücken.

Der Board-Monitor im Wagen kündigte einen Anruf aus dem Büro in Fürstenfeldbruck an. Walter nahm den Anruf entgegen.

»Servus, ich bin's, Markus. Ihr wart ja vorher so schnell weg, deshalb wollte ich euch noch kurz übers Telefon informieren. Ich habe mir Infos über die neuen Vermisstenmeldungen der umliegenden Dienststellen eingeholt. Der Polizeiinspektion Landsberg, Dießen und … aber warte mal … was brummt denn bei euch so?«

»Das Fenster ist offen, weil's hier so heiß ist«, antwortete Walter.

»Dann kurble es wieder nach oben und mach stattdessen die Klimaanlage an. Das bringt deutlich mehr.«

Florian boxte Walter gegen die Schulter und warf ihm einen Blick zu, der offensichtlich sagen sollte: Ich hab's dir doch gesagt.

»Ja, ja und jetzt erzähl weiter, Markus«, antwortete Walter und schloss das Fenster.

»Also schön. Wie gesagt, ich habe die Vermisstenmeldungen durchgesehen. Wir haben Infos über einen Bernhard Klotznebel, er ist Postbote und heute nicht zum Dienst erschienen. Unentschuldigt. Zu Hause war er nicht zu erreichen, und das sei für ihn anscheinend eher untypisch, sagt sein Chef. Man glaubt's kaum, aber daraufhin hat er gleich die Polizei alarmiert. Dann liegt mir noch die Meldung über eine Frau vor, Leonie Riemer, die ihren Mann seit einem Barbesuch vermisst. Ach, warte. Das ist ja lustig. Er ist anscheinend wiederaufgetaucht. Er lag sturzbesoffen zwischen den Mülltonnen.«

Walter hörte konzentriert zu und schaltete währenddessen die Klimaanlage an. Sein Hemd klebte unangenehm an seinem Rücken, dagegen war ein harmloser Schnupfen doch die bessere Alternative.

»Ach ja, und als letzte Meldung habe ich noch eine Yuki Tanaka. Sie betreibt ein Nagelstudio, und die Praxis über ihr hat sie als vermisst gemeldet. Der Chefarzt höchstpersönlich. Frau Tanaka wollte anscheinend heute bei dem Arzt vorbeischauen – habe das aber nicht getan, und ihr Laden sei auch noch zugesperrt. Keine Ahnung, ob sie eines der Opfer sein könnte«, führte Markus seine Informationen zu Ende.

»Naja, ich weiß nicht. Wenn einen der eigene Chef am ersten Tag direkt als vermisst meldet, muss das schon etwas heißen. Wie hieß der Postbote gleich nochmal?« Tatsächlich klangen diese Vermisstenmeldungen für Walter eher uninteressant. Unglaublich, wie schnell Menschen andere als vermisst meldeten.

»Klotznebel heißt der. Ja, da bin ich dran. Und bei dieser Yuki Tanaka werde ich auch nochmal nachhören. Ich halte euch auf dem Laufenden, wenn es etwas Neues gibt. Ach ja, dein PC scheint platt zu sein, aber die EDV ist guter Dinge, dass der Polizeiserver nicht betroffen ist, da du keine Administrator-Rechte hast. Die Firewall hat den Rest erledigt. Also mach's gut, du Computergenie.«

Walter hörte noch Markus' Lachen, dann legte er auf.
Es war ihm schon peinlich genug, außerdem hatte er die Hälfte nicht mal verstanden.

Nachdem auf dem Monitor die Schmetterlinge und das Gesicht von Katja Körner erschienen waren, hatten sie schnell den Stecker gezogen und die EDV Abteilung alarmiert. Vor dem Eintreffen der Spezialisten waren Walter und Florian zum Heim aufgebrochen.

»Ich hatte das fast schon verdrängt«, murmelte Walter peinlich berührt. Zum Glück war es im Wagen so heiß, dass sein Gesicht sowieso gerötet war, so fiel das jetzt weniger auf.
»Jetzt mach dir keinen Kopf«, versuchte Florian ihn zu beruhigen. »Die bekommen das sicher schnell hin. Solange die Server nicht betroffen sind, haben wir ja kein wirkliches Problem.«
»Trotzdem, mir ist das richtig unangenehm. Dass mir auch immer so ein Mist passieren muss.« Walter klopfte sich gegen die Stirn.
Du seltendämlicher Depp, dachte er sich.
»Solange du nicht die ganze Polizeistelle zerstörst, bevor du in Rente gehst, ist alles gut«, erwiderte Florian hämisch.
Dabei hatte Walter ihn so gut verdrängt – seinen Ruhestand. Ihm wurde immer deutlicher bewusst, wie sehr er seinen Job liebte und ihn vermissen würde. War er inzwischen tatsächlich zu alt für die Ermittlerarbeiten? Ein Vorruhestand müsste doch eigentlich für jedermann ein Traum sein, wieso hatte er dann solche gemischten Gefühle? Auch seine Frau freute sich auf die bevorstehende gemeinsame Zeit. Ein Zurück gab es nicht mehr, schließlich

hatten sie die Reisen längst gebucht. Also, wie sollte er seine Entscheidung rückgängig machen? Wollte er das überhaupt?
»Das war nur Spaß, Walter. Natürlich wird dir das nicht passieren. Also schau jetzt nicht so nachdenklich und achte stattdessen lieber auf die Straße, schließlich liegen noch mindestens fünfzehn Minuten vor uns«, sagte Florian.
»Nein, schon gut«, erwiderte Walter. »Ich habe nur gerade an etwas anderes gedacht.«
Als Florian ihn daraufhin fragend anschaute, drehte Walter das Radio wieder lauter und öffnete sein Fenster einen Spalt.

Kapitel 26

Yuki war verzweifelt. Die Entführer waren Sadisten, da war sie sich sicher, nachdem sie nun Bernhards Geschichte gehört hatte.
Sie fasste sich an die Nase und spürte noch immer den Schmerz.
Plötzlich wurde die Tür geöffnet, und eine weitere Schubkarre wurde hereingefahren. Der Mann, der darin lag, musste in einem Zustand zwischen Bewusstlosigkeit und Schlaf stecken. Oder er kam gerade zu sich. Langsam und schwach bewegte er seine Arme, während seine Augenlider flackerten.
Schnell kippten die Maskierten ihr viertes Opfer zu Boden und ketteten ihn mit der letzten Eisenkette an der Wand fest.
»Fuck Alter, was soll der Scheiß?«
Der Mann war erwacht. Yuki schätzte ihn von seinem Akzent her als Südländer ein. Spanier, tippte sie.
Er rüttelte lautstark an den Ketten, doch auch bei ihm blieb das Vorhaben erfolglos.
»Das bringt nichts, haben wir alle schon versucht«, sagte Katja.
Der Spanier verstummte und blickte sich im Raum um. Als sein Blick auf Yukis' traf, schaute er sie fragend an.
»Ruhe!«, schrie einer der Maskierten.
»Jetzt sind wir endlich vollzählig, und es kann losgehen. Ihr fragt euch sicher, warum ihr hier seid. Vielleicht kommt ihr im ersten Moment nicht drauf, aber euch verbindet ein entscheidendes Merkmal. Und dafür müsst ihr sterben.«
Katjas Wimmern war deutlich zu hören. Der Maskierte, der soeben gesprochen hatte, zog eine Pistole und richtete sie auf Katja.

»Ich kann dich auch gleich abknallen, wenn du nicht deinen Mund hältst. Willst du sterben?«

Katja schüttelte hektisch den Kopf und presste sich gegen die Wand. Wie gerne hätte Yuki die Frau gedrückt und ihr zugeflüstert, dass alles gut werden würde. Aber davon war Yuki selbst nicht mal überzeugt.

»Dann sei gefälligst leise. Also, wie gesagt, es gibt einen Grund, warum ihr hier seid. Wir sind so fair und geben jedem von euch die Chance, sein Leben zu retten. Es liegt in eurer Hand. Findet heraus, warum ihr es seid, und ich werde denjenigen verschonen, der die Lösung zuerst weiß. Falls ihr die Antwort nicht kennt, stirbt in genau acht Stunden der erste von euch.«

Yuki konnte sich überhaupt nicht vorstellen, was sie getan haben könnte, um hier zu landen.

**

»... stirbt in genau acht Stunden der erste von euch.« Nach diesem Satz verschwanden die beiden Maskierten ohne einen weiteren Kommentar.

»Nein! Warum tun Sie uns das an?«, schrie ihnen Katja hinterher. Doch es folgte keine Antwort. Stattdessen schloss sich die schwere Tür.

Katjas Gedanken spielten verrückt. Sie versuchte sich zu konzentrieren, doch die Panik ließ es nicht zu.

Plötzlich begann eine Anzeigentafel an der Wand aufzuleuchten. Auf ihr erschien die Zahl.

8:00

Und eine Sekunde später begann diese, den Countdown ablaufen zu lassen.

7:59:58

Acht Stunden? Um herauszufinden, warum sie hier waren? Was hatte sie denn getan? Die Tränen kehrten in ihre Augen zurück, und sie begann zu schnell zu atmen.
Katja, du darfst jetzt nicht hyperventilieren, sagte sie zu sich selbst.

**

Bernhard blickte auf den Monitor an der Wand.

7:59:10

Er hatte Angst. Panische Angst.
»Ich bin doch nur ein Paketbote. Was soll ich denn getan haben, um hier zu landen? Ich habe nie jemandem etwas getan.«
»Ach, ein Dreckspostbote. Dann hat es ja hier zumindest einen richtigen erwischt«, hörte er aus der anderen Ecke. Das kam von dem anderen Mann, dem Spanier.
»Was … was soll das heißen?«, fragte Bernhard mit zitternder Stimme.
Der Spanier schnaufte verächtlich. »Ihr Postfahrer seid die letzten Vollidioten. Wie wäre es denn, wenn ihr die Pakete auch mal ausliefert? Aber bei dir sieht man das ja eindeutig. So ein fettes Schwein wie du frisst natürlich den ganzen Tag Donuts, anstatt zu arbeiten.«
Bernhard blickte betreten an sich hinab. Er wusste doch selbst, dass er dick war, und dennoch waren solche Beleidigungen jedes Mal wie ein Stich ins Herz.

»Jetzt reiß dich zusammen und lass Bernhard in Ruhe. Sag uns lieber erst mal deinen Namen, bevor du hier mit Beleidigungen um dich wirfst«, fletschte Yuki bestimmend.

**

Alejandro Sanchez schaute sich in dem Verlies um. Er konnte seine Mitgefangenen zwar sehen, aber es war zu düster, um sie bis ins Detail zu erkennen.
»Du sagst mir nicht, was ich zu tun oder zu lassen habe«, knurrte er der Asiatin entgegen.
»Aber gut … ich heiße Alejandro Sanchez«, fügte er dann doch noch schnell hinzu. Wer auch immer diese irren Entführer waren, sie meinten es definitiv ernst. Darum sollte er es sich nicht mit seinen Mitgefangenen verscherzen. Wer konnte schon wissen, wofür er sie noch brauchen könnte.
Alejandro erzählte ihnen von seiner Entführung. Was für eine Blamage.
»Ich habe zu Hause gesessen und … naja, sagen wir, ich hatte mir ein paar Filmchen im Netz angeschaut, als eine SMS kam.

Du, du, du, unartiger Junge.
Gefällt dir das, was man
mit den jungen Mädchen da
macht?

Danach ging alles sehr schnell. Ich habe einen Einstich gespürt und das Bewusstsein verloren. Jetzt bin ich hier.«
Und das nervte ihn gewaltig. Die Angst, die sich in ihm hochdrängen wollte, ignorierte er. Wut würde ihn eher hier rausbringen.

»Wir drei haben Ähnliches erlebt. Aber jetzt lasst uns nachdenken. Was zur Hölle soll das sein, das uns verbindet? Wir haben uns noch nie zuvor gesehen.«
Die Asiatin sprach in einem ruhigen Ton, was Alejandro nur noch mehr anstachelte.
»So ein Scheiß. Ihr glaubt diesem Hurensohn doch nicht etwa? Was sollte ich mit diesem Fettsack da zu tun haben? Oder mit einer Reisfresserin? Und schau dir doch die andere Schlampe an. Was könnte ich mit einer hysterischen Fotze gemeinsam haben?«

**

Allmählich hatte Yuki genug von diesem aggressiven Mistkerl. Doch sie wollte sich auch nicht zu sehr mit ihm anlegen, schließlich brauchte sie Alejandro womöglich noch. Irgendeinen Grund mussten die Entführer haben, und um diesen herauszufinden, mussten sie versuchen, zusammenzuhalten.
»Wenn du als erster sterben willst, ist mir das recht«, sagte sie in einem bemüht ruhigen Ton. »Wir anderen können derweil versuchen, herauszufinden, warum wir hier sind. Also, ich fange an: Mein Name ist Yuki Tanaka, ich bin siebenundvierzig Jahre alt und geboren wurde ich in Phuket. Ich habe dort als Tätowiererin gearbeitet, bis ich im Alter von einundzwanzig Jahren nach Deutschland gezogen bin, genauer gesagt nach München. Vor zwölf Jahren bin ich nach Fürstenfeldbruck gekommen und betreibe hier ein Nagelstudio. In meiner wenigen Freizeit zeichne ich und denke mir neue Motive für meine Arbeit aus. Jetzt ihr.«
Während Alejandro genervt und lautstark ausatmete, war es Bernhard, der zu sprechen begann.

»Ich heiße Bernhard Klotznebel. Ich bin sechsunddreißig Jahre alt und wie ihr wisst, Paketbote. Ansonsten … naja … ich schaue gerne Netflix. Es gibt da sehr viele gute Serien.«
Alejandro lachte verächtlich auf.
»Danke, Bernhard. Und jetzt du, Katja. Bitte.«
Yuki sah, wie Katja noch immer ihren Körper hin und her wippte, sich dann aber die Tränen aus dem Gesicht wischte. Mit zitternder Stimme begann sie zu erzählen.
»Mein Name ist Katja Körner, ich bin vierundzwanzig Jahre alt, lebe ebenfalls in Fürstenfeldbruck. Ich mache gerade mein BWL Studium an der LMU in München. In der Freizeit treibe ich viel Sport oder versuche es, wenn es die Uni zulässt.«
»Wie mich das hier nervt. Aber gut, bitte, dann mache ich jetzt weiter«, sagte Alejandro unerwartet.
»Ich heiße Alejandro Sanchez. Ich arbeite ein paar Mal im Monat als Türsteher, ansonsten mache ich das, worauf ich Bock habe.«
»Danke dir, Alejandro.«

Yuki blickte auf die Anzeige. Inzwischen war schon einige Zeit vergangen.

07:35:10

»Aber bisher klingt es für mich nicht danach, als gäbe es eine Verbindung zwischen uns. Vielleicht brauchen wir einen anderen Ansatz. Gibt es Dinge, die ihr bereut, oder die ihr besser nicht getan hättet? Ich zum Beispiel habe … ich meine … ich hatte mal eine Affäre mit einem verheirateten Mann«, sprach Yuki weiter.

Katja stöhnte plötzlich auf und sagte im ernsten Ton: »Oh Gott, so etwas Ähnliches habe ich auch getan.«

Kapitel 27

Der Empfangsbereich des Kinderheims war hell und offen. Mehrere Bilder – anscheinend von Kindern gezeichnet – schmückten die Wände und direkt neben der Eingangstür stand eine Palme.

Walter und Florian standen im Waisenhaus *Goldener Engel* und staunten nicht schlecht über den imposanten Empfangsbereich.

»Guten Tag, die Herren. Mein Name ist Lydia Unger, und ich arbeite hier als pädagogische Mitarbeiterin. Frau Altenburg empfängt Sie in ihrem Büro«, stellte sich ihnen eine Frau Mitte dreißig vor. Walter fielen direkt ihr warmes Lächeln und ihre unglaublich weißen Zähne auf. Ihre orangefarbenen Haare glänzten im Licht der Sonnenstrahlen, die durch ein Fenster leuchteten.

»Dankeschön, Frau Unger, wir folgen Ihnen gerne.« Florian ging voraus und Walter schlenderte hinterher.

Von dem Flur gingen mehrere Türen ab, die jeweils mit Plakaten dekoriert waren.

»Das hier sind die Gemeinschaftsräume. Die Zimmer der Kids befinden sich oben im ersten und zweiten Stock. Doch jetzt um die Mittagszeit werden alle im großen Speisesaal sitzen. Es ist uns wichtig, dass es klare Strukturen und einen geregelten Tagesablauf gibt«, erzählte Lydia Unger, während sie die beiden den Gang entlangführte.

»Darf ich fragen, welche Aufgaben Sie genau übernehmen und wie Sie dazu gekommen sind?«, wollte Walter wissen.

»Ich bin selbst als Waise aufgewachsen. Es ist für Kinder nicht leicht, die Eltern zu verlieren. Sie sind noch nicht bereit für die große, böse Welt. Doch glauben Sie mir, die Unschuld schwindet schnell, wenn man nicht die passende

Hilfe hat. Deshalb war es mir wichtig, als Erwachsene einmal in diesem Bereich zu arbeiten und die Kids so gut es geht zu unterstützten. So, aber hier wären wir nun.«
Kaum hatte Lydia den Satz beendet, klopfte sie an einer Milchglastür und trat in das dahinterliegende Zimmer.
»Frau Altenburg, die zwei Herren von der Polizei sind jetzt da.«
»Danke, schicken Sie sie rein.«
Walter hätte gerne noch mehr von Frau Unger erfahren, irgendetwas interessierte ihn an dieser Pädagogin.
Florian und er betraten das Büro der Heimleitung, Frau Altenburg.
Die Frau mochte Mitte fünfzig sein, hatte kurze graue Haare und machte einen taffen Eindruck.
»Altenburg mein Name. Bitte die Herren, nehmen Sie Platz.«
Walter setze sich auf einen der Stühle aus dunklem Holz und ließ seinen Blick durch den Raum schweifen. Das Büro wirkte auf den ersten Blick altmodisch. Vor den Fenstern hingen schwere Vorhänge, die bis zum Boden reichten, und die Möbel waren allesamt dunkel gehalten. Die vereinzelten Blumen sollten die Atmosphäre wohl auflockern, was ihnen jedoch nicht gelang. Auf dem Schreibtisch fiel ihm ein Foto eines jungen Mädchens auf.
»Also, wie kann ich Ihnen helfen?«, fragte Frau Altenburg und verstaute eine Akte im Schrank hinter sich.
»Bei den Ermittlungen zu einem aktuellen Mordfall sind wir auf dieses Heim gestoßen. Wir wollten von Ihnen …«, setzte Walter an, wurde jedoch sofort unterbrochen.
»Was soll das heißen, Sie sind auf dieses Heim gestoßen? Wollen Sie etwa sagen, dass einer meiner Angestellten darin verstrickt ist?«
Walter war regelrecht vor den Kopf gestoßen, und Florian warf ihm einen überraschten Blick zu.

»Nein, hören Sie …«, versuchte Walter zu erklären. »Es wurde ein Mann ermordet, der vor vielen Jahren in diesem Heim gelebt hat. Ein gewisser Roland Reissberg.«

»Ich glaube mich zu erinnern. Warten Sie einen Moment,« die Frau drehte sich zu dem Schrank hinter ihr um und kramte eine Mappe hervor. Sie überflog die Zeilen und schaute die Kommissare dann eindringlich an.

»Ja, Herr Reissberg war zusammen mit seiner Schwester Kim für einige Zeit bei uns. Jedoch werde ich Ihnen ohne Beschluss dazu nichts Genaueres sagen. Ich würde aber vorschlagen, dass Sie bestmöglich direkt mit Kim Reissberg sprechen.«

»Das verstehen wir natürlich. Wir hatten dennoch gehofft, dass Sie uns weiterhelfen können. In diesem Heim gab es bereits einen Todesfall und einen Selbstmord, und wir denken, dass diese womöglich in Verbindung zu unserem Fall stehen könnten. Eine Frau wird vermisst, und es ist unsere Pflicht, jeder Spur nachzugehen, um ihr Leben zu retten.«

»Einen Zusammenhang wage ich zu bezweifeln, und die Fälle können Sie ja sicherlich in Ihren Akten nachlesen. Wie lautet denn der Name dieser vermissten Frau?«, erwiderte Frau Altenburg streng.

»Katja Körner«, antwortete Florian.

»Tut mir leid, der Name sagt mir nichts. Ich nehme an, wir wären dann soweit fertig. Schließlich habe ich auch noch andere Aufgaben zu erledigen. Wenn Sie mehr wissen wollen, kommen Sie mit einem Durchsuchungsbeschluss.«

Noch bevor Walter oder Florian etwas entgegnen konnten, stand Frau Altenburg auf und deutete auf die Tür.

»Können Sie sich an eine Schulklasse erinnern, die vor ein paar Wochen hier gewesen ist? Es ging um einen Spendentag«, versuchte es Florian erneut.
»Uns besuchen viele Schulen.«
Die Leiterin wählte eine dreistellige Nummer auf dem Telefon und sprach in den Hörer: »Frau Unger, die Kommissare wären jetzt fertig. Könnten Sie die Herren bitte noch zum Ausgang geleiten?«
Walter wusste diesem abrupten Rausschmiss nichts mehr entgegenzusetzen, also fügte er sich. Auch Florian brachte kein weiteres Gegenargument ein.
Als sie den Flur betraten, kam ihnen gerade Lydia Unger entgegen und lächelte sie an.
»Das ging ja schnell. Haben Sie alle Informationen bekommen?«
»Leider nein«, sagte Walter.
»Ich nehme mal an, Frau Altenburg hat sie schnell abgewimmelt. Nehmen Sie es ihr nicht übel. Wenn man sie erst einmal besser kennt, mag man sie. Glauben Sie mir, ich konnte mir das zunächst auch nicht vorstellen.«
»Allerdings«, gab Florian zu. »Können Sie uns stattdessen noch ein paar Informationen über dieses Heim zukommen lassen?«
»Viel Zeit bleibt mir leider nicht, da ich gleich noch einen Termin außer Haus habe. Aber grob zusammengefasst: Wir haben hier einen stationären und für Ausnahmesituationen einen teilstationären Bereich mit insgesamt etwa einhundertzehn Plätzen, wovon aber momentan fast alle belegt sind. Wir wollen den Kids eine Mischung aus Alltag und Therapie ermöglichen. So bieten wir sozialpädagogische, heilpädagogische, psychologische und therapeutische Behandlungsmöglichkeiten an. Frau Altenburg ist es wichtig, den jungen Leuten eine gute Zukunft zu bieten, und das ist

nicht einfach, wenn man bedenkt, mit welchen Traumata oder belastenden Erfahrungen sie zu kämpfen haben.«

Während sie erzählte, gingen sie in Richtung Ausgang. Im linken Teil der Empfangshalle wurde eine Tür aufgerissen, und mehrere Kinder liefen heraus. Einige schauten sie überrascht an, andere liefen die Treppen nach oben und wieder andere redeten und lachten. Doch Walter fielen auch Jugendliche auf, die in sich gekehrt waren. Die Jungen und Mädchen schlenderten mit gesenkten Köpfen zur Treppe und hatten etwas Tieftrauriges an sich. Man konnte ihnen nahezu ansehen, wie sehr sie mit ihrem Leben zu kämpfen hatten. Walter selbst hatte am eigenen Leib erfahren, wie es war, sein Kind zu überleben. Nicht anders musste es für diese Minderjährigen sein.

»Hier sind ja auch alle möglichen Altersklassen zu finden«, stellte Florian fest.

»Leider haben Sie recht. Es fängt mit Babys an, die in einigen Fällen gerade ein paar Wochen alt sind und nicht in Pflegefamilien untergebracht werden können. Nach oben hin gibt es kaum Grenzen, oftmals nehmen wir auch junge Erwachsene auf. Wir haben ebenso Fälle, bei denen die Kinder aus der Obhut ihrer Eltern genommen werden. Drogen, Vernachlässigung, sexueller Missbrauch. Ihnen von der Polizei brauche ich das natürlich nicht ins Detail zu erzählen, aber manchmal ist es schon schockierend, mit welch grausamen Taten man hier konfrontiert wird. Vor drei Wochen haben wir ein zwei Monate altes Baby aufgenommen. Ihr kleiner zerbrechlicher Körper war voller blauer und violetter Flecken. Die Mutter hatte der Kleinen mit einer Zigarette die Brust verbrannt.«

Walter erkannte einen Ausdruck von Trauer, der sich in Lydia Ungers Augen breitmachte. Es war ihr deutlich

anzusehen, wie sehr sie das Schicksal ihrer Schutzbefohlenen mitnahm.
»Wie genau sind Sie zu dieser Anstellung hier gekommen, und wie empfinden Sie die Arbeit in diesem Heim?« Walter hatte nicht die Absicht, unnötige Wunden bei der Frau aufzureißen, dennoch wollte er mehr über diese Einrichtung und die Mentalität erfahren.
»Ich habe Ihnen bereits erzählt, dass ich früh meine Eltern verloren habe. Ich selbst bin in diesem Heim hier aufgewachsen. Und deshalb erfüllt mich diese Arbeit auch so sehr.«
»Oh, das tut mir leid. Aber etwas anderes: Vor einigen Jahren soll es hier ein paar Vorfälle gegeben haben. Einen Suizid und außerdem einen tödlichen Unfall. Haben Sie davon zufällig etwas mitbekommen?«
»Oh, das tut mir leid, das war kurz vor meiner Zeit. Leider muss ich mich jetzt auch verabschieden. Eigentlich hätte ich heute überhaupt keinen Dienst, da ich noch zu einem Termin muss. Ich war nur kurz vor Ort, um Arbeiten fertig zu machen.«
»Eine letzte Frage noch, da wir nicht ausschließen können, dass dieses Heim in Verbindung zu einem aktuellen Fall steht: Haben Sie irgendwelche Unterlagen oder Fotos der ehemaligen Bewohner?«, wollte Walter wissen.
»Jedes Jahr bringen wir eine Art Jahrbuch heraus, in dem wir – nennen wir sie Klassenfotos –, drucken und über Veranstaltungen, Feiern und Ähnliches berichten. Ich glaube, es spricht nichts dagegen, wenn Ihnen meine Kollegin eine Sammlung zusammenstellt. Ich sage ihr nur eben Bescheid.«
Lydia Unger zog ihr Handy hervor, wählte eine Kurzwahl und sprach kurz darauf: »Hi, Elena. Kannst du für zwei Kommissare eine Sammlung unserer Jahrbücher

zusammenstellen … nein, nichts Ernstes … was? … Ach so, einfach, was du finden kannst … ja, ich denke das passt … super, du bist ein Schatz … dir auch… bis dann.« Sie legte auf und wendete sich wieder den beiden Beamten zu.

»Also, meine Herren, machen Sie's gut. Meine Kollegin bringt Ihnen gleich die gewünschten Unterlagen.«

Mit diesen Worten verabschiedete sich die Mitarbeiterin, und so standen Walter und Florian alleine im Empfangsbereich und blickten sich um.

»Das Verhalten von Frau Altenburg war seltsam«, meinte Walter. »Sie wirkte kühl und angespannt, so, als wollte sie irgendetwas vor uns verbergen. Ein Glück, dass wir zumindest die Jahrbücher bekommen. Frau Altenburg hätten wir sicher nicht darum bitten brauchen.«

»Ja, das habe ich ähnlich empfunden. Irgendwie ist das hier eine seltsame Institution«, stimmte Florian zu.

»Ich meine, es war schon auffällig, wie schnell sie uns wieder loswerden wollte.«

Walter setzte gerade zu einer Antwort an, als ihm jemand auffiel.

Eine Frau stand auf einer der Treppenstufen und betrachtete den Inhalt einer Glasvitrine.

»Das darf doch nicht wahr sein.«

Doch das war es. Erschrocken drehte sich Irina Bergmann zu ihnen um und lächelte verlegen. Mit langsamen Schritten kam die Reporterin auf sie zu.

»Was machen Sie denn bitte hier?«, fragte Walter entsetzt.

Die Nachwuchsautorin strapazierte seine Nerven.

»Ich … ähm … ich habe herausgefunden, dass Ihr Toter, dieser Reissberg, hier aufgewachsen ist und dachte mir, ich höre mich mal um.«

»Was? Woher wissen Sie davon? Außerdem ist das immer noch Aufgabe der Polizei, und diese überlassen Sie uns auch bitte«, forderte Walter.

»Sind Sie die Herren von der Polizei? Ich habe hier die gewünschten Jahrbücher.« Hinter ihnen erschien eine Frau mit einem Stapel Hefte in der Hand. Die dunklen Haare hatte sie nach hinten gebunden, wodurch ihr Gesicht noch ernster wirkte.

Während sich Walter zu der Dame umdrehte und die Sammlung entgegennahm, hörte er, wie Florian Irina etwas zuflüsterte. Er verstand nicht den genauen Wortlaut, nur einen Wortfetzen.

»Ich hatte dir doch gesagt, du sollst … «

Kapitel 28

»Okay, ihr beide seid also Schlampen, die sich in Beziehungen einmischen. Aber ich glaube kaum, dass dieser Fettsack hier überhaupt jemals gefickt hat. Ich vögle schon öfters Weiber, keinen Plan, ob von denen eine 'nen Freund hatte.«

Katja kannte Alejandro zwar noch nicht lange, doch sie verachtete ihn bereits jetzt. Dieses Schwein war vielleicht gar nicht zu Unrecht in diesem Verlies. Er verachtete Frauen und beschimpfte Bernhard aufs Übelste.

Doch warum Yuki? Und warum sie selbst? Konnte es womöglich doch etwas mit ihrer Affäre mit Patrick zu tun haben? Aber woher sollten die Entführer davon wissen? Wollte man sie bestrafen, weil sie sich in eine Beziehung gedrängt hatte? Aber warum war dann Diara getötet worden? Außerdem musste sie Alejandro in einem Punkt zustimmen: Bernhard hatte vermutlich eher nichts in dieser Richtung angestellt.

Was also war dann der Grund? Warum wollte man sie töten?

Katja bemühte sich, die Tränen und die Panik unter Kontrolle zu halten. Sie musste einen klaren Kopf behalten und mehr wie Yuki denken. Diese Frau benahm sich überraschend ruhig. Es wirkte fast so, als hätte sie keine Angst.

Konnte das eventuell eine Möglichkeit sein? Steckte einer von ihnen mit den Tätern unter einer Decke? Die Entführungsgeschichten der anderen klangen heftig, aber eine von ihnen konnte auch ausgedacht sein.

06:22:09

Sie hatten noch sechseinhalb Stunden Zeit und noch immer keinen Anhaltspunkt gefunden.

**

Bernhard war mit seinem Latein am Ende. Dieser Alejandro war frauenfeindlich und erinnerte ihn an die Typen, die ihn bereits in der Schule beleidigt und beschimpft hatten. Die in seine Trinkflasche uriniert und seinen Kopf in ein schmutziges Klo getaucht hatten.
Eine Verbindung zwischen Katja und Yuki war offensichtlich. Aber wie passte er dort rein? Er war ein Niemand. Morgens stand er auf, frühstückte, ging zur Arbeit, kam abends nach Hause, aß, setzte sich vor den Fernseher und ging dann wieder schlafen. Dieser Trott wiederholte sich Tag für Tag. Woche für Woche. So sah nun mal sein trauriges Leben aus. Was genau also verband ihn mit den anderen?
Er dachte nach, ging die Erlebnisse der letzten Monate im Kopf durch. Plötzlich erinnerte er sich an einen Tag vor mehreren Wochen.

Feierabend. Bernhard packte seinen Rucksack und verließ das Gebäude. Der Schweiß hatte sein Shirt durchnässt, und er freute sich auf einen entspannten Abend mit einer leckeren Lasagne, die er sich gestern nach der Schicht bei ALDI gekauft hatte.
Hungrig blieb er vor seinem Wagen stehen, um die Autoschlüssel aus dem Rucksack zu holen.
Doch dann fiel ihm auf, dass er seine Schlüssel wohl im Postauto vergessen hatte. Also ging er zurück über den Parkplatz, schloss das Tor auf und betrat die dunklen Hallen, in der die Briefe und Päckchen sortiert wurden.

Da hörte er plötzlich ein Stöhnen.
Bernhard folgte den Geräuschen zu einer unbeleuchteten Ecke und riss überrascht die Augen auf. Sein übergewichtiger Chef lag mit hochrotem Kopf auf einem der Packtische. Nackt. Die linke Hand mit Handschellen festgekettet. Eine Leine um den Hals.
Bernhard wollte schon auf ihn zueilen, als eine Frau aus dem Dunkeln trat. Ihre roten Haare trug sie zu einem Pferdeschwanz gebunden, und sie war in schwarzes Leder gekleidet. In der Hand hielt sie eine Peitsche, und ihre Füße steckten in High Heels. Mit Hilfe eines Hockers stieg die Rothaarige auf den Tisch und dann auf den nackten Chef. Mit den spitzen Schuhen marschierte sie über dessen Oberkörper.
»So brauchst du das, nicht wahr?«
»Ja, meine Gebieterin«, antworte der sonst so dominante Chef unterwürfig.
Er begann, sich einen runterzuholen, wofür er sofort einen Peitschenhieb der Frau erhielt.
»So nicht!«, antwortete sie schroff und spuckte ihm ins Gesicht.
Bernhard wich angewidert zurück, schlich leise an den Regalen vorbei, griff nach seinem Schlüsselbund und rannte dann so schnell er konnte aus der Halle.

Bei dem Gedanken an den Tag schüttelte es Bernhard vor Ekel. Die Sache machte ihn nervös. Sein Chef war verheiratet. Konnte das also irgendetwas mit der Lösung zu tun haben? Doch warum war er dann hier und nicht sein Vorgesetzter?

Kapitel 29

Er saß im Überwachungsraum und beobachtete die vier gespannt über den Monitor. Was für ein selbstverliebter Mistkerl dieser Sanchez doch war. Letztendlich hatten es die anderen drei genauso verdient zu sterben, wie der Spanier.
Er blickte auf sein Smartphone, das den Countdown mitzählte.

04:05:01

In fünf Minuten war bereits die Hälfte der Zeit um, und seine Gefangenen würden den ersten Hinweis bekommen. Es wunderte ihn, dass sie ihn überhaupt benötigten. So schwer war die Lösung nun auch wieder nicht.
Doch zunächst musste seine Komplizin zurückkommen. Sie war bereits mehrere Stunden weg. Natürlich, auch sie hatte ein Privatleben, dennoch fehlte sie ihm. Ohne sie wäre dieser Plan nie zustande gekommen, und er würde wohl noch immer als einsamer Trottel auf der Couch sitzen.
Plötzlich tauchten vor seinen Augen wieder die Bilder auf. Das Blut. Seine Hände zitterten, und er musste sich konzentrieren, nicht durchzudrehen.
»Beruhige dich!«, flüsterte er zu sich selbst.
Plötzlich sah er eine Gestalt auf dem Monitor, der die Liveaufnahmen der Kamera über dem Einstieg übertrug.
Sofort griff er nach der Pistole … um sie dann wieder erleichtert wegzulegen.
Endlich war sie wieder hier – seine Komplizin.

**

» Sorry, es hat etwas länger gedauert. Ich hoffe, dir war nicht allzu langweilig.«

03:59:57

»Nicht schlimm, lass uns jetzt aber reingehen. Es wird Zeit für den Hinweis.«
»Was soll's, auf die Minute ist doch geschissen«, antwortete sie genervt.
Alles lief nach Plan, es gab keinen Grund zur Eile.
Sie war gespannt, ob die vier durchschauten, weshalb sie hier waren.
Während für ihren Mittäter ein Beweggrund ausschlaggebend war, und sie ihn dabei offiziell unterstützte, hatte sie ein anderes Motiv. Eine Person in diesem Verlies war der Grund, warum sie diesen Plan überhaupt ausgefeilt hatte.
Diesen Tod konnte sie kaum erwarten. Und ihr Schatten genauso wenig.

Kapitel 30

»Mmhh…, was für ein Duft.«
Die Cannelloni sahen hervorragend aus, und Walter lief das Wasser im Mund zusammen. Der Laden hier war zurecht sein Lieblingsitaliener. Florian verpasste etwas. Er hatte sich direkt nach dem Besuch im Heim wegen eines anstehenden Arzttermins verabschiedet.
Obwohl Walter diese Aussage komisch vorkam, dachte er nicht weiter darüber nach und aß genüsslich seine Nudeln.
Die Mittagspause würde er heute einmal überziehen. Er versuchte, möglichst viel Zeit zu vertrödeln, bis er ins Büro zurückmusste. Der blöde Virus, den er sich am PC eingefangen hatte, war ihm noch immer peinlich, und er machte sich bereits auf Sprüche seines Teams gefasst. Außerdem wartete sein Vorgesetzter auf ein Update zum Schmetterlingsfall und davor grauste es Walter. Wenn er nicht bald einen Verdächtigen vorweisen konnte, würde der Polizeichef das LKA München hinzuziehen.
Stefano führte gerade ein junges Pärchen zu dem letzten freien Tisch an der geöffneten Terrassentür, als drei Jungs das Restaurant betraten. Einer von ihnen war Kevin, der ihm vor wenigen Tagen die Schmetterlinge vor die Tür gelegt hatte.
»Drei Pizzen zum Mitnehmen, bitte«, bestellte einer von den Dreien lautstark.
Die Teenager trugen knielange Shorts, und vor jedem von ihnen stand ein Skateboard.
»Kommt sofort, Bambinos«, erwiderte Stefano und gab die Bestellung an den Pizzabäcker weiter.
»Schon krass! Und du musstest wirklich bei der Polizei aussagen?«, wurde Kevin von einem der Jungen gefragt.

»Ja schon, aber so cool ist das nicht, Luca. Meine Mum war irre sauer und hat mir als Strafe die Wii weggenommen.«
Walter belauschte die Teenager, anscheinend hatte Kevin ihn noch nicht entdeckt. Die Blumenvase auf dem Tisch platzierte er so vor seinem Gesicht, dass es auch dabeiblieb.
»Und was war in dem Paket?«, wollte einer der Jungs wissen.
»Ich habe nur kurz reingeschaut«, antworte Kevin. »Da waren tote Schmetterlinge und eine Karte drinnen. Es ging um irgendwelche Entführungen.«
»Ist nicht wahr?«, stieß der dritte Junge aus.
Walter hatte es sich schon gedacht, dass der Teenager in den Karton geschaut hatte.
»Hey Bambinos, ihr könnt auch gerne draußen in der Sonne auf eure Pizzen warten«, rief Stefano.
»Jo, machen wir«, erwiderte Kevin. Beim Verlassen des Lokals sprach er leise mit seinen Freunden. »Niemand weiß, dass ich die Karte in dem Paket gelesen habe. Sonst wäre meine Mum wohl voll ausgerastet.«
Walter dachte an den Fall aus dem letzten Jahr. Damals hatte eine Gruppe Teenager eigenständig Ermittlungen zu einem Mordfall aufgenommen und war letztendlich selbst in die Fänge des Täters geraten. Hoffentlich kam Kevin nicht auf eine ähnliche Idee.
Walter stopfte sich den letzten Bissen der Cannelloni in den Mund und trank sein Spezi aus.
»War's recht, Herr Kommissar?«
»Wie immer sehr lecker. Danke, Stefano. Kann ich dann bitte auch gleich die Rechnung haben?«
Walter zog den Geldbeutel hervor. Nun musste er aber wirklich zurück ins Büro. Hoffentlich hatten die ITler die Arbeit an seinem Computer schon beendet.

Kapitel 31

Yuki war ratlos. Die Menschen, mit denen sie eingesperrt war, könnten unterschiedlicher kaum sein. Sie mussten etwas übersehen haben. Zeit, die Sache ruhig und sachlich anzugehen.

Es gab keine Verbindungen, was Hobbies und Jobs anging. Auch schien keiner von ihnen größere Geheimnisse zu verbergen, bis auf Katja, die eine Beziehung zerstört hatte. Allerdings wusste sie nicht, ob diesbezüglich jeder die Wahrheit gesagt hatte.

Plötzlich ertönte ein lautes Geräusch, eine Art Sirene. Über einen Lautsprecher erklang eine mechanisch verzerrte Stimme.

»Halbzeit bei Runde eins. In etwas weniger als vier Stunden wird einer von euch sterben – es sei denn, ihr findet heraus, warum ihr hier seid. Einen kleinen Hinweis habe ich für euch: Erinnert euch mal an den zwölften Juni.«

**

Katjas Magen knurrte und ihre Kehle brannte. Was würde sie nur für ein Glas Wasser und einen einfachen Toast geben.

Die Durchsage ließ sie aufschrecken.

»Scheiße, man, was soll das bedeuten? Der zwölfte Juni?«, schrie Alejandro.

Es entstand ein Moment der Stille.

»Was meinen diese Wichser damit?«, fragte er erneut in die Runde, nachdem niemand reagiert hatte.

Katja versuche sich zu erinnern. Was hatte sie an diesem Tag gemacht? Was war das überhaupt für ein Wochentag gewesen?
»Ob die den zwölften Juni in diesem Jahr meinen?«, unterbrach Yuki das Schweigen.
»Wahrscheinlich, warum sollte es sich auf die Vorjahre beziehen?«, murmelte Bernhard.
»Erinnert ihr euch, was ihr an dem Tag gemacht habt? Vorausgesetzt sie meinen überhaupt dieses Jahr«, ergriff Yuki wieder die Leitung.
»Wisst ihr denn, was das für ein Wochentag war?«, brachte sich nun auch Katja ein. Die Angst zu sterben überdeckte erneut den Hunger und Durst.
»Ich glaube, das war ein Mittwoch«, erwiderte Bernhard leise.
»Rede mal lauter, Fettsack«, schimpfte Alejandro. »Hier in der Ecke kommt kaum was an.«
Katja bemerkte, wie sich Bernhard mehr zusammenkauerte. Doch dann wurde er plötzlich laut.
»Ich sagte, dass das ein Mittwoch war, und jetzt halte deinen Mund und nenn mich nicht mehr so.«
Yuki applaudierte. »Endlich sagt das mal einer.«

**

War das soeben aus seinem eigenen Mund gekommen? Bernhard war überrascht über seinen Mut. Wahrscheinlich war es dieser Extremsituation zuzuschreiben, dass er sich gegen den Spanier wehrte.
»Ist ja gut, reg dich ab«, murmelte Alejandro.
So einfach war das also?

»Wenn das jetzt geklärt ist«, ergriff Yuki das Wort, »gehen wir also davon aus, dass Mittwoch, der zwölfte Juni dieses Jahres gemeint ist: Was habt ihr an diesem Tag gemacht?«

Bernhard grübelte. Nichts Besonderes wahrscheinlich, schließlich verbrachte er neunundneunzig Prozent seines Lebens mit dem gleichen Ablauf. Oder war es womöglich genau der Tag gewesen, an dem er seinen Chef und die Domina erwischt hatte?

»Ich bin mir nicht sicher, aber ich glaube, ich habe da nur gearbeitet und war abends zu Hause«, sagte er deshalb in die Runde.

»Mittwoch ist der Tag, an dem ich dieses Semester lange in der Uni bin. Also habe ich da auch nicht viel gemacht. Also nur Kurse, und am Abend dann gegessen und ins Bett gefallen«, brachte Katja ein.

»Mittwochs habe ich ab Mittag geschlossen. Was habe ich an diesem Tag gemacht? Bei schönem Wetter wahrscheinlich im Garten gesessen und gemalt. Aber ich bin mir da leider auch nicht mehr so sicher.«

Yukis Antwort war also auch nicht gerade hilfreich. Blieb nur noch einer.

»Scheiße, woher soll ich wissen, was ich vor einem Monat getan habe? Gearbeitet habe ich im Juni nicht, nur im Mai hatte ich einige Aufträge. Sonst keine Ahnung.« Alejandro klang gewohnt desinteressiert.

»Aber irgendetwas muss doch an diesem Tag gewesen sein. Vielleicht doch in den Vorjahren irgendwann«, meinte Yuki.

»Hey, Reisfresserin. Langsam gehst du mir hier ganz schön auf den Sack. Die da draußen sind verrückt, und dieses Rumgerate und alberne Austauschen bringt uns nicht weiter. Wir alle wissen nicht mal genau, was dieses Jahr an dem Tag abging. Wie soll sich da einer noch erinnern, was in den letzten Jahren am zwölften Juni gewesen ist? Wahrscheinlich haben die Dreckskerle da draußen sogar die Falschen, oder die wollen uns nur in die Irre führen.«

Kapitel 32

BERLIN, SIEBEN JAHRE ZUVOR

»Wie du an den vielen ausgefransten Schnittwunden sehen kannst, wurde mehrfach mit einem gezackten Messer auf die Frau eingestochen.«

Camila Mendez hörte den Ausführungen der Rechtsmedizinerin gespannt zu und begutachtete derweil einen der Einstiche an der Brust. Vor ihr lag die Leiche einer gerade mal vierundzwanzigjährigen Frau. Blond. Schlank. Volle Lippen. Und mit leeren Augen.

»Bleibt es bei dem Todeszeitpunkt?«, wollte Camila wissen und blickte auf. Über die Jahre hatte sich die Hauptkommissarin an entstellte Leichen gewöhnt und eine überraschende Immunität gegen den Anblick entwickelt. Ihr Job war es, Verbrecher zu jagen, und das tat sie mit aller Kraft, die sie aufbringen konnte.

»Ja, wie ich vermutet hatte. Sie wurde gestern Nacht zwischen zwei und vier Uhr getötet. Habt ihr eigentlich schon Verdächtige?«

Helena Mosley arbeitete bereits seit zehn Jahren als Rechtsmedizinerin, und seitdem Camila vor sechs Jahren von der Drogenfahndung zur Mordkommission gewechselt war, waren die beiden Frauen Freundinnen.

»Die Frau ist aus einer Disko verschwunden und wurde in einer Seitenstraße aufgefunden. Fundort war auch der Tatort. So gut wie jeder Besucher käme dafür in Frage, vor allem, da die *Eagle & Scotch Bar* für Prostituierte und Drogen bekannt ist. Nur, dass wir dem Inhaber nie etwas nachweisen konnten.«

»Wenn dir eine so aufwendige Ermittlung bevorsteht, wird es wohl nichts mit unserem Wellnesswochenende«, stellte Helena enttäuscht fest. Die Rechtsmedizinerin schob die Trage mit der Leiche zurück und zog sich dann die Handschuhe von den Fingern.
»Das befürchte ich auch«, erwiderte Camila. Sie fuhr sich durch ihre Locken und atmete lautstark aus.
»Vor allem gibt es schon jetzt wieder Aussagen von irgendwelchen Wichtigtuern, die sich nur in den Mittelpunkt drängen wollen. Immerhin haben wir rausgefunden, dass die Tote an dem Abend mit zwei anderen Frauen unterwegs war, aber nicht, wer diese waren.«
»Ich beneide dich nicht um deinen Job, Camila.«
»Und ich dich nicht um deinen«, murmelte Camila und blickte sich in dem Raum um. Der chemische Geruch von Desinfektionsmittel, die kühle Temperatur und das Aufgebot an Skalpellen und Messern waren nichts, das sie jeden Tag ertragen könnte.
Nein, so sehr sie sich auch an den Anblick von Leichen gewöhnt hatte, sie aufzuschneiden, war eine andere Sache. Allein die Anzahl der Toten, die in diesem sterilen Raum obduziert worden waren, bereitete ihr ein mulmiges Kribbeln im Magen.

Bad Romance

Der laute Klingelton von Camilas Handy ließ die beiden Frauen aufschrecken.
»Scheiße, seit wann habe ich denn hier unten Empfang?«, stieß sie aus und ging an ihr Handy.
»Hi, ich bin's, Felix. Wo steckst du denn?«
»Ich bin unten, bei Helena in der Rechtsmedizin.«

»Und ich bekomme dich nie zu Gesicht. Was haben die Toten nur, was ich nicht habe?«

»Sehr lustig, du solltest weniger den Komiker spielen und mehr arbeiten, Schätzchen.«

»Deshalb rufe ich ja an. Die beiden Frauen, die mit unserer Toten im Club waren – ich habe sie ausfindig gemacht. Und beide sind nicht aus Berlin, sondern vom untersten Ende Deutschlands.«

»Jetzt spuck schon aus! Woher kommen sie?«, rief Camila ins Telefon.

Kapitel 33

GEGENWART

Sie sind so undankbar, dachte sich Irina und starrte an die Tafel vor sich.

Eigentlich nutzte sie diese Wand zu Recherchezwecken für ihre Artikel, jetzt musste sie für was anderes herhalten.

Irina schrieb für eine kleine Zeitung in Fürstenfeldbruck, jedoch waren die Beiträge zumeist uninteressant und unbedeutend. Neueröffnete Läden, Geburten, ab und an ein Diebstahlsdelikt. Nichts Bedeutsames. Doch sie hatte eh längst genug von ihrem Dasein als Journalistin. Stattdessen wollte sie als Autorin durchstarten.

Sie dachte an J. K. Rowling – aus dem Nichts heraus zur Multimillionärin. Und das mit einer einfachen Buchreihe. Oder auch deutsche Autoren, die sich ihr Leben durch spannende Bestseller finanzierten. Und Irina wusste, heutzutage brauchte man nicht mal mehr einen Verlag. Es gab das Self-Publishing, so konnten Autoren ihre E-Books und Taschenbücher über bestimmte Anbieter selbst veröffentlichen und vermarkten. Zugegeben, ein Verlag wäre ihr lieber, doch für den Anfang wäre auch das in Ordnung.

Andererseits war Irina natürlich bewusst, dass nicht jedermann vom Schreiben reich wurde und automatisch auch davon leben konnte. Aber sie hoffte und wünschte sich, eine rühmliche Ausnahme und die deutsche Rowling zu werden.

Allerdings brauchte sie dafür erst einmal einen fertigen Roman. Und daran scheiterte es momentan noch. Sie hatte gerade mal einhundertachtzehn Seiten ihres Thrillers geschrieben, und dieser wirkte selbst für sie verworren. Die Kommissare waren ihre letzte Rettung, denn diese würden ihrem Buch den nötigen Pfiff verleihen und ihr die Möglichkeit eröffnen, die Ermittlungsarbeiten deutlich realistischer darzustellen.

Wer hat welche Aufgabe bei der Polizei?
Wie sehen Fallakten aus?
Wie wird bei einem Verhör vorgegangen?
Wie werden Tatorte bearbeitet?

Natürlich, durch ihre jahrelange Arbeit bei der Zeitung hatte Irina von der Polizeiarbeit Bruchstücke mitbekommen, dennoch stand sie beim Schreiben vor vielen offenen Fragen. Zu gerne würde sie diese Walter Friedrich und Florian Weigelt stellen, doch vor allem Walter weigerte sich. Nur, weil er ein Problem mit Reportern hatte, das hatte Irina gleich beim ersten Telefonat gespürt.
Der aktuelle Fall war dermaßen spannend, dass sie ihr Buch gerne über dieses Thema schreiben würde – dann würden auch die Verlage auf sie zukommen. Und tatsächlich wusste Irina mehr als alle anderen aus Fürstenfeldbruck. Schließlich kannte sie die Info mit den Schmetterlingen und die Verbindung zum Waisenhaus.
Würden die Kommissare sie mehr teilhaben lassen, könnte sie ihr Buch problemlos schreiben. Immerhin hatte sie auch versprochen, keine vertraulichen Infos an ihre Zeitung weiterzugeben. Weiterhin würde sie in ihrem Romandebut die Namen und einzelne Bestandteile ändern.
Und dennoch wurde sie aus allem rausgehalten!

Die Tafel hatte sich gefüllt – mit Namen, Orten und Vermerken. Wenn ihr die Polizei nicht helfen wollte, dann musste sie den Fall eben selbst lösen. So hätte sie alle Infos auch aus erster Hand. Selbst schuld!

Es klingelte an der Tür. Irina erwartete niemanden und war überrascht von der Freitagnachmittagsstörung. Sie zog den Vorhang vor ihrer Tafel zu und ging zur Tür.

Die Mietwohnung befand sich im dritten Stock eines Mehrfamilienhauses. Ihr Gehalt reichte derzeit nur für eine Einzimmerwohnung mit Mini-Balkon und einem viel zu kleinen Badezimmer.

Irina blickte durch den Spion uns sah ein bekanntes Gesicht. Genervt öffnete sie die Tür.

»Was willst du?«

Und dann sah sie, was er in seinen Händen hielt.

»Hör zu, das heute ist wirklich blöd gelaufen, und es tut mir total leid, dass ich dich angepflaumt habe. Aber ich verstehe nicht, warum du auch im Waisenhaus warst, obwohl du versprochen hast, nicht hinzugehen.«

Vor ihr stand Florian Weigelt und reichte ihr einen Strauß Rosen.

»Naja, komm erstmal rein.«

Irina ging voraus, stellte die Blumen in eine Vase, und sie setzten sich auf die Couch. Der Stoff war fleckig und an der Lehne ausgefranst. Es wurde wirklich Zeit, dass sie etwas an ihrer derzeitigen Lebenssituation änderte.

»Ich habe Walter gesagt, dass ich noch einen Arzttermin habe, denn ich wollte unbedingt mit dir sprechen. Er darf nicht erfahren, was da zwischen uns läuft. Und genau deswegen hättest du nicht im Waisenhaus auftauchen dürfen.

Du weißt, dass ich dir diese Information gar nicht hätte geben dürfen«, setzte Florian an.
»Aber was soll ich denn tun? Dein werter Herr Kollege mag mich nicht, und ich bekomme nichts mit. Ich habe euch zu Karls Blumenladen geführt, ich habe diesen Kevin erwischt. Und trotzdem behandelt er mich wie eine ansteckende Krankheit. Ich habe euch doch bereits bewiesen, dass ich loyal bin«, erwiderte Irina enttäuscht.
Florian nahm ihre Hand und küsste sie zärtlich auf den Mund. Mit einem Mal verflog ihre gesamte Wut.
»Süße, das weiß ich doch. Aber du musst Walter auch verstehen. Wir dürfen einfach keine ermittlungsrelevanten Fakten weitergeben. Würden wir das tun, und die Sache würde rauskommen, gäbe es eine interne Ermittlung wegen einer Dienstpflichtverletzung. Und ich hatte bereits letztes Jahr mit einer solchen zu kämpfen.«
»Ist ja auch egal. Ich freue mich jedenfalls, dass du vorbeigekommen bist.«
Irina hatte noch nicht vor, Florian von ihren eigenmächtigen Ermittlungen zu erzählen. Also packte sie seinen Kopf und drückte ihm einen festen Kuss auf den Mund. Sie knöpfte sein Hemd auf und küsste seinen Oberkörper.
»Dann beginnen wir mal mit der Untersuchung, wenn du gerade angeblich beim Arzt bist«, sagte sie augenzwinkernd und öffnete Florians Gürtel.

Kapitel 34

Steve arbeitete als Pfleger im Waisenhaus Goldener Engel. Laut Polizeibericht befand er sich bei starken Regenfällen auf dem Dach des Heims, dort verlor er das Gleichgewicht und stürzte über die kniehohe Mauer vom Dach. Er war sofort tot.

Walter las die Fallakten am PC und notierte sich die wichtigsten Erkenntnisse daraus. Zum Glück waren die meisten Dokumente inzwischen digital archiviert, sodass er nicht mehr stundenlang in den dunklen Kellerräumen suchen musste. Zwar hatte ihn diese Arbeit zu früheren Zeiten nie gestört, aber Mann wurde ja auch nicht jünger. Und so konnte er am Schreibtisch sitzen und sich von dort einwählen.

Bisher hatte ihn noch niemand aus seinem Team auf seinen Computervirus angesprochen. Jedoch klebte auf dem Bildschirm ein Post-it mit dem Hinweis, das nächste Mal nicht so gutgläubig zu sein. Dazu ein lachender Smiley.

Walter arbeitete weiter an seinen Notizen.

Vivien Huttner, die zur damaligen Zeit dreizehn Jahre alt gewesen ist, hat sich im selben Jahr in einer Dusche des Heims die Pulsadern aufgeschnitten. Sie hat keinen Abschiedsbrief hinterlassen, dennoch konnte Mord ausgeschlossen werden.

Ein Jahr später ist Daniel Leutnant, damals fünfzehn Jahre alt, verschwunden. Bis heute gibt es keine Spuren oder Hinweise auf den Tod des Jungen.

Walter zog einen Block aus seinem Schreibtisch und blätterte zur nächsten freien Seite. Seine Kollegen mochten es als

altmodisch oder albern ansehen, aber seine handgeschriebenen Notizen waren für ihn hilfreicher, als irgendein am PC getippter Text.
Nachdenklich begann Walter zu schreiben:

- Julia Abraham – entführt, sexuell missbraucht und ermordet
- Roland Reissberg – entführt, gefoltert und ermordet
- Katja Körner – entführt und womöglich noch in den Fängen des Mörders

- Drei weitere angekündigte, aber unbekannte Entführungsopfer
- Yuki Tanaka + Bernhard Klotznebel mögliche Opfer
- Markus prüft das Umfeld von Tanaka und Klotznebel

- Verbindung zum Waisenhaus sehr wahrscheinlich:
der vermeintliche Unfalltod eines Pflegers;
der vermeintliche Selbstmord eines jungen Mädchens;
das Verschwinden eines Jungen

- Mehr über den Bezug der Schmetterlinge herausfinden, eventuell nochmal bei Karl Ganzmann anfragen.
Woher hat der Täter die Tiere?

- Täterin oder Team?
Eine Frau hat Kevin den Karton mit toten Schmetterlingen überreicht.
Was könnte das Motiv eines Duos sein?

Dieser Fall war undurchsichtig und verstrickt. Vieles ergab für Walter zum jetzigen Zeitpunkt überhaupt keinen Sinn.
Wichtig war es vor allem, die weiteren Opfer zu identifizieren. Nur so konnten sie den Zusammenhang zwischen den Opfern herstellen und dadurch vielleicht einen entscheidenden Hinweis erhalten. Das Leben von Katja Körner und den anderen Entführungsopfern hing am seidenen Faden.
Sein Mitarbeiter Thomas war grandios darin, Zusammenhänge herauszufinden, waren sie auch noch so unscheinbar. Thomas hatte außerdem ein ähnliches Talent wie er selbst, wenn es darum ging, in die Köpfe der Täter einzudringen.
Doch ausgerechnet auf diesen musste er momentan verzichten. Walter hatte keine Ahnung, was mit seinem sonst so zuverlässigen Kollegen los war. Thomas verhielt sich komisch und vernachlässigte seinen Job. Walter wusste, dass Thomas eine gute Beziehung mit seinem Ehemann führte, gab es womöglich eine Krise?
Dass Thomas in letzter Zeit auch die Narbe auf seiner Stirn wieder energischer zu verdecken begann, sprach ebenfalls dafür, dass er unter enormer Anspannung stand.
Was war nur mit ihm los?

Kapitel 35

Katja spürte, wie sich die Kälte in ihrem Körper ausbreitete. Wenn sie die Augen schloss, träumte sie von einem Schaumbad oder einer heißen Dusche. Davon, wie das warme Wasser auf ihre Haut prasselte.
Doch wenn sie die Augen wieder öffnete, kehrten die Dunkelheit und das Verlies zurück. Der Hunger und das Durstgefühl waren mittlerweile unerträglich.
Traurig blickte sie ihre Mitgefangenen an.
Yuki tastete erneut die Eisenketten ab und suchte weiterhin nach einer Möglichkeit, zu entkommen. Diese Frau gab wohl niemals auf.
Bernhard saß zusammengekauert in seiner Ecke. Er hatte an die Wand gepinkelt, und der Gestank von Urin breitete sich im Verlies aus. Katja fragte sich, wie lange sie ihren Drang noch zurückhalten konnte.
Und dann war da noch Alejandro. Er starrte hasserfüllt ins Nichts. Die Wut in seinen Augen wirkte bedrohlich und gefährlich. Diesem Mann konnte sie nicht trauen.
»Gleich ist es so weit«, sagte Yuki auf einmal. Sie ließ von den Ketten ab und schaute in Richtung der Anzeige.

00:02:02

»Wir werden wohl nicht mehr darauf kommen, warum wir hier sind. In zwei Minuten wird einer von uns sterben«, erwiderte Bernhard traurig.
»Halt die Fresse, Fettsau! Die sollen ruhig versuchen, mir etwas zu tun.« Alejandro löste sich aus seiner Starre.

»Sprich doch endlich normal mit ihm. Außerdem haben sie es ja schon mal geschafft, dich zu überrumpeln. Sonst wärst du wohl kaum hier«, erwiderte Yuki.
Von Alejandro folgte nur ein abwertendes Schnaufen.
Katja ging die letzten Stunden in Gedanken noch einmal durch. Sie hatten lange diskutiert und überlegt – doch es gab keine Verbindung. Vor allem nichts, was mit einem zwölften Juni zu tun haben könnte.

00:00:15

»Scheiße, ich will nicht sterben«, flehte Bernhard.

00:00:05

Katja zitterte. Panik machte sich in ihr breit.

00:00:01

War das jetzt ihre letzte Sekunde auf Erden?

00:00:00

Plötzlich wurde es im Raum stockfinster. Ein Schrei ertönte aus Yukis Ecke, und auch Katja brüllte vor Schreck.
Die Tür begann zu knarren, und es waren deutlich Schritte zu hören. Katja drückte sich gegen die Wand.
Ich will nicht sterben, flehte sie zu Gott.
»Bitte … bitte … tun … Sie dürfen uns nicht … töten.« Von Bernhard war nur noch ein Stottern zu hören.

Katja versuchte, die Geräusche zu deuten. Ein Klirren war zu hören. Kurz darauf ein weiteres. Dann plötzlich ein Geräusch ganz nah vor ihr. Sie zuckte zusammen.
Das erneute Knarren der Eingangstür ertönte, kurz darauf war es wieder totenstill, und die Anzeige erleuchtete wieder.

00:03:00

Aus dem Lautsprecher ertönte die verzerrte Stimmte.

»Ihr habt mir keine Lösung angeboten. Und das wird mit dem Tod bestraft! Doch ich gebe euch eine weitere Chance. Ihr habt genau drei Minuten Zeit, um einen von euch auszuwählen und ihn zu töten. Ist mindestens einer von euch nach Ablauf der Zeit tot, dürfen die Überlebenden auf Runde zwei hoffen. Wenn nicht, werden wir ein Nervengift in den Raum einleiten, und ihr alle werdet einen qualvollen Tod sterben.
Vor euch liegt jeweils ein Messer, und die Ketten werden freigegeben, damit ihr euch gegenseitig erreichen könnt. Der Countdown startet jetzt.«

Kaum war die Stimme verstummt, startete der Drei-Minuten-Countdown auf der Anzeigentafel, und Katja spürte, wie die Ketten lockerer wurden.
»Das mit dem Gift ist bestimmt nur ein Bluff, wir tun das nicht«, befahl Yuki.
Doch kaum hatte sie den Satz beendet, war auch schon das erste Klirren zu hören. Jemand hatte sein Messer aufgehoben.
»Wer hat es genommen? Alejandro, wenn du es warst, tu bitte nichts.« Yukis Stimme war voller Angst.

Mit zitternden Händen tastete Katja den Boden vor sich ab. Das war kein Bluff, die Entführer meinten es ernst. Katja bekam den Griff des Messers zu fassen und tastete die scharfe Klinge ab.
Das Rasseln von Ketten war zu hören. Aus jeder Richtung. Sie bewegten sich. Alle.
»Bitte. Tut das nicht.« Katja hielt das Messer abwehrend in der Hand. Sie versuchte etwas zu erkennen, doch einzig die Leuchtanzeige spendete minimales Licht. Ansonsten war es stockfinster. Umrisse bewegten sich.
»Moment mal«, murmelte Yuki plötzlich.
»Was ist?«, fragte Bernhard.
Doch dann war es wieder still. Katja glaubte ein Atmen neben sich zu spüren. Sie stach mit dem Messer in die Richtung, doch sie traf ins Leere.

00:00:48

Das Klirren der Ketten wurde wieder lauter, und auf einmal ertönte ein schmerzverzerrter Schrei. Katja erkannte sofort, von wem er kam. Das Licht ging wieder an, und als erstes sah sie das viele Blut.

Die mechanische Stimme aus dem Lautsprecher ertönte erneut.

»Glückwunsch, ihr habt bestanden. Einer von euch ist tot!«

Kapitel 36

Walter rieb sich die Augen.

Auch für ihn war es Zeit, in den Feierabend und damit ins Wochenende zu starten.

Die Temperaturen lagen laut Anzeige der Wetterstation des Büros noch immer bei siebenundzwanzig Grad, und durch das geöffnete Fenster war von draußen Kinderlachen zu hören. Walter freute sich auf ein kühles Bier oder einen beruhigenden Whiskey. Und auf das Essen seiner Frau.

Am Montag würden er und Florian bei Kim Abraham vorbeischauen, womöglich konnte sie Hinweise zum Waisenhaus geben. Zwar war für viele seiner Kollegen nicht ersichtlich, warum sich Walter dermaßen auf das Heim versteifte, aber er war sich sicher, dass er mit dieser Spur goldrichtig lag. Das abweisende Verhalten von Frau Altenburg und die Todesfälle zu der Zeit, als Roland Reissberg dort gelebt hatte, konnten kein Zufall sein.

Und wenn er eines durch seine jahrelange Erfahrung gelernt hatte, dann, dass sein Bauchgefühl praktisch immer recht hatte.

Melancholisch schaute er sich in seinem Büro um und blickte auf die Schreibtische, das Whiteboard mit den Fallfotos, die dezent drapierten Topfpflanzen und seine Tasse, die er vor einigen Jahren von seinem Team zum Jubiläum erhalten hatte.

Meine Arbeit ist streng geheim! Wundern Sie sich also nicht, wenn ich nichts arbeite, solange Sie da sind.

Definitiv würde er jede Kleinigkeit in diesem Büro vermissen. Und natürlich seine Sekretärin, die Kollegen, allen voran Florian. Dieser war erst letztes Jahr nach Dießen

versetzt worden und wurde durch die gemeinsame Arbeit an einem Fall zu Walters Partner.
Zu dieser Zeit hatten sie sich überhaupt nicht verstanden, und Walter hatte ihm sogar einen Mord zugetraut.
Genug jetzt mit der Gefühlsduselei, sagte Walter zu sich selbst und schüttelte die Gedanken ab. Erst einmal stand der Schmetterlingsfall im Mittelpunkt, und da musste er dringend weiterkommen.
Eine Möglichkeit blieb ihm noch: Es war zwar unwahrscheinlich, dass *sein* Killer bereits in anderen Bundesländern gemordet hatte, doch Walter wollte nichts unversucht lassen.
Er startete ein Programm am Computer und wartete, bis sich die Software geöffnet hatte. Konzentriert tippte er die groben Stichpunkte zum Fall ein, auch die Tatsache mit den präparierten Schmetterlingen und den Verletzungen durch Folter und die mögliche Verbindung zu einem Kinderheim.
Zufrieden schickte Walter die E-Post wenige Minuten später ab, die nun an das LKA München übertragen wurde. Diese Stelle würde die Nachricht wiederum an das BKA Wiesbaden weiterleiten. Von dort aus würde dann die bundesweite Steuerung seiner Nachricht vorgenommen werden.
Walter massierte sich die Schläfen. Müdigkeit machte sich in ihm breit, und seine Beine fühlten sich schwer an. Es wurde wirklich Zeit, nach Hause zu kommen.
Also fuhr er den Rechner herunter und schloss das Fenster.
Außerdem packte er den Stapel Jahrbücher ein, die er von der Mitarbeiterin des Waisenhauses bekommen hatte. Die wollte er am Wochenende unbedingt durchsehen.

Kapitel 37

Yuki hielt das Messer abwehrend in den Händen. Sie hatte nicht vor, einen ihrer Mitgefangen zu töten. Doch sie wusste ebenso, dass sie niemandem trauen konnte. Vor allem nicht Alejandro. Ihm traute sie ohne Weiteres einen Mord zu. Konnte sie sich eher auf Katja oder Bernhard verlassen?

Durch Nervengas zu sterben, war kein schöner Tod. Yuki hatte in einem YouTube Video gesehen, wie Kinder in Syrien daran qualvoll erstickten. Ein minutenlanger Todeskampf.

Sollte sie aufstehen, zu Alejandro kriechen und ihm das Messer ins Herz stechen? Doch was dann? Sie wäre eine Mörderin, und es stand nicht mit Sicherheit fest, ob sie deshalb lebend aus diesem Gefängnis kommen würde.

Wenn sie doch stattdessen nur darauf kommen würde, was am zwölften Juni passiert war. Sie war zu Hause und …

»Moment mal«, murmelte Yuki.

In Gedanken rechnete sie die Tage zurück. Das war kein Mittwoch. Der zwölfte Juni dieses Jahres war ein Dienstag, und da hatte sie den Nachmittag nicht frei gehabt.

Plötzlich durchjagte ein Gedanke ihren Kopf. Das konnte nicht wahr sein – oder etwa doch? War das die Lösung? Trauer und Wut stiegen in ihr auf.

Auf einmal spürte sie einen warmen Atem und hörte ein Geräusch direkt neben sich. Bevor Yuki in Abwehrhaltung gehen konnte, spürte sie plötzlich einen stechenden Schmerz in der Brust. Blut quoll aus einer tiefen Wunde.

Mit einem weiteren Stich wurde ihre Kehle durchbohrt, und die Dunkelheit breitete sich vor ihr aus.

**

Alejandro wischte sich seine Hände an der Hose ab. Yukis Blut klebte überall an ihm.
»Du Scheißkerl warst es! Du hast es getan!«, schrie Bernhard ihn an.
»Ach sei ruhig. Ich habe uns schließlich gerettet.«
»Gerettet? Du hast Yuki getötet?«, schrie nun auch Katja hysterisch.
Warum checkten die beiden nicht, dass er sie soeben vor einem brutalen Tod gerettet hatte. Natürlich, er hätte auch einen dieser beiden ohne schlechtes Gewissen aufgeschlitzt, aber die Asiatin war schon besonders nervig gewesen.

»Glückwunsch, ihr habt bestanden. Einer von euch ist tot! Schmeißt euer Messer jetzt nach vorne zur Tür. Wenn ihr die Anweisung nicht befolgt, werden wir das Gas freisetzen. Wenn ihr aber artig seid, bekommt ihr etwas zu essen und trinken.«

»Ihr Schweine!«, schrie Katja.
Doch dann warfen sie und Bernhard ihre Messer zur Tür. Alejandro starrte auf seine Waffe. Gegen Gas konnte er damit nichts ausrichten, also folgte auch er der Aufforderung.
Kurz darauf öffnete sich die Tür, und die zwei maskierten Gestalten traten ein. Während der eine die Messer einsammelte, verteilte der andere das versprochene Essen.
»Das ist nicht euer verfickter Ernst?«, schrie Alejandro, als er sah, was ihm vorgesetzt wurde. Der Vermummte stellte einen Hundenapf vor ihm auf den Boden. Darin befand sich eine bräunliche Flüssigkeit mit einer aufgeweichten Scheibe Brot.

»Ich würde dir empfehlen, das zu dir zu nehmen, wenn du nicht verdursten willst. Die nächsten zwei Tage könnt ihr euch Gedanken machen, am Montag kommen wir wieder. Wenn ihr bis dahin nicht herausgefunden habt, warum ihr hier seid, machen wir mit Runde zwei weiter.«

Nach diesen Worten zogen die Maskierten Yukis leblosen Körper an den Beinen heraus, und die Tür schloss sich.

Kapitel 38

Irina streckte sich verschlafen. Die ersten Sonnenstrahlen fielen durch das Fenster von Florians Schlafzimmer direkt auf ihr Gesicht, und von draußen war das Zwitschern der Vögel zu hören.

Was für ein wunderschöner Sonntagmorgen, dachte sie und streichelte über Florians nackte Brust.

Er schlief noch tief und fest, während sich Irina aus seinen Armen löste. Zunächst hatte sie tatsächlich vorgehabt, durch das Näherkommen an mehr Infos zu dem Schmetterlings-Fall zu gelangen. Den Krimi zu schreiben, war eine Sache. Ihn mit einem realen Fall und Fakten zu verbinden, eine andere. Das würde ihr zu einem einschlagenden Erfolg verhelfen.

Irina träumte bereits jetzt davon, wie die Verlage sich gegenseitig die Angebote nach oben trieben, um ihr Buch verlegen zu dürfen. Bis dahin war es jedoch noch ein weiter Weg. Florian gab kaum Insiderinformationen an sie weiter. Zu allem Überfluss hatte sie sich in ihn verliebt. In seine fürsorgliche und junggebliebene Art. Und er sah gut aus. Auf den ersten Blick etwas unscheinbar, aber er war überraschend gut gebaut, und an seinem Bauch zeichnete sich ein Sixpack ab.

Irina stand auf und richtete sich die Frisur im Schlafzimmerspiegel. Ihre Haare standen zerzaust zu Berge. So sollte sie ihr Liebhaber sicher nicht sehen.

Zufrieden schlüpfte sie in ein zu großes Shirt von Florian und spürte dabei, wie ihr Magen knurrte. Den gestrigen Abend hatten sie im Bett verbracht, da war keine Zeit für Essen geblieben.

Leise öffnete Irina die Schlafzimmertür und schlich ins Wohnzimmer. Die Küche war offen, und nur ein Esstisch aus dunklem Holz trennte sie vom Wohnraum. In einer Ecke stand ein weißer Schreibtisch mit dazugehörigem Drehstuhl. Die linke Armlehne des Stuhls war mit Klebeband befestigt.
Irina musste schmunzeln, denn die Einrichtung passte überhaupt nicht zusammen. So hatte sie Florian kennengelernt: unorganisiert und verspielt.
Die Küche war etwas größer als ihre eigene. Auf der Ablage entdeckte Irina einen Toaster, eine Mikrowelle und einen Sandwich-Maker. Drei schmutzige Teller lagen im Spülbecken, und an der Wand dahinter waren rote Spritzer zu sehen. Wahrscheinlich vom letzten Essen – Spaghetti Arrabiata.
Irina fand es spannend, die Wohnung ihres Liebhabers zu erkunden.
Am Freitag war Florian bei ihr zu Hause gewesen, doch nachdem sie gestern Nachmittag im Freibad gewesen waren, sind sie in seine Wohnung gefahren.
Hungrig und voller Erwartungen öffnete sie den Kühlschrank.
Das Ergebnis war ernüchternd.
Irina entdeckte lediglich mehrere Sorten Ketchup und Grillsoßen, ein Glas Essiggurken, Colaflaschen und eine geöffnete Packung Salami. Nichts, was einem Frühstück auch nur ähnlichsah.
Enttäuscht schloss sie die Tür wieder und schaltete stattdessen die Nespresso-Kaffeemaschine ein.
Besser als nichts, dachte sie sich, legte die Kapsel ein und ließ sich einen Espresso in eine kleine Tasse laufen.
Dann öffnete sie das Fenster, um den Raum durchzulüften und setzte sich auf den Drehstuhl. Neben ihr auf dem Boden

lagen ihre High-Heels und ihre Handtasche, die sie am Vorabend unachtsam in die Ecke geschmissen hatte, während Florian praktisch über sie hergefallen war.
Während sie in Gedanken an ihren Buchideen herumbastelte, spielte sie an der Maus herum. Plötzlich wurde der Monitor hell, und auf dem Bildschirm erschien ein Word-Dokument. Florian hatte seinen PC also nicht gesperrt.
Zunächst wollte Irina die Windows- und L-Taste zum Sperren drücken, doch dann bemerkte sie den Titel des Dokuments und begann zu lesen.

Schmetterlingsfall

Bisherige Opfer und ihre Angehörigen / Kontaktpersonen

1.Opfer: Julia Abraham.
Sie wurde sexuell missbraucht, es wurden aber keine fremde DNA oder Spermaspuren gefunden. Sie wurde erschlagen und am Waldrand abgelegt.
Ein Schmetterling in ihren Haaren – als Symbol? Es muss einen Bezug zum Täter geben.
Nachbarn wurden befragt, doch niemand konnte die Entführung beobachten. Die Lehrerin von Julia hatte vor dem Verschwinden keine Veränderung des Verhaltens ihrer Schülerin festgestellt. Zudem wurden die Mitschüler befragt, doch auch hier gab es keine neuen Informationen.
Eltern von Julia:
Andreas Abraham

Manuela Abraham

2.Opfer: Roland Reissberg
Er wurde gefoltert und erschlagen, wir haben ebenfalls einen Schmetterling bei ihm gefunden. Er hat zurückgezogen in einem Häuschen gewohnt. Es wurden keine Hinweise auf ein gewaltsames Eindringen festgestellt. Kannte er seinen Mörder?
Die Eltern sind bereits früh gestorben.
Schwester: Kim Reissberg

3. Opfer: Diara Awolowo
Fahrerflucht mit Todesfolge – war sie nur ein Kollateralschaden?
Freund: Patrick Winterbach
Befragung der anderen Partygäste hat ergeben, dass Herr Winterbach sich bereits kurz nach Diaras und Katjas Verlassen auf die Suche nach seiner Freundin begeben hat. Hätte er Zeit gehabt, seine Freundin zu töten? Doch wo hätte er Katja "versteckt"?

4. Opfer: Katja Körner (Noch in Gewalt des Entführers)
Kontaktpersonen:
Patrick Winterbach (Affäre von Katja)
Christina Rosenheim (Dozentin an der LMU München, die wegen Frau Körner beurlaubt wurde – Befragung steht noch an.)
Katjas Mitbewohnerin ist derzeit im Ausland unterwegs und konnte bisher nicht kontaktiert werden.

Zeugen / Informanten

Karl Ganzmann
Gärtnereibesitzer und Schmetterlingssammler
Verbirgt er etwas? Momentan im Urlaub und telefonisch nicht mehr zu erreichen.

Johnny
Praktikant von Karl Ganzmann (geistig zurückgeblieben)
Eventuell für eine Befragung zu Herrn Ganzmann vorladen.

Kevin Dornfeld
Der Junge, der den Karton mit den Schmetterlingen vor Walters Haus abgelegt hat.
Weiß er wirklich nicht mehr?
Seine Mutter Carolina Dornfeld war bei der Befragung seltsam zurückhaltend.
Laut dem Jungen wurde ihm die Schmetterlingsbox von einer Frau übergeben. Mörderin oder ein Täterduo?

Thomas Markwardt
Mitarbeiter der Kripo in unserem Team und guter Freund von Walter. Benimmt sich seit Beginn der Mordserie auffällig.

Mögliche weitere Entführungen

Yuki Tanaka

Stammt aus Phuket und besitzt nun ein Nagelstudio in Fürstenfeldbruck.
Vermisst gemeldet durch Herrn Doktor Friesinger. In welcher Verbindung steht dieser zu Frau Tanaka?

Bernhard Klotznebel
Er arbeitet als Postbote.
Vermisst gemeldet durch Herrn Jürgen Demmerle, Vorgesetzter von Herrn Klotznebel.

Sind das zwei der angekündigten weiteren Opfer? Falls ja, wo ist die Verbindung?

Wo hält sie bzw. halten sie die Entführungsopfer fest? Laut Rechtsmedizin wäre ein Keller der wahrscheinlichste Ort.
Vereinzelte Durchsuchungen haben bisher keine Ergebnisse geliefert. Die Wohnorte der bisherigen Opfer liegen zu weit auseinander, um das Suchgebiet auf eine bestimmte Siedlung oder Gegend einzugrenzen.

Waisenhaus "Goldener Engel"

Eine Verbindung zu unserem Fall durchaus möglich.
Roland Reissberg hat einige Zeit darin gelebt.
Zu dieser Zeit gab es einen Selbstmord und einen tödlichen Unfall.
Außerdem war unser erstes Opfer, Julia Abraham, mit ihrer Schulklasse vor Ort.

Cornelia Altenburg
Leiterin des Waisenhauses

Lydia Unger
Arbeitet als Pädagogin (ist in dem Waisenhaus aufgewachsen)

Irina schüttelte erstaunt den Kopf. Das waren also Florians grobe Gedanken und Notizen zu dem Fall.
Das war ihre Chance. Als Reporterin konnte Irina die darauf notierten Personen problemlos befragen und Nachforschungen anstellen. Wäre doch gelacht, wenn sie den Fall nicht vor der Polizei lösen würde.
Schließlich hatte sie ein breites Netz an nützlichen Kontakten und Informanten. Mit den richtigen Leuten und Infos konnte sie den Täter entlarven und der Polizei präsentieren.
Schnell klickte Irina auf das Drucken-Symbol und hörte, wie das Gerät neben ihr laut zu rattern begann. Hoffentlich wurde Florian dadurch nicht geweckt.
Langsam kam das Blatt in dem Auswurffach des Druckers zum Vorschein.
»Na los, mach schon«, murmelte Irina angespannt.
In diesem Moment hörte sie Florian rufen.
»Wo bist du denn?«
Gerade als sich die Tür öffnete, zog Irina das Blatt heraus, stopfte es an ihre Handtasche, die neben ihr auf dem Boden lag und schaltete den Drucker aus.
»Ich sitze hier und trinke einen Kaffee. Du hast ja überhaupt nichts im Kühlschrank.«

Kapitel 39

Die Morde und Vermisstenfälle in der Gemeinde nehmen zu, und dennoch gibt die Polizei kein offizielles Statement zu den Fällen oder einer möglichen Verbindung ab.
Was muss noch passieren, damit unser 'Freund und Helfer' endlich tätig wird?

»Schmierblatt«, knurrte Walter und blätterte die Seite um.
Er liebte es, in der Morgensonne Zeitung zu lesen, seinen Kaffee zu trinken und zu frühstücken. Für gewöhnlich konnte nichts diese Zeit verderben, doch der aktuelle Fall ließ ihn nicht los.
Renate saß neben ihm und blickte überrascht vom Kulturteil auf.
»Die Medien durchschauen allmählich auch, dass eine Verbindung zwischen den Todesfällen existiert. Wenn rauskommt, dass ein Serienkiller vier Personen in seiner Gewalt hat, wird wahrscheinlich eine ähnliche Panik ausbrechen wie letztes Jahr in Dießen.«
Walter nahm einen großen Bissen seiner Laugensemmel mit kaltem Leberkäse und kaute grimmig darauf herum.
»Es war ja auch seltsam, dass dieser Kevin den Karton von einer wildfremden Frau angenommen und ihn uns vor die Haustür gestellt hat. Und das, ohne überhaupt hineinzusehen«, fügte Renate nachdenklich hinzu.
»Als Jugendliche hätten wir doch für 100 Mark auch alles gemacht. In dem Alter ist das noch ein halbes Vermögen. Allerdings täuschst du dich in einem Punkt. Der Junge hat sehr wohl einen Blick hineingeworfen.«
»Warum bist du dir da so sicher?«, fragte Renate überrascht.
»Das hat mir ein italienisches Vögelchen gezwitschert.«

Walter wurde wieder ernster. »Wie ich gesagt habe, dieser Fall ist einfach verzwickt. Dadurch, dass wir noch nicht alle Opfer und das Motiv des Mörders ermitteln konnten, gibt es viel zu viele darin verstrickte Personen und Komponenten. Wenn es so weitergeht, haben wir nur noch Zeugen und finden den Täter nie.«

»Jetzt sei nicht so schlecht drauf, Liebling«, versuchte ihn seine Frau aufzuheitern. »Noch drei Monate, dann kannst du die Polizeiarbeit und die Fälle hinter dir lassen. Wir gehen auf eine große Reise, und du kannst endlich abschalten.«

Walter beobachtete Renate dabei, wie sie ihn anlächelte und dann einen Schluck ihres Kaffees nahm.

Als Walter darauf nicht reagierte, sprach sie weiter.

»Wir können neue Kulturen kennenlernen, besuchen ferne Länder. Uns steht eine wunderbare Zeit bevor. Denk doch nur daran, welche großartigen neue Whiskey Sorten du kennen lernen wirst.«

Mit diesem Argument hatte sie ihn. Die schlechte Laune verließ Walters Gedanken, und er freute sich auf die Zukunft mit seiner Frau. Andererseits fand er die Vorstellung befremdlich, bald nicht mehr ins Büro zu fahren. Wie würde er damit umgehen, in Zeitungen von Morden zu lesen, selbst aber nicht zur Lösung beitragen zu können?

»Wie Weihnachten in einer Hütte in Österreich wohl sein wird?«, überlegte Renate in Vorfreude.

»Mit Sicherheit romantisch«, erwiderte Walter.

Ihre Ruhestandsreise, wie seine Frau den bevorstehenden Urlaub oftmals nannte, würde in Österreich beginnen.

Der Winter in Deutschlands Nachbarland war einmalig. Ruhig, verträumt und urig.

Zwar liebte Walter das warme Wetter, den Strand und das Meer, doch noch mehr genoss er die Ruhe und die

Entspannung zu zweit. Es gab nichts Schlimmeres als laute Urlauber, die sich um's Buffett stritten, ihre Plastiktabletts mit billigem Essen vollschaufelten, und Liegen, die bereits um sieben Uhr morgens reserviert waren. Nicht zu vergessen die betrunkenen All-Inclusive-Urlauber, deren Motto lautete: Hauptsache billig und viel.

Nein, davon wollte Walter in seinem Urlaub nichts sehen.

Doch erst einmal musste der aktuelle Fall gelöst werden, erst dann könnte er beruhigt in seinen Vorruhestand starten.

Kapitel 40

»Denkt ihr, die suchen bereits nach uns und werden uns rechtzeitig befreien?«
Bernhards Worte durchbrachen die beklemmende Stille. Katja Körner blickte traurig zu dem zusammengekauerten Postboten und wusste nicht, was sie auf seine Frage antworten sollte. Suchen würde die Polizei mit Sicherheit nach ihr, schließlich mussten sie Diaras Leiche gefunden haben, und dabei hätte auch auffallen sollen, dass sie selbst verschwunden war. Aber was würde die Polizei denken? Dass sie ihre Freundin aus Eifersucht überfahren hatte?
Was war mit Bernhard, Yuki und Alejandro? Erkannte die Polizei überhaupt eine Verbindung zwischen den einzelnen Vermisstenfällen?
»Ich denke, es ist nur eine Frage der Zeit, bis sie uns finden«, antwortete Katja schließlich aufmunternd. Sie durften jetzt auf keinen Fall die Hoffnung verlieren.
Von Alejandro folgte keine Reaktion. Der Spanier saß gegen die Mauer gelehnt und starrte auf seine blutverkrusteten Hände hinab.
»Wer wird um mich trauern, wenn ich hier unten sterbe? Interessiert es überhaupt jemanden?« Bernhards Stimme zitterte.
Katja musste an Patrick denken und daran, wie sie die letzten Monate für ihn geschwärmt hatte. Wie unbedeutend erschienen diese Gefühle jetzt in der Dunkelheit. In ihrem Verlies gab es nur noch ein Verlangen – das Verlangen zu überleben.
»Wenn sie meinen Leichnam bergen«, sprach Bernhard weiter, »wird wohl niemand zu meiner Beerdigung kommen. Die Post verliert einen Angestellten, und vielleicht tauchen

ein paar wenige Kollegen auf meiner Trauerfeier auf. Aber das war es auch schon.«
Katja erwartete eine verletzende Reaktion von Alejandro, doch dieser schwieg weiterhin beharrlich.
»Du wirst überleben, Bernhard. Keiner von uns wird mehr sterben. Die nächste Runde werden wir nicht zulassen. Wir müssen mehr darüber herausfinden, was die Entführer von uns wollen.«
Katja bemühte sich, ihre eigenen Worte auch selbst zu glauben.
»Wir wissen nicht einmal, wie viele Stunden oder Tage vergangen sind, seit unsere Entführer weg sind. Ist es Tag? Nacht? Samstag? Sonntag? Scheiße, niemand wird uns hier finden.«
Alejandros plötzliche Aussage war voller Wut. Und umso mehr Katja darüber nachdachte, desto größer wurde die Panik in ihr. Was, wenn Alejandro recht hatte, und niemand käme, um sie zu retten?

Kapitel 41

Cornelia Altenburg las den Speiseplan der kommenden Woche. Es war wichtig, ausgewogene und trotzdem kindgerechte Mahlzeiten für ihre Schützlinge zu finden, und darin war der Küchenchef des Heims inzwischen Profi. Cornelia segnete den Plan zufrieden mit ihrer Unterschrift ab.

Als Leiterin des Waisenhauses übernahm sie die Verantwortung für viele unterschiedliche Bereiche.

Ihr war es ebenso wichtig, über alle Geschehnisse informiert zu sein, denn das Wohlergehen der Kinder lag ihr sehr am Herzen. Zwar hatten Cornelia all die Jahre in diesem Haus mitgenommen und schnell altern lassen, aber sie würde diese Lebensaufgabe niemals abgeben wollen.

Genauso ließ sie es nicht zu, dass es Störenfriede unter den Bewohnern gab. Niemand durfte ihren Schützlingen etwas antun.

Cornelia nahm die Akte, mit der sie sich die letzten Tage eingängig beschäftigt hatte und verließ ihr Büro.

Eilig lief sie die Treppen zum Archiv hinunter, einem Raum im Keller, in dem die Unterlagen zu allen aktuellen und ehemaligen Schutzbefohlenen des Heims gelagert wurden. Außerdem gab es Aufzeichnungen über jeden Krankheits- und leider auch Todesfall.

In diesem Stockwerk gab es keine funktionierende Lampe, weshalb sich Cornelia an der Wand entlang tasten musste. »Wie oft muss ich das dem Trottel an Hausmeister eigentlich noch sagen?«, murmelte sie genervt.

Nach einigen fehlgeschlagenen Versuchen steckte sie den Schlüssel ins Schloss und erschrak, als die Tür einfach aufsprang. Sie war nicht abgeschlossen.

Bemüht leise öffnete Cornelia die Tür und trat in den Raum dahinter. Zwar spendete ein schwacher Lichtstrahl etwas Helligkeit, dennoch konnte sie keine zwei Meter weit sehen.
Cornelia Altenburg versteckte sich hinter einem der vollgestellten Regale und lauschte in die Dunkelheit. Da alles still blieb, schlich sie weiter hinein. Wer konnte hier unten sein, und was wollte diese Person hier?
Plötzlich sah sie eine Frau, die an dem Tisch mit der kleinen Leselampe saß.
»Sie haben mich zu Tode erschreckt. Was machen Sie überhaupt hier unten?«, rief Cornelia streng.
Lydia Unger zuckte zusammen.
»Ich … ähm … ich wollte nur schnell etwas nachlesen, bin aber bereits fertig«, antworte die Pädagogin und sprang vom Stuhl auf. »Was machen *Sie* überhaupt hier unten?«
»Ich wollte nur eine Akte zurückbringen. Aber mir ist gerade eingefallen, dass ich sie doch noch benötige.«
Cornelia Altenburg packte die Pappmappe wieder unter ihren Arm und ging zurück zum Ausgang. Doch dann drehte sie sich noch einmal um.
»Was wollten Sie eigentlich genau nachlesen?«, fragte sie.
»Nichts Bestimmtes«, antwortete Lydia. »Und welche Akte haben Sie bei sich?«
Doch darauf antwortete Cornelia nicht, sie verließ ohne ein weiteres Wort das Archiv.

Kapitel 42

»War beim Arzt alles in Ordnung?«

»Wie? Was meinst du?« Dann erinnerte er sich. »Ach so, ja, passt alles«, antwortete Florian schnell. Dass er das Wochenende mit Irina verbracht hatte, durfte er Walter auf keinen Fall auf die Nase binden.

Es war Montagmorgen, und die beiden Kommissare saßen im Dienstwagen und fuhren zu Kim Reissberg. Womöglich konnte sie ihnen mehr über das Waisenhaus erzählen.

Florian stellte das Auto auf einem freien Parkplatz am Straßenrand ab, und zusammen mit Walter ging er zu der angrenzenden Hausreihe.

»10 b, hier muss es sein«, meinte Walter.

Florian entdeckte ebenfalls die Hausnummer und betrat durch ein grünes Tor den weitläufigen Garten.

Noch bevor sie klopfen konnten, öffnete sich die Tür und Kim Reissberg erschien.

»Einen schönen guten Morgen, die Herren Kommissare. Ich habe Sie gerade durch das Küchenfenster gesehen. Kommen sie doch bitte rein.«

Walter und Florian folgten der Frau und nahmen auf einer schwarzen Ledercouch im Wohnzimmer Platz.

»Es tut uns leid, dass wir Sie so früh belästigen müssen. Wir möchten mit Ihnen über das Kinderheim sprechen.«

Kurzzeitig entglitten ihre Gesichtszüge, doch bereits kurz darauf lächelte Kim Reissberg wieder.

»Das ist jetzt etwa zwanzig Jahre her. Ich hoffe, dass ich Ihnen überhaupt weiterhelfen kann. Was möchten Sie wissen?«

»Erzählen Sie uns doch bitte erst einmal, wie Sie die Zeit dort erlebt haben.«

Kims Blick wurde traurig, und Falten bildeten sich auf ihrer Stirn.
»Der Tod unserer Eltern hat meinen Bruder und mich zerstört. Da unsere Großeltern bereits gestorben waren, sind wir in das Heim gekommen und hatten nur noch uns. Die kurze Zeit, die wir im *Goldenen Engel* verbracht haben, war schön und schwierig zugleich. Wir wurden von gut ausgebildeten Therapeuten aufgefangen. Man lernt Menschen kennen, mit denen man sich gut versteht, aber andere, mit denen es anders läuft.«
»Wie meinen Sie das, Frau Reissberg? Bezieht es sich auf bestimmte Personen?«, wollte Florian wissen.
»Naja, was soll ich sagen? Natürlich haben Roland und ich uns mit Erziehern und Mitbewohnern angelegt. Aber wir hatten auch Freunde gefunden. Leider habe ich viele davon längst aus den Augen verloren. Ich frage mich heute noch oft, was wohl aus ihnen geworden ist. Aber worum genau geht es Ihnen überhaupt, was möchten Sie denn wissen?«
»Wir wollen insgesamt mehr über den Alltag im Heim erfahren. Haben Sie beispielsweise etwas von dem Tod eines Pflegers gehört?«, fragte Walter.
»Steve hieß er, wenn ich mich richtig erinnere, oder? Ich habe das nur am Rande mitbekommen, da Roland und ich kurz danach adoptiert worden sind.«
»Und sagt Ihnen der Name Vivien Hüttner etwas?«
Kim schaute nachdenklich zur Seite, bevor sie weitersprach.
»Soweit ich weiß hat sie sich umgebracht, kurz nachdem wir das Heim verlassen hatten. Ich habe durch meine Adoptiveltern davon erfahren. Jedoch kannte ich Vivien nur vom Sehen im Speisesaal. Wissen Sie, dort sind teilweise so viele Kinder untergebracht, dass man sie gar nicht alle kennen kann. Ich habe mit zwei anderen Mädchen zusammengelebt und hauptsächlich mit ihnen zu tun gehabt.

Ich weiß aber noch, dass Roland nach Viviens Tod sehr betrübt gewesen ist, was mich damals doch verwundert hat. Er war auch auf ihrer Beerdigung, der Tag, der gleichzeitig das letzte Zusammentreffen mit Frau Altenburg war.«

»Frau Altenburg war damals schon die Leiterin des Waisenhauses?«, fragte Florian überrascht.

Kim lächelte, bevor ihr Blick wieder traurig wurde.

»Roland konnte Frau Altenburg nicht ausstehen. Wie die meisten der Kinder. Sie ist eine harte Frau, die nicht mit sich reden lässt. Wenn jemand in ihren Augen etwas falsch gemacht hatte, dann bestrafte sie ihn … auf ihre Weise.«

Walter blickte Kim fragend an, woraufhin sie weitersprach.

»Frau Altenburg meinte es immer gut mit uns, und ich mochte sie. Aber ihre Bestrafungen … die waren teilweise etwas heftig. Ich erinnere mich noch an Peter. Ein lebendiger kleiner Junge, der einmal im Herbst Frösche mit in den Schlafsaal brachte. Frau Altenburg hat ihn daraufhin bis auf die Boxershorts ausgezogen und bei Regen und kalten Temperaturen den Teich reinigen lassen. Wir anderen Kinder sollten ihm dabei zusehen. Das war reine Schikane und Demütigung.«

Walter schüttelte den Kopf und auch Florian war von der Geschichte vor den Kopf gestoßen. Es wurde Zeit, nochmal mit Frau Altenburg zu sprechen. Schließlich hatte er ohnehin das Gefühl, dass die Frau ihnen etwas verschwieg.

»Haben Sie denn noch Kontakt zu jemanden aus der damaligen Zeit? Oder könnten Sie sich vorstellen, dass jemand von damals ein Motiv hätte, ihren Bruder umzubringen?«, wollte Walter wissen.

»Nein, eigentlich nicht. Aber wieso fragen Sie das alles? Was hat das mit dem Tod meines Bruders zu tun? Muss ich etwa auch Angst um mein Leben haben?«, fragte Kim bestürzt.

Florian fragte sich nicht zum ersten Mal, ob Polizeischutz für Frau Reissberg nötig war. Aber wie sollten sie diesen durchbekommen? Schließlich war eine Verbindung zum Waisenhaus eine Theorie ohne Beweise.

**

Zwanzig Minuten später parkte Florian den Wagen hinter einem Spielstraßen-Schild. Das danebenliegende Grundstück war gewaltig. Ein großer Garten mit Bäumen, zu Figuren gestutzte Hecken und ein Haus, das gut und gerne von mindestens drei Familien bewohnt werden konnte.
Florian wusste, dass darin Christina Rosenheim mit ihrer Familie wohnte.
Die Verbindung zu dieser Frau war eine weitere Theorie, der die Kommissare nachgingen, auch wenn sie kaum einen Erfolg daraus erwarteten.
»Hier wohnt also die Dozentin unseres Entführungsopfers Katja Körner«, murmelte Walter.
»Dafür, dass die Rosenheim suspendiert wurde, scheint sie aber noch gut Geld zu haben«, erwiderte Florian.
Er drückte auf die Klingel, die sich am Gartenzaun befand.
»Wer ist da?«, fragte eine Stimme durch den Lautsprecher.
»Frau Rosenheim? Mein Name ist Florian Weigert, und ich bin von der Kriminalpolizei Fürstenfeldbruck. Mein Kollege Walter Friedrich und ich würden Ihnen gerne ein paar Fragen stellen.«
»Können Sie sich ausweisen?«
»Natürlich, wenn Sie uns öffnen.«
»Halten Sie Ihre Ausweise vor die Kamera.«
Florian blickte sich suchend um und bemerkte erst jetzt die Kamera, die an einem Ast über ihnen hing.
Walter schüttelte den Kopf. »Die führt sich auf.«

Nichtsdestotrotz zogen sie ihre Ausweise hervor und hoben sie der Kamera entgegen. Kurz darauf ertönte ein Summen, und sie konnten das Tor öffnen.

Florian und Walter folgten einem Steinweg, der an Rosenbeeten und einem Wasserlauf entlangführte. An der geöffneten Haustür stand eine Frau im weißen Morgenmantel.

»Sind Sie Christina Rosenheim?«, fragte Walter.

»Wer sollte ich sonst sein? Was wollen Sie?« Frau Rosenheim hatte einen strengen Blick und verschränkte abwehrend die Arme vor ihrer Brust. Trotz des weiten Gewands konnte Florian erkennen, wie dürr die Frau sein musste. Er schätzte sie auf etwa fünfundvierzig, wobei er sich durch die abwehrende Haltung auch täuschen konnte.

»Dürfen wir reinkommen?«

»Mein Mann schläft noch, er ist erst gestern Nacht von einer Geschäftsreise aus Amerika zurückgekehrt. Wenn es etwas zu besprechen gibt, dann machen wir es hier.«

»Wie Sie meinen«, erwiderte Florian genervt. »Es geht um Katja Körner. Sie waren die Dozentin der jungen Frau?«

»Wegen dieser intriganten Person habe ich meinen Job verloren«, entfuhr es Frau Rosenheim.

»Da wären wir ja schon beim Thema«, sagte Florian zynisch. »Was ist passiert, dass es zur Kündigung gekommen ist?«

Christina Rosenheim atmete lautstark aus. »Katja hat sich über mich beschwert. Sie hat der Leitung mitgeteilt, dass ich sie sexuell belästigt hätte und naja, daraufhin haben die mir nahegelegt, mich anderweitig umzusehen.«

»Und Sie haben keinen Widerspruch eingelegt?«, wollte Walter wissen.

»Glauben Sie mir, meine Herren, da ist das letzte Wort noch lange nicht gesprochen. Nichtsdestotrotz muss ich zugeben, dass ich ihr nähergekommen bin. Das aber nur, weil sie es wollte. Ich bin verheiratet, aber ab und an habe ich auch das Verlangen nach Frauen. Dazu stehe ich. Katja hat mich angemacht, damit ich ihr bessere Noten gebe, und als ich sie dann küssen wollte, ist sie ausgerastet.«

Walters Kiefer klappte auf, und auch Florian staunte nicht schlecht. Mit so viel Offenheit hatte er nicht gerechnet.

»Warum wollen Sie das überhaupt wissen?«, fragte sie schließlich.

»Frau Körner wurde entführt«, erklärte Walter.

»Ach, es gibt also doch noch Gerechtigkeit.«

Kapitel 43

Hat mit der Leiche von Yuki alles geklappt?

Ja, ich habe mich darum gekümmert.

Hast du die anderen heute Nacht über dein Handy beobachtet?

Natürlich. Und sie haben immer noch keine Ahnung, warum wir sie entführt haben!

Dann haben sie es auch nicht anders verdient. Sie werden sterben!

Wann bist du in unserem Bunker?

Ich mache mich jetzt auf den Weg. Bis nachher

Er wartete noch kurz, ob sie zurückschrieb, sperrte dann jedoch enttäuscht sein iPhone. Dank der speziellen Verschlüsselung des Messengers, den er entwickelt hatte, brauchte er keine Angst zu haben, dass die Kommunikation mitgelesen werden konnte. Er stellte sich unter die Dusche und drehte das Wasser auf. Die Nacht hatte er alleine und nur mit wenig Schlaf verbracht. Lieber hätte er bei ihr geschlafen, doch das ging momentan nicht. Nicht jetzt, während den Morden. Was würden die Leute auch zu diesem Paar sagen?
Die Müdigkeit lag schwer über ihm, und so drehte er den Wasserstrahl auf kalt, um fit zu werden.

Die halbe Nacht hatte er wach gelegen, über sein Leben und seine Angststörung nachgedacht. Kaum war er eingeschlafen, waren wieder die schrecklichen Bilder vor seinen Augen erschienen. Und dann hatte er Yuki Tanaka gesehen. Tot! Wer würde ihr ins Jenseits folgen?
Immer wieder hatte er auf sein Handy geschaut und den Livestream zum Bunker verfolgt. Dank der Kameras konnte er in Echtzeit sehen, was seine Gefangenen machten.
Sie hatten ebenso unruhig geschlafen, wie er selbst. Vor allem Katja war mehrmals unter Schreien aufgeschreckt.

Das Wasser strömte eiskalt aus dem Duschhahn und prasselte unangenehm auf seine Haut. Doch er brauchte dieses Gefühl, um wieder klar denken zu können.
Er ertrug das kalte Nass noch für mehrere Minuten, stieg dann aus der Duschkabine und wickelte sich in ein Handtuch.

Montagmorgen – Zeit für Runde zwei.

Kapitel 44

Florian saß in seinem Dienstwagen und konnte sich nur schwer auf die Straße konzentrieren.

Walter sprach ebenfalls nicht viel und blickte nur aus dem Fenster. Doch das störte Florian nicht, denn er selbst war in Gedanken versunken. Dieser Fall verfolgte ihn bis in seine Träume, und dann war da noch Irina. Niemals hätte Florian gedacht, dass er sich noch einmal verlieben würde.

Selina war seine Traumfrau gewesen, sein Engel und die große Liebe. Doch sie hatte ihn für ein Macho-Arschloch verlassen und mit diesem Typen ein Kind bekommen. Luna – das unschuldigste und süßeste Mädchen auf Erden. Es hatte Florians Herz zerrissen, als er vor einem Jahr erfahren hatte, dass Luna mit bereits vier Jahren an Krebs erkrankt war.

Florian hätte alles getan, um der Familie seiner Ex-Freundin zu helfen. Doch das ließ der Vater des Mädchens nicht zu, und so konnte Florian keinen Kontakt mehr zu Selina und Luna aufnehmen. Das Leben konnte so unfair sein. Wie viele Tränen hatte er bereits wegen ihr vergossen, und wie viele seiner Träume waren gestorben? Doch Florian schwor sich, dass er daraus lernen und daran wachsen würde.

Und nun war Irina Bergmann in sein Leben getreten, und er spürte erstmals seit Langem wieder das Gefühl von Zuneigung. Zwar hatte es sich bei den ersten Berührungen angefühlt, als würde er Selina hintergehen, doch das Gefühl war verschwunden und hatte stattdessen Platz für eine neue Frau in seinem Herzen gemacht. Irina. Schon jetzt konnte Florian es kaum erwarten, die Reporterin wiederzusehen. Natürlich würde er ihr bei ihrem Romandebut helfen, auch wenn Walter dagegen war.

Florian schüttelte die Gedanken von sich. Erstmal musste er sich auf den Fall konzentrieren und ihn lösen. Danach würde er versuchen, herauszufinden, wie ernst es Irina mit ihm war. *Konzentrier dich jetzt*, ermahnte sich Florian und wandte sich an Walter.

»Wir haben so viele Angehörige und Personen, die irgendwie mit dem Fall in Verbindung stehen könnten, und doch keinen richtigen Verdächtigen. Trotzdem bin ich der Überzeugung, dass wir dem Täter schon längst begegnet sind.«

»Dafür würde auch sprechen, dass er die toten Schmetterlinge bei mir zu Hause hat ablegen lassen«, bestätigte Walter.

Florian setzte den Blinker nach links und bog auf die Hauptstraße ab.

»Ich habe mir zu Hause bereits einige Notizen und Aufzeichnungen angelegt und überlegt, welchen Personen wir bei diesem Fall bereits begegnet sind. Diesbezüglich wollte ich dich noch etwas fragen.«

Doch Florian wusste nicht, wie er das Thema ansprechen sollte, das ihn bereits seit einigen Tagen beschäftigte. Schließlich war er neu in Walters Team, und es stand ihm eigentlich nicht zu, so eine Theorie aufzustellen.

»Jetzt mach es nicht so spannend, frag doch einfach«, forderte Walter.

»Thomas, ich meine, *unser* Thomas, er benimmt sich seltsam, seit die Leiche von Roland Reissberg gefunden wurde. Er meldet sich spontan krank, was er sonst eigentlich nie tut, wirkt durcheinander und ist unkonzentriert. Damit will ich nicht …«

»Das muss unter uns bleiben«, unterbrach Walter ihn. »Dass mit Thomas irgendetwas nicht stimmt, ist mir auch schon aufgefallen. So unkonzentriert kenne ich ihn nicht. Aber ich

glaube dennoch fest daran, dass er kein Mörder ist. Beim besten Willen kann ich mir nicht vorstellen, dass Thomas irgendetwas verheimlicht, das direkt mit unserem Fall zusammenhängt.«
Mit dieser Reaktion hatte Florian nicht gerechnet, und wahrscheinlich waren seine Befürchtungen auch nur Spinnereien. Trotzdem machte sich Walter offensichtlich ebenfalls Gedanken um den Mitarbeiter.

**

Wenig später brachten Florian und Walter ihren Vorgesetzten im Präsidium auf den neusten Stand. Auf dem Tisch im Besprechungsraum standen Tassen und Kaffeekannen bereit, die die Sekretärinnen zuvor platziert hatten.
»Nach einer baldigen Festnahme hört sich das ja nicht an. Sie haben keinen Tatort, keine Verdächtigen und wissen nicht mal mit Sicherheit, wen der Täter in seiner Gewalt hat«, fasste der Polizeichef mit hochrotem Kopf die bisherigen Ermittlungsergebnisse zusammen.
»Oder die Täter«, fügte Walter hinzu, was seinen Vorgesetzten nur noch mehr schnauben ließ.
»Das macht es nicht besser! Ich habe schon mit dem LKA München gesprochen, bereits in den nächsten Tagen könnten wir eine Sonderheit bekommen. Aber gut, fahren Sie zunächst einmal fort.«
Markus ergriff das Wort. »Ich habe mit der IT über den Virus gesprochen, der an Walters Mailadresse geschickt wurde. Es lässt sich nicht nachvollziehen, von welcher IP Adresse aus die Mail mit dem Trojaner verschickt wurde. Da muss ein Profi am Werk sein. Allerdings können wir mit

Sicherheit sagen, dass die Firewalls Schlimmeres verhindert haben und unser System nicht angegriffen wurde.«
Der Polizeichef warf Walter einen bösen Blick zu, doch das schien Markus nicht zu irritieren. Konzentriert sprach er weiter.
»Es gibt aber leider auch schlechte Nachrichten. Wir kommen bei der Suche nach dem Tatort nicht weiter. Wenn man sich die Orte der Entführungen von Julia Abraham, Roland Reissberg und Katja Körner ansieht, kann man davon ausgehen, dass der Täter hier in der Nähe wohnt und sich in der Gegend sehr gut auskennt. Fürstenfeldbruck, Eichenau oder ein Nachbarort. Eventuell Puchheim, Buchenau.«
»Doch der Täter muss sicherstellen können, dass er nicht gestört wird und die Opfer abgeschottet sind. Sonst könnte er sie nicht einige Tage lang unbemerkt in Gefangenschaft halten und sie später irgendwo in der Öffentlichkeit ablegen«, führte Florian den Gedanken fort.
»Wir sind ja auch dabei, alle leerstehenden Gebäude und Lagerhallen zu überprüfen, doch dabei ist bisher nichts Verdächtiges aufgefallen. Außerdem haben wir hier in der Gegend einige ehemalige Bunker, doch auch die bisherigen Besichtigungen haben keinen Erfolg gebracht. Mit Sicherheit werden auch nicht alle auf unseren Karten vermerkt sein. Wenn man bedenkt, dass wir hier auf dem Land leben und so gut wie jedes Haus einen privaten Keller hat, ist es fraglich, ob wir überhaupt nach leerstehenden Hallen suchen brauchen. Aber nun zu einer doch positiven Nachricht: Ich glaube, wir haben zwei weitere Entführungsopfer identifiziert«, sprach Markus weiter.
»Was, und das sagst du erst jetzt?«, rief Walter.
Der dunkelrote Teint des Polizeichefs färbte sich wieder Richtung Hautfarbe.

Markus erklärte, dass sich ein Doktor Friesinger erneut gemeldet habe. »Er wollte Yuki Tanaka, die Besitzerin eines Nagelstudios, bereits am Wochenende als vermisst melden, doch da gab eine Freundin von ihr an, dass sie nur ein paar Tage weggefahren wäre. Doch heute Morgen ist sie trotz Kundenterminen nicht im Laden aufgetaucht. Im Parkhaus haben wir außerdem ihren Wagen mit offenstehenden Türen gefunden.«

»Dann hatten wir wohl mit unseren Vermutungen recht, und sie ist ein weiteres Opfer unseres Täters. Zwar gibt es immer noch keine einhundertprozentige Bestätigung, aber ein Zufall wird das nicht sein. Wurden irgendwelche Spuren gefunden oder gibt es Aufnahmen von Überwachungskameras?«, wollte Florian wissen.

»Die Spurensicherung ist bereits dran, aber laut Vermieter gibt es da unten leider keine Kameras.«

»Himmelherrgott! Das darf doch nicht wahr sein! Wieso sind die uns immer einen Schritt voraus?«, fluchte Walter plötzlich, und Florian zuckte zusammen.

»Ihr Schimpfen hilft niemandem, machen wir lieber weiter. Wer soll das zweite Opfer sein?«, fragte der Polizeichef und nahm einen Schluck aus seiner Kaffeetasse.

»Das ist ein gewisser Bernhard Klotznebel, auch ihn hatten wir ja bereits auf dem Schirm. Wir haben die Aussage einer Nachbarin, dass eine vermummte Gestalt vor der Wohnung herumgelungert war.«

»Und das sagt sie erst jetzt?« Walter schüttelte verständnislos den Kopf.

»Ich selbst habe sie verhört«, erklärte Markus. »Sie ist eine alte Dame mit Demenz im Anfangsstadium. Ich denke, sie war sich der Dringlichkeit ihrer Aussage gar nicht bewusst. In der Wohnung von Herrn Klotznebel haben wir zudem stehen gelassenes Essen gefunden, was darauf hindeutet, dass er das Haus nicht freiwillig verlassen hat.«

»Auch, wenn es noch keine eindeutige Bestätigung gibt, denke ich, dass wir mit Frau Tanaka und Herrn Klotznebel zwei weitere Opfer gefunden haben. Und den dritten werden wir auch noch identifizieren. Der Täter wird einen Fehler machen, und dann werden wir ihn schnappen«, sagte Florian.

»Das hoffe ich!«, erwiderte der Polizeichef streng.

Kapitel 45

Lydia Unger wischte sich den Schweiß von der Stirn. Erschöpft stellte sie die Mistgabel und den Spaten ab und schloss den Holzverschlag.

In dem Stall staute sich die Luft, und der Gestank von Mist drückte ihr unangenehm entgegen.

Neben ihr muhten die Kühe lautstark, die Tiere mussten wohl dringend wieder gemolken werden. Doch dazu fehlte ihr heute die Zeit.

Neben der Arbeit im Waisenhaus half Lydia mehrere Tage im Monat auf dem Bauernhof ihrer Adoptiveltern.

»Hallo, Schatz!« Die unerwarteten Worte und das plötzliche Auftauchen ihres Vaters ließen sie aufschrecken. »Ich wusste gar nicht, dass du uns heute besuchen kommst.«

»Hi, Paps. Leider habe ich auch keine Zeit, um hierzubleiben. Aber ich glaube, unsere Alten müssen dringend gemolken werden.«

»Was meinst du, was ich gerade im Stall mache?«, erwiderte ihr Adoptivvater.

Seine hohen Gummistiefel schmatzen im Schlamm, der sich im Stall nach der morgendlichen Reinigung ansammelte. Insgesamt gab er mit seinem blauen Arbeitskittel und den darunter sichtbaren Hosenträgern ein nettes Bild ab. Irgendwie erinnerte er Lydia an Peter Lustig. Ohne Weiteres könnte er die Sendung Löwenzahn moderieren.

»Wir verbringen so wenig Zeit zusammen. Bist du sicher, dass du nicht etwas bleiben kannst?«, fragte ihr Adoptivvater.

»Leider wirklich nicht, ich habe noch Einkäufe zu erledigen«, erwiderte Lydia schnell.

»Aber schau noch kurz im Haus bei deiner Mutter vorbei. Sie freut sich doch immer so, wenn sie dich zu sehen bekommt.«
»Das mache ich, Paps«, bestätigte Lydia und drückte ihm einen Kuss auf die Wange.
Ihr Vater öffnete das Gitter und kniete sich neben Bernadette, die älteste Kuh im Stall.
»Gleich geht's dir wieder besser«, hörte Lydia ihn zu dem Tier sagen, als sie gerade die Scheune verließ.
Draußen war es ähnlich schwül, und die Sonne stand hoch am Himmel, dennoch war die Luft weniger drückend als in dem stickigen Stall.
Entfernt hörte Lydia das Gackern der Hühner und Blöken der Schafe. Der Bauernhof bestand aus zwei Scheunen und mehreren weitläufigen Feldern. Direkt daran grenzte das Wohnhaus der Familie Unger. Auch heute erinnerte sie sich oft wohlwollend an ihre Kindheit und daran, wie gerne sie früher hier gelebt hatte.

»Ja, grüß dich, Lydia!«, wurde sie von ihrer Adoptivmutter begrüßt, als sie die Küche betrat.
Hildegard Unger trug eine weiße Schürze mit violettem Blumenmuster. Auf einem Holzbrett vor ihr lag ein toter Hase. Mit einem einzelnen Schlag trennte Hildegard den Kopf vom Körper des Tieres.
»Ich mache gerade ein Kaninchenragout, möchtest du mitessen?«, fragte Hildegard erwartungsvoll.
Viele andere Frauen hätten wohl ein Problem damit, den leblosen und gehäuteten Körper eines kleinen Tierchens zu bearbeiten, doch Lydia kannte die Schlachtungen noch aus ihrer Kindheit, und oftmals war sie selbst dabei gewesen, wenn eine Kuh mit einem Bolzen erschlagen oder ein Huhn geköpft worden war. Es war eine seltsame Laune der Natur,

dass eine Henne ohne Haupt noch mehrere Minuten lang herumlaufen und flattern konnte.
»Ich habe Paps schon gesagt, dass ich gleich wieder weitermuss, heute wollte ich nur nach den Kälbern schauen. Aber nächstes Wochenende komme ich euch richtig besuchen«, antwortete Lydia und umarmte ihre Adoptivmutter, ohne dabei den gehäuteten Hasen zu berühren.

**

Cornelia Altenburg goss einen großen Schluck des alten Cognacs in ihr Glas und leerte es in einem Zug. Eigentlich trank sie nicht während der Arbeit, aber wer sollte sie als Leiterin des Waisenhauses dafür tadeln?
»Ich bin nicht blöd, und ich verstehe ganz genau, wo die Zusammenhänge liegen«, sprach die Heimleitern ins Telefon und legte auf, ohne eine Reaktion abzuwarten.
Das Dokument vor ihr auf dem Schreibtisch war für ihren nächsten Zug ausschlaggebend.
Cornelia schenkte sich noch etwas Cognac ein und steckte das Schreiben zurück in die Akte mit der Aufschrift »Vivien«.

Kapitel 46

»Bis alle Spuren aus dem Parkhaus ausgewertet sind, wird es wohl noch etwas dauern. Bei der Wohnung von Klotznebel hat die Spurensicherung schon mal nichts gefunden«, erzählte Walter, nachdem er den Hörer aufgelegt hatte.

Florian saß ihm gegenüber am Schreibtisch.

Es nervte Walter, dass ihnen immer noch ein entscheidendes Puzzleteil in ihrem Fall fehlte.

»So, wie der Chef heute drauf war, wird es nicht mehr lange dauern, bis jemand anderes die Zügel in die Hand nimmt.«

»Jetzt male nicht gleich den Teufel an die Wand. Du weißt, wie schnell unser Vorgesetzter an die Decke geht«, erwiderte Florian.

»Ich würde vorschlagen, wir fahren nochmal ins Waisenhaus und nehmen die Altenburg genauer unter die Lupe. Vor allem ihre Handhabung mit Maßregelungen. Außerdem verheimlicht sie uns irgendetwas«, murmelte Walter, während er durch die Jahrbücher des Heims blätterte, die er wieder auf seinem Schreibtisch verteilt hatte.

»Schau mal hier, da sind Reissberg und seine Schwester. Wie traurig die Kinder auf dem Bild aussehen.«

Walter hatte die älteren Hefte bereits zu Hause durchgesehen.

Jetzt hingegen nahm er sich eine der neueren Ausgaben vor. Er entdeckte einen kleinen Jungen, der ihm breit entgegengrinste und aussah wie Michel aus Lönneberga. Walter wurde wehmütig bei dem Anblick. Wie würde sein Junge wohl aussehen, wenn er damals nicht gestorben wäre?

Doch dann entdeckte Walter etwas, das diesen Gedanken sofort verdrängte.

»Das darf doch nicht wahr sein«, platzt es aus ihm heraus.

Florian schaute zu ihm herüber.
»Den … den kennen wir doch.«

Kapitel 47

»Schau mal, Bernie. Da habe ich etwas aufblitzen sehen.«
Aufgeregt folgte er den Blicken seiner Großmutter und rannte zu dem Baum, auf den sie zeigte. Und tatsächlich lag darunter ein Schokoladen-Ei.
»Mama, Mama, guck mal her«, rief er stolz und präsentierte seine Entdeckung.
»Prima, Bernie. Pack es schnell in dein Osternest«, erwiderte seine Mutter lächelnd. Ihre Haare leuchteten blond im hellen Licht der Sonne.
Freudig steckte Bernie die Schokolade in seinen Korb zu den anderen Naschereien. Natürlich wusste er längst, dass die Überraschungen, die er auf dem Osterspaziergang entdeckte, nicht vom Osterhasen kamen, sondern von seiner Mutter. Oder der Oma. Die eine lenkte ihn ab, während die andere eine Süßigkeit in Bernies Nähe ablegte. Wenn er eine der Leckereien übersah, machte ihn meistens seine Oma darauf aufmerksam.
Er genoss dieses Spiel, schließlich konnte er nur gewinnen. Und er liebte Schokolade.
Dafür nahm Bernie auch gerne den Spaziergang in Kauf.
Plötzlich blieb seine Oma abrupt stehen.
»Du fetter Taugenichts. Wie dumm bist du, dass du jedes Ei übersiehst? Soll ich dir die Schokolade gleich in deinen Mund stopfen, dann musst du dich gar nicht mehr bewegen?«
»Lass ihn«, erwiderte seine Mutter. »Ich hätte ihn als Baby einfach ertränken sollen. Bernhard, Fetthard, Ekelhard, stirbst bald an 'nem Herzinfarkt.«
Das Gesicht seiner Mutter war plötzlich von einer schwarzen Maske verdeckt. Und aus seinem Korb hörte er ein Schluchzen.

Bernie blickte hinab, doch statt der Ostereier lagen darin blutende Küken. Sie hatten die Gesichter von Katja, Yuki und Alejandro.
»Wach auf, Fettsack«, rief seine Mutter.

Doch es war nicht seine Mutter. Panisch riss Bernhard die Augen auf und hörte, wie Alejandro nach ihm rief.
»Nicht nur, dass wir dein Schnarchen die ganze Zeit ertragen müssen, jetzt redest und schreist du auch noch im Schlaf wie ein kleines Mädchen.«
»Es tut mir leid«, murmelte Bernhard noch benommen vom Schlaf.
Seine Kindheit war nicht leicht gewesen, dennoch wünschte er sich momentan nichts sehnlicher, als in die Vergangenheit zu reisen und seine Familie wiederzusehen. Niemals mehr hatte Bernhard so liebevolle Menschen wie seine Oma und seine Mutter kennengelernt.

»Ich habe dich lieb bis zum Mond und den Sternen.«
»Hab dich auch lieb, Mama.«

Zum Glück konnte sie nicht sehen, was aus ihm geworden war. Vom kleinen, unschuldigen Bernie zum einsamen und dicken Mann, der in seiner eigenen Scheiße saß und wie eine Memme weinte.
Würde er das Martyrium überleben, schwor er sich, würde er sein Leben ändern.

**

Alejandro starrte Bernhard wütend an. Warum genau hatte er sich noch mal dafür entschieden, die Asiatin niederzumetzeln anstelle des Fettsacks?

Das Blut auf seiner Hose war getrocknet, und der Gedanke, einen Menschen ausgelöscht zu haben, fühlte sich allmählich erschreckend normal an.
Alejandros Leben war geprägt von falschen Entscheidungen und schlechten Taten. Drogen. Nutten. Schlägereien. Diebstähle. Und jetzt auch noch ein weiterer Mord. Prima Alejandro, du hast es weit gebracht.

»Herzlichen Glückwunsch, mein Junge.«
»Danke Papá.«
Alejandro pustete die acht Kerzen direkt beim ersten Versuch aus und freute sich enorm über diesen Erfolg.
»Kriege ich jetzt die Geschenke?«
Sein Vater nickte lächelnd und forderte ihn auf, einen Moment zu warten.
»Ich bin gleich wieder da, aber lass die Augen geschlossen.«
Obwohl sich Alejandro nur schwer zurückhalten konnte, folgte er den Anweisungen seines Vaters.
Bereits wenige Sekunden später hörte er ein leises Atmen und näherkommende Schritte.
»Jetzt darfst du schauen.«
Alejandro öffnete die Augen und schnappte nach Luft. Im ersten Moment konnte er gar nichts sagen. Sein Vater hielt einen kleinen Hund auf dem Arm, um dessen Hals eine rote Schleife gebunden war.
»Oh mein Gott! Oh mein Gott! Ist das meiner? Darf ich den behalten?«
»Natürlich«, antwortete sein Vater und hielt ihm den Welpen entgegen.
Alejandro konnte sein Glück kaum fassen. Schon seit dem Kindergarten hatte er sich einen Hund gewünscht.

Das kleine Tier schaute ihn mit großen Augen an und leckte ihm über die Hand.
»Ich nenne dich … hmmm … Bruce … Bruce Wayne.«
Sein Vater lachte. Ein offenes und ehrliches Lachen, das Alejandro niemals vergessen würde.
Plötzlich wurde mit einem lauten Knall die Wohnungstür aufgetreten, und zwei Männer mit Pistolen stürmten in ihr kleines Apartment.
»Hallo, Sanchez. Dachtest du ernsthaft, mir würden zehn fehlende Kilo Koks nicht auffallen?«
Alejandros Vater stellte sich heldenhaft vor seinen Sohn und den kleinen Bruce Wayne.
Plötzlich fiel ein Schuss und sein Papá ging blutend zu Boden.

Mit diesem Tag war Alejandros Kindheit vorbei gewesen. Das Vormundschaftsgericht hatte ihn zurück zu seiner Mutter geschickt, die ihn zu keiner Zeit geliebt hatte. Mit dreizehn Jahren hatte Alejandro gedealt, mit fünfzehn zum ersten Mal im Jugendknast gesessen.
Doch nichts davon war so schlimm gewesen, wie hier eingesperrt zu sein.
»Wie spät ist es jetzt wohl?«, hörte er Katja fragen.

**

Katjas Hose war klebrig und der Hunger und das Durstgefühl unerträglich. Hinzu kam die Ungewissheit.
»Wie spät ist es jetzt wohl?«, fragte Katja in die Runde.
Bernhard zuckte nur mit den Schultern, und Alejandro ignorierte sie.

Katja dachte an ihre Uni und Frau Rosenheim – ihre lesbische Dozentin. Die Frau hatte wegen ihr großen Ärger bekommen – aber das war nur fair.

»Danke für die Einladung. Aber ich muss gleich dazu sagen, dass ich nicht viel Zeit habe. Ich muss nachher nämlich noch zum Babysitten«, erklärte Katja.
Sie saß Christina Rosenheim gegenüber. Sie waren in einem kleinen Café am Straßenrand und tranken einen Hugo.
»Ach, ich wusste gar nicht, dass du nebenbei noch arbeitest«, stellte Christina fest.
»Es gibt da so eine neue App. Man meldet sich an, erstellt ein Profil mit Bild, Erfahrung und Zeitfenster. Und Kunden können dich dann für einen bestimmten Termin anfragen.«
Christina nahm einen großen Schluck von ihrem Hugo und streckte dann ihre Arme über den Tisch.
Katja nahm irritiert wahr, wie die Dozentin nach ihren Händen griff.
Überrascht zog Katja ihren Arm zurück.
»Was … was war das denn jetzt?«
Natürlich kannte Katja die Lesben-Gerüchte über Christina Rosenheim, aber diese hatte sie nie für bare Münze genommen. Schließlich war ihre Dozentin verheiratet und ihre Beziehung freundschaftlich, aber mit einer professionellen Distanz.
»Ach komm schon, du brauchst dich nicht verstecken, Katja. Ich habe die Schwingungen zwischen uns gespürt und deine Blicke gesehen. Ein Blinder würde erkennen, dass du für mich genauso empfindest, wie ich für dich.«
Mit diesen Worten beugte sich Christina über den Tisch und drückte Katja einen Kuss auf die Wange.

Das war zu viel. Sie schlug ihrer Dozentin mit der flachen Hand ins Gesicht.
»Das … das … ich muss weg«, stammelte Katja und stand auf. Dabei stieß sie ihr Glas um, und es fiel zu Boden

Am Abend saß Katja bei einem Kunden. Sie musste auf einen siebenjährigen Jungen aufpassen, während die Eltern im Theater waren.
Der Kuss ging ihr nicht mehr aus dem Kopf, und sie konnte sich nur schwer auf das Memory Spiel mit dem Kind konzentrieren.
»Na los, du bist dran«, beschwerte sich dieses bereits.
Auf einmal vibrierte Katjas Handy und kündigte den Eingang einer SMS an.

Hallo Katja. Ich finde
dein Verhalten unverschämt
und kindisch. Aber das
wird ein Nachspiel für
dich haben.

Katja konnte nicht glauben, was sie da sah und las die WhatsApp Nachricht ein weiteres Mal.
Ihr blieb wohl nichts anderes übrig, als sich über Christina Rosenheim zu beschweren, bevor diese zum Schlag ausholte.

In dem kalten Verlies fragte sich Katja, ob Christina etwas mit der Tat zu tun haben könnte.
Zuzutrauen wäre es ihr, dachte sich Katja.

Plötzlich war aus den Lautsprechern die bekannte, mechanisch verzerrte Stimme zu hören.

»Seid ihr bereit für Runde zwei?«

Kapitel 48

»Den … den kennen wir doch«, rief Florian aufgeregt.

Im Jahrbuch des Waisenhauses hatte Walter ein Foto entdeckt, dass ihnen mehr als bekannt vorkam.

»Was hat der denn da drin zu suchen?«

Walter wählte eine Nummer auf dem Telefon und kurz darauf erschien sein Mitarbeiter Thomas im Büro.

»Was kann ich für euch tun?« Er hatte tiefe Augenringe und wirkte ausgelaugt und erschöpft. Walter hielt ihm das Magazin entgegen und zeigte auf das Foto.

»Wer soll das sein?«, wollte Thomas wissen.

»Das ist Johnny. Das Bild ist zwei Jahre alt, aber wir haben ihn trotzdem gleich erkannt. Er arbeitet als Praktikant im Blumenladen von Karl Ganzmann. Wir hatten Herrn Ganzmann zu Beginn der Ermittlungen aufgesucht, da er als Fachmann für Schmetterlinge gilt. Dort sind wir dem jungen Mann begegnet. Johnny hat somit nicht nur das Präparieren der Schmetterlinge von dem Gärtner lernen können, er hat auch in dem Heim gelebt, das wohl die Verbindung zwischen Reissberg und Julia Abraham darstellt.«

Thomas wirkte überrascht und nahm das Jahrbuch entgegen.

»Ich nehme mal an, ihr wisst nicht, wie er mit Nachnamen heißt oder wo er wohnt?«, fragte Thomas.

»Leider nicht«, gestand Walter. »Und dieser Ganzmann ist wohl im Urlaub. Vielleicht kannst du ihn trotzdem telefonisch erreichen.«

»Ich werde es versuchen, aber keine Sorge, auch wenn ich diesen Ladenbesitzer nicht erreichen kann, finde ich euren Johnny schon.«

Walter war sich sicher, dass dies kein Zufall mehr sein konnte. Johnny war mehr als ein Zeuge, er war tatverdächtig.

Die Hinweise verdichteten sich, und so langsam konnte sich die Leiterin des Heims nicht mehr herausreden. Dass ausgerechnet Ganzmanns Praktikant ebenfalls im Heim untergebracht gewesen war, konnte kein Zufall sein.
Doch so heiß die Spur auch war, es gab eine Sache, die Walter noch mehr beschäftigte.
»Thomas, hast du bitte noch einen Moment und kannst dich setzen?«
Thomas schaute ihn fragend an, nahm aber umgehend auf einem der freien Stühle Platz.
»Wir arbeiten jetzt schon eine ganze Weile zusammen«, setzte Walter an. Er hatte sich vorgenommen, das Thema ein für alle Mal aus der Welt schaffen, und so sprach er weiter.
»Ich kenne dich gut genug, um zu wissen, dass irgendetwas nicht mit dir stimmt. Du stehst neben dir und wirkst nervös. Was ist denn los?«
Thomas strich sich eine Strähne über die Narbe auf der Stirn und blickte auf seine Hände hinab.
»Ich kann euch auch alleine lassen, wenn es dir lieber ist«, bot Florian an.
»Nein, schon gut«, meinte Thomas schließlich. »Walter, du durchschaust deine Mitmenschen eben sofort. Mein Mann Jürgen, er hat eine Tochter. Mia. Er war früher mit einer Frau verheiratet, und nun will ihm seine Ex die Kleine vorenthalten. Jürgen kämpft schon länger um das alleinige Sorgerecht, da die Mutter Mia vernachlässigt. Jürgen will das Sorgerecht und seine Tochter dann mit mir großziehen.«
Mit einer derartigen Erklärung hatte Walter nicht gerechnet.
»Oh, ich wusste nicht … Ist das denn in Deutschland überhaupt erlaubt, dass ihr … ich meine, dass …« Walter merkte selbst, dass er sich um Kopf und Kragen redete und spürte wie sein Gesicht rot anlief.

Thomas lächelte verlegen. »Homosexuelle Paare dürfen im rückständigen Deutschland immer noch keine fremden Kinder adoptieren. Wenn aber zwei Männer in einer eingetragenen Partnerschaft leben, und das tun Jürgen und ich, und einer von beiden der leibliche Vater mit dem alleinigen Sorgerecht ist, dann ist eine Adoption möglich. Und genau das versuchen Jürgen und ich gerade durchzubringen.«

»Ich wünsche euch viel Glück, dass das klappt«, meinte Florian.

»Ich schließe mich dem auf jeden Fall an«, bestätigte Walter erleichtert. »Du hättest damit aber auch direkt zu mir kommen können, ich hätte dir angeboten, frei zu nehmen, um dich auf diese Sache zu konzentrieren.«

»Das möchte ich aber nicht«, entgegnete Thomas. »Das hier ist meine Arbeit, und ich lasse euch doch nicht alleine mit dem Fall. Dem Mörder kommen wir schon noch auf die Schliche. Und jetzt werde ich erst einmal diesen Johnny finden.«

Kapitel 49

Alejandro hockte zusammengekauert in dem Verlies und folgte unterbewusst den Worten von Katja und Bernhard.
»Entweder, es gibt eine Verbindung zwischen uns, oder die beiden Entführer sind völlig irre und machen sich einen Spaß daraus, uns beim Scheitern zuzusehen«, meinte Katja in diesem Moment.
Alejandro war sich sicher, dass es einen Grund geben musste, warum genau sie hier waren. Die Entführer hatten die Sache zu genau und sorgfältig geplant, als dass sie wahllos ausgewählte Zufallsopfer sein konnten. Doch das behielt Alejandro für sich, denn er wollte nicht an dem Gespräch zwischen seinen beiden Mitgefangenen teilnehmen. Am liebsten wäre es ihm, wenn sie einfach mal ihren Mund halten würden, denn er musste seine Gedanken ordnen, um so auf eine Lösung zu kommen. Ihm war bewusst, dass es genügend Gründe dafür gab, weshalb er hier sein könnte. Doch welcher davon verband sie?
Alejandros Gedanken verschwammen erneut und Bilder seiner Jugend tauchten vor ihm auf.

»Scheiße, du kleiner Wichser, wo sind meine Kippen?«
Alejandro kauerte sich an die Heizungsröhre und beobachtete seine Mutter, die bedrohlich vor ihm stand. Mit seinen dreizehn Jahren hatte er nicht die Kraft, sich gegen die aggressive Frau zu wehren.
»Ich habe sie nicht, Mama, versprochen.«
»Du bist genau wie dein nutzloser Vater. Wie oft muss ich dir eigentlich noch sagen, dass du nicht lügen sollst, verdammte Scheiße? Wann geht das endlich in deinen hässlichen Schädel rein?«
Sie schlug ihn mit einem festen Hieb gegen seinen Kopf. Sein Ohr brannte, doch noch schlimmer waren die Prellungen an seinem

Hinterkopf. Alejandro vermisste seinen Vater und erinnerte sich voller Trauer an die schönen Momente mit ihm.
»Wo bleibst du mit meinen Kippen?«
Hinter Alejandros Mutter tauchte ein dürrer Mann auf. Seine Brust war eklig behaart, und von seinem Fell tropften Schweißperlen. Dagegen kam auf dem Schädel eine Glatze zum Vorschein.
»Der kleine Scheißer hat sie wieder geklaut«, erwiderte sie.
Alejandro kämpfte mit den Tränen. Er ahnte bereits, was ihn gleich erwarten würde.
Der Mann kam auf ihn zu und riss ihn an den Haaren nach oben. Mit der Faust schlug er ihm ins Gesicht, und seine Nase knackste. Blutend fiel Alejandro zu Boden.
»Ich habe eure Zigaretten wirklich nicht genommen«, wimmerte er flehend.
Alejandro rauchte zwar seit Jahren, aber er hätte sich niemals getraut, von seiner Mutter oder deren neuem Mann die Kippen zu stehlen.
»Du wolltest es nicht anders. Dann gehst du heute Abend eben wieder auf die Straße und verkaufst die Drogen«, befahl seine Mutter streng.
»Und wehe dir, du sagst nochmal nein, wenn einer der Typen dir seinen Schwanz ins Maul stecken will«, erwiderte sein Stiefvater, und in Alejandro kehrten die schlimmen Erinnerungen zurück.

Die Sirene ertönte, und Alejandro wurde unsanft aus seinen Erinnerungen gerissen. Die Anzeige leuchtete auf und eine Stimme ertönte.
»Herzlich willkommen zu Runde zwei. Wir werden euch gleich drei Zangen übergeben. Damit zieht ihr euch jeweils vier Fingernägel eurer Wahl! Wer es nach sechs Minuten

nicht geschafft hat, stirbt. Sollte es jeder schaffen, stirbt derjenige, der als letztes alle vier Nägel gezogen hat.«
Bevor Alejandro die Worte verarbeiten, geschweige denn darauf reagieren konnte, war bereits der Schlüssel im Schloss zu hören, und die Tür ging auf.
Die zwei maskierten Gestalten traten in den Raum und legten drei Zangen in der Mitte ab.
»Bitte, hören Sie doch endlich auf. Was haben Sie denn davon, uns zu quälen? Sagen Sie doch einfach, was Sie wollen«, flehte Katja, doch die Entführer reagierten nicht darauf. Stattdessen verließen sie den Raum wieder und verschlossen die Tür.

**

»Ich … wir … wir können das nicht tun«, stotterte Bernhard und hoffte, dass es Katja und Alejandro genauso sahen.
Sein kompletter Körper war wegen der unbequemen Haltung verkrampft, und sein Magen schmerzte vor Hunger.
»Ich befürchte, wir haben keine andere Wahl«, erwiderte Katja.
Bernhard sah die Entschlossenheit in ihren Augen, und er begann zu schwitzen. Er war sich sicher, dass Katja sich die Schmerzen zufügen würde, um zu überleben, und bei Alejandro hatte er ohnehin keine Zweifel.
In diesem Moment lösten sich die Ketten aus der Wand, und auf der Anzeigetafel startete ein neuer Countdown.

05:59

Als erstes rutschte Alejandro auf den Knien in die Mitte des Raumes und schnappte sich eine Zange, doch auch Katja bewegte sich auf das Werkzeug zu. Bernhard blieb keine

andere Wahl. Die Knochen in seinen Beinen knackten bei jeder Bewegung, und ein Schwindelgefühl überkam ihn.
»Ahhh! Fuuuck!«, hörte er Alejandro schreien und sah, wie dieser den Nagel von einem seiner Finger riss und blutiges Fleisch zum Vorschein kam.
Bernhard kämpfte gegen die aufkommende Ohnmacht an und krabbelte schneller Richtung Mitte. Er schnappte sich die letzte Zange und blickte sie ängstlich an.
Im selben Moment stöhnte Katja auf.
Nein, er hatte keine andere Wahl. Wenn er jetzt nicht sterben wollte, musste er es ebenfalls tun.

04:05

Die Zange lag schwer in Bernhards Händen. Er umklammerte den Griff und spannte mit deren Spitze seinen Daumennagel ein.
Er schloss die Augen und zog mit aller Kraft daran. Mit jedem Millimeter, den sich der Nagel löste, zuckte sein Körper, und Schmerzen schossen in sein Gehirn. Ängstlich ließ Bernhard los. Doch dann sammelte er erneut alle Kräfte und riss den Nagel raus.
Tränen schossen in seine Augen, und sein Körper drohte zusammenzusacken.
Nein, er musste jetzt standhaft bleiben! Denn Katja stöhnte bereits das zweite Mal auf, und auch Alejandro schien bereits mit dem zweiten Nagel fertig zu sein.
Also umklammerte Bernhard mit der Zange seinen nächsten Fingernagel.

**

»Krass, sie tun es. Alle Drei!«, schwärmte seine Komplizin.
Tatsächlich hatte auch er nicht damit gerechnet, dass die Gefangenen so hart sein würden. Er beobachtete Katja, Bernhard und Alejandro durch den Monitor und konnte seine Nervosität und Freude kaum zurückhalten.
»Vor allem haben sie jeweils schon drei Nägel gezogen. Wer hätte gedacht, dass alle gleichauf liegen würden«, fügte sie hinzu.
»Oh, warte mal, zwei von ihnen haben es geschafft. Damit steht wohl fest, wessen Zeit nun beendet ist.«
Er nahm eine Pistole aus dem Regal und betrat das Verlies.
Mit wilder Entschlossenheit hob er die Waffe an.
»Du hast die zweite Runde verloren, also verrecke!«, sagte er und drückte ab.

Kapitel 50

Katja war im Schockzustand. Sie riss an dem Nagel – immer und immer wieder. Das Brennen an ihren verletzten Fingern nahm sie nur noch unterbewusst wahr, und die Schmerzen verschwanden irgendwo in der Leere ihrer Gedanken.
Blut tropfte auf den Boden.
Sie hörte die Schreie von Bernhard und Alejandro. Wie viele Nägel hatten sie sich bereits gezogen? Katja traute sich nicht, aufzusehen.
Sie hatte keine Zeit, sich um die anderen zu kümmern. In diesem Moment zählte nur noch ihr eigenes Überleben.
So nahm sie auch nur entfernt wahr, wie sich die schwere Eisentür erneut öffnete und kurz darauf ein Schuss ertönte.

Der Schuss ließ sie aufschrecken. Erst jetzt bemerkte sie, was geschehen war.
Bernhards Körper lag zuckend in der Mitte des Raumes. In seiner Stirn klaffte eine blutige Wunde.
Einen Moment später wurde die Kette um ihr Bein wieder weiter in die Wand eingezogen.
»Nein! Warum? Er hat doch getan, was ihr verlangt habt. Wir waren fast gleichzeitig fertig«, schrie Katja.
Sie starrte auf die Leiche. Auf das Blut.
»Warum sagst du Arschloch nicht einfach, weshalb wir hier sind. Erschieß uns doch gleich, das erspart uns eure verfickten Spiele«, schrie Alejandro. Der Hass in seinen Augen erreichte das Maximum, und ihm war anzusehen, dass er kurz vor der Explosion stand.
»Wenn ich hier rauskomme …«, fletschte Alejandro.
»Ihr versteht es nicht, oder?«, erwiderte der Maskierte plötzlich und nahm ihnen während den Worten die Zangen

ab. »Nun seid nur noch ihr beide übrig, und ihr habt es nicht weniger verdient, zu sterben, als die anderen. Ich habe euch eine Überlebenschance gegeben. Das Einzige, was ihr dafür tun müsst, ist einsichtig zu sein. Aber ihr kommt ja nicht mal drauf, warum ihr hier seid.«

»Vielleicht ist es auch nur ein Missverständnis«, brachte Katja ein, nachdem sie wieder an Fassung gewonnen hatte.

»Ein Missverständnis? Das wünscht du dir wohl. An eurem Tod führt kein Weg vorbei. Und ihr werdet leiden. Heute Abend startet die letzte Runde, die nur einer von euch beiden überleben wird. Und dann wird sich derjenige beweisen können, ob er es verdient hat, heil aus diesem Verlies herauszukommen.«

Katja konnte nur noch mitansehen, wie der Entführer Bernhards Leiche aus dem Raum zog und die Tür hinter ihnen ins Schloss fiel.

Sie starrte Alejandro an und er sie. Wer würde überleben?

Kapitel 51

Kommt ihr mit dem Fall voran?

Du weißt, ich kann dir dazu nichts sagen. Soll ich nachher bei dir vorbeikommen oder treffen wir uns bei mir?

*Du hast besseren Kaffee. Aber kauf auch etwas zu essen ein^^*

Oder wir bestellten Asiatisch.

Oder so :) Ich bin ca. 20 Uhr bei dir

Florian schmunzelte. Die Gefühle für Irina konnte er nicht mehr leugnen.
»Hallo, Sie sind der Nächste. Was darf's denn sein?«, fragte die Angestellte der Bäckerei.
Verlegen steckte Florian sein Handy zurück in die Hosentasche und antwortete dann schnell: »Ich hätte gerne zwei Zwetschgendatschi und eine Portion Sahne.«

»Kommt sofort.«
Die Frau schwitzte sichtlich, und die Klimaanlage schaffte es kaum, die Konditorei mit der breiten Fensterwand zur Südseite runterzukühlen.
Um die Auswahl an Kuchen und Torten schwirrten einige Wespen, die sich an dem vielen Zucker labten.
Während die Bedienung die bestellten Kuchen verpackte, wurde die Schlange aus hungrigen Menschen immer länger.
»Lassen Sie es sich schmecken.«
Florian nahm seine Bestellung entgegen und verließ die Konditorei. Draußen war die Temperatur noch unerträglicher als im Laden. Er überquerte die Straße und ging zurück ins Präsidium, wo Walter bereits sehnsüchtig auf ihn wartete.
Florian nahm zwei Gabeln aus der kleinen Küche und legte sie zusammen mit den zwei Stücken Zwetschgenkuchen auf den Schreibtisch.
»Das kommt genau richtig. Ich sterbe vor Hunger«, schwärmte Walter.
»Na dann, guten Appetit.« Florian nahm einen Bissen. Was für ein Glück, dass die beste Bäckerei im Ort direkt neben ihrem Büro lag. Er nahm sich vor, auf dem Nachhauseweg ein Stück für Irina mitzunehmen.
Im selben Moment klopfte es an der Bürotür, und ihr Mitarbeiter Markus trat ein.
»Wir haben den Praktikanten des Gärtners jetzt ausfindig gemacht, er ist zusammen mit seiner Mutter hier.«
»Oh.« Sofort waren alle schönen Gedanken verdrängt, und der Fall stand wieder im Vordergrund. In Florian brannte ein Feuer, er wollte den Täter dingfest machen und jetzt saß genau dieser womöglich direkt vor der Tür.
»Bitte sie in fünf Minuten rein«, wies er Markus an, stellte den Kuchen in die Schreibtischschublade und wandte sich

dann an Walter. »Johnny ist eine heiße Spur, wir dürfen jetzt keine Fehler machen.«
»Meine Worte. Irgendeine Verbindung zu diesem Fall hat das Heim, und dass uns Johnny gleich zweimal während der Ermittlungen begegnet, kann kein Zufall sein«, erwiderte Walter und stopfte schnell die letzten Stücke seines Kuchens in den Mund.

Kurz darauf betraten Johnny und seine Mutter das Büro.
Johnny trug ein weißes Shirt, auf dem Charlie Chaplin aufgedruckt war. Unschuldig lächelnd kam er auf die Kommissare zu und setzte sich direkt auf einen der Stühle vor Walters Schreibtisch.
Seine Mutter wirkte kühl und zurückhaltend. Ihre schulterlangen Haare waren adrett und streng nach hinten gekämmt.
»Ihre Kollegen sagten bereits, dass Sie wegen eines Falles mit meinem Sohn sprechen möchten. Um was geht es?«, fragte sie streng ohne ein Wort der Begrüßung.
»Nehmen Sie erst einmal Platz«, antworte Florian.
Mit missbilligendem Blick setzte sich die Frau, die sich als Alexandra Kindl vorstellte.
»Also, warum sind wir hier?«
Johnny schien kaum davon beeindruckt zu sein, bei der Polizei zu sitzen. Er spielte fröhlich an einem kleinen Spitzer herum.
»Wie wir erfahren haben, sind Sie im Waisenhaus Goldener Engel aufgewachsen«, richtete Walter seine Worte direkt an den jungen Mann.
Doch es war seine Mutter Alexandra, die antwortete. »Ich habe Johnny vor einem Jahr bei mir aufgenommen, seither lebt er bei mir.«

Johnny nickte eifrig zur Bestätigung.
»Kennen Sie eine oder mehrere folgender Personen?« Florian öffnete die Akte auf dem Schreibtisch und legte nacheinander Fotos vor Johnny und seine Mutter.

Julia Abraham
Roland Reissberg
Katja Körner
Yuki Tanaka
Bernhard Klotznebel

»Sollen wir diese Leute identifizieren oder was möchten Sie mit den Fotos aussagen?« Alexandra Kindl wirkte stetig desinteressierter. Ungeduldig tippte sie mit ihren Fingern auf der Tischplatte herum.
»Sie kennen diese Personen, Johnny, nicht wahr?«, konfrontierte Florian ihn direkt mit seiner Vermutung, und tatsächlich blickte Johnny erstmals auf und starrte ihn an.
»Nein«, antwortete er.
»Sie machen ein Praktikum bei Karl Ganzmann, einem Schmetterlingssammler. Wir haben zwei Leichen mit genau solchen Tieren in den Haaren. Einer der Toten hat in dem gleichen Heim wie Sie gelebt.«
Florian achtete genau auf Johnnys Reaktion, und auch Walter betrachtete ihn aufmerksam.
Doch dann reagierte ihr Verdächtiger unerwartet.
»Ich mag Schmetterlinge. Sie fliegen immer so schön.«
Florian wusste nicht, was er von dieser Antwort halten sollte. Er hatte den jungen Mann gerade direkt mit den Morden in Verbindung gebracht, doch dieser schien sich kaum dafür zu interessieren.
Plötzlich lachte Alexandra Kindl los.

»Wegen solch haltlosen und sinnfreien Beschuldigungen sind wir hier? Glauben Sie mir, das wird ein Nachspiel haben.«
Ihr aufgesetztes und kühles Lachen schaffte es tatsächlich, Florian zweifeln zu lassen. Hatten sie sich in eine Sache verrannt, die womöglich doch eine Sackgasse war?
»Wir haben ausschließlich Fakten genannt«, konterte Walter.
»Johnny ist auf dem geistigen Niveau eines Zehnjährigen. Er ist ein lieber und unschuldiger Junge. Seine Krankheit mag ihn einschränken, aber er hat ein größeres Herz als jeder andere, den ich kenne. Ich habe einflussreiche Kontakte, meine Herren, und dass Sie ihn hier jetzt beschuldigen, wird nicht gut für Sie enden.«
Florian stand kurz davor, einen beschwichtigenden Satz einzubringen, als Walter im ernsten Ton weitersprach.
»Frau Kindl, ich würde Ihnen raten, Ihre Drohungen zu unterlassen. So funktioniert das hierzulande nicht. Aber Ihnen steht natürlich frei, eine Dienstaufsichtsbeschwerde einzureichen. Und nun zu Ihnen, Johnny. Erzählen Sie uns doch etwas von Ihrer Arbeit bei Karl Ganzmann.«
Johnny schaute ihn mit großen Augen an und begann zu reden.
»Mama sagt immer, man soll nicht lügen.«
»Was willst du damit sagen?«, fragte Walter.
Florian fiel auf, dass sein Kollege zum *Du* gewechselt war, doch wenn sein Gegenüber wirklich auf dem Stand eines Zehnjährigen war, war dies wahrscheinlich der richtige Weg.
»Herr Ganzmann hat gelogen, als ihr mit der Frau bei ihm wart und nach Schmetterlingen gefragt habt. Er hat gelogen«, erklärte Johnny.
Alexandra Kindl schaute ihren Sohn irritiert an. »Johnny, du sagst jetzt nichts mehr. Unser Anwalt soll das hier klären.«

»Nein, Mami. Ich möchte doch sagen, was ich gesehen habe. Herr Ganzmann hat nämlich nicht die Wahrheit erzählt. Er hat gesagt, er hat keine Schmetterlinge verkauft, aber das hat er. Ich habe gesehen, wie er sie verpackt und jemandem vor der Tür gegeben hat.«
Florian schaute überrascht auf. »Hast du erkannt, wer die Person war?«
»Ich habe die Sonnenblumen gegossen, von da aus sehe ich das doch nur durch das kleine Fenster. Also konnte ich kaum etwas erkennen. Aber ich glaube, es war eine Frau.«

Also doch eine Frau!

»Unser Kollege Markus wird dich zu einem Zeichner bringen. Beschreibe ihm die Frau exakt so, wie du sie in Erinnerung hast.«

Kapitel 52

»Gib ma moi no a Leberkaas-Semme.«

Bertl Gustav setzte sich auf den mitgebrachten Cola-Kasten und wischte sich den Schweiß von der Stirn.

Dieser Job bei den Temperaturen ersparte ihm jegliches Fitnessstudio, da waren auch drei Leberkäse-Brötchen nicht verkehrt. Auch die von der Firma gestellten Getränke waren längst warm und schmeckten abgestanden und schal.

Es mussten nur noch wenige Meter der Straße geteert werden, dann konnten er und seine Kollegen endlich in den Feierabend starten.

Doch vorher brauchte er etwas Fleisch in seinem Magen.

Die heiße Luft war eine Sache, der dampfende Teer eine andere. Der Schweiß perlte von seinem Oberlippenbart. Doch was tat ein Mann nicht alles, um seine Familie zu ernähren.

Bertl aß den letzten Bissen von dem Brötchen und verspürte ein Grummeln in seinem Magen. Seit mehreren Wochen hatte er dieses Problem nach dem Essen. Seine Frau tippte auf ein Magengeschwür. Ein Besuch beim Internist würde sich wohl nicht mehr lange aufschieben lassen.

»Auf geht's, pack ma's!«, rief sein Kollege Herbert voller Elan. »Das letzte Stückl schaff ma 'etz a no, bevor des Wedda kimmd.«

»I vaschwindt schnei in Woid.«

Bertl spürte das Rumoren in seinem Bauch und verließ sputend die Baustelle in Richtung Bäume.

»Lang konn i's nimma holtn«, sagte er mehr zu sich selbst und war froh, als er endlich hinter einem Baum in die Hocke gehen konnte.

Zwar befand sich bei ihnen auf der Baustelle auch ein Dixie Klo, doch dieses würde er nicht aufsuchen. Viel zu unangenehm wäre es Bertl, wenn seine Kollegen sein Geschäft mithören konnten. Also stellte er die mitgebrachte Rolle Klopapier neben sich auf den Boden und öffnete den Gürtel seiner Hose.

»Schadt' ned, wenn de Pflanzn glei düngt wern.«

Plötzlich hörte er ein Knacksen nicht weit von sich entfernt.

»Herbert, bist du's?«, rief er, doch Bertl bekam keine Antwort.

Bertl zog den Gürtel wieder zu. Das Knistern von Laub wurde lauter und näherte sich eindeutig.

»Ko ma ned amoi mehr in Ruah scheißn? Des is ned lustig.«

Plötzlich nahm er hinter sich eine Bewegung wahr und fuhr herum.

Ein kleiner Fuchs flitzte blitzschnell an ihm vorbei und verschwand im Dickicht.

Erleichtert atmete Bertl aus. Er öffnete die Knöpfe seiner Hose, als er plötzlich erstarrte.

Vor ihm im Gebüsch lag die Leiche eines Mannes.

**

»Mist, mir ist etwas richtig Blödes passiert«, gestand sie am Telefon. »Ich wollte die Leiche, die du mir übergeben hast, wie versprochen entsorgen. Aber mein Auto hatte einen Platten. Also habe ich ihn einfach ins Gebüsch gezogen und bin noch die paar hundert Meter in die nächste Werkstatt gefahren.«

»Was soll's. Solange dich dabei niemand gesehen hat«, erwiderte die Frauenstimme am anderen Ende der Leitung.

Kapitel 53

Irina schloss das Fenster ihres Wagens und fächerte sich mit der selbstangelegten Akte Luft zu.
Zwar gab es für heute Abend eine Gewitterwarnung, doch davon spürte sie momentan noch nichts. Sie stieg aus und schaute sich verstohlen um. Niemand zu sehen.
Sie hatte ihre Kontakte genutzt und die Liste abgearbeitet, die sie bei Florian ausgedruckt hatte.
Einige der Namen darauf hatte sie bereits durchstreichen können, denn diese hatten ein Alibi für mindestens eine der Entführungen oder einen der Morde. Andere hatte sie unter dem Vorwand eines Interviews befragt und anschließend ebenfalls ausgeschlossen, da diese ihres Erachtens nach nicht in die Rolle des Killers passten.
Allmählich zweifelte Irina daran, dass der Täter in Florians Notizen zu finden war. Aber zwei Personen hatte sie noch vor sich, und diese wollte sie erst überprüfen, bevor sie ihr Vorhaben komplett aufgab.
Und damit würde sie nun beginnen.
Mit einem Sonnenhut auf dem Kopf und einer Sonnenbrille auf der Nase überquerte Irina die Straße und blieb vor einer Gartentür stehen. Sie klingelte, doch selbst nach einiger Zeit öffnete weder jemand die Tür, noch war ein Geräusch zu hören.
Vorsichtig schaute sie sich um. Nein, der erste Eindruck hatte sie nicht getäuscht, niemand war zu sehen. Die Bewohner waren entweder in der Arbeit oder im Schwimmbad, um sich abzukühlen.
Irina öffnete das Tor, ging an einigen Gemüsebeeten vorbei und blieb schließlich vor der Haustür stehen. Immerhin schützte sie die Hecke vor neugierigen Blicken.

Irina nahm das Dietrich-Set aus ihrer Handtasche und machte sich am Schlüsselloch zu schaffen. Vor zwei Jahren hatte sie für eine Reportage über Einbrüche in Münchens Vororten recherchiert und dabei eine Menge über das Knacken von Schlössern gelernt. Tatsächlich hatte sie feststellen müssen, wie einfach ein Einbruch durchzuführen war.

Mit einem leisen Knacken entsperrte sich die Tür, und sie konnte eintreten.

An der beige gestrichenen Wand hingen mehrere Haken mit verschiedenen Jacken. Darunter befand sich ein Tisch, auf dem eine Obstschale mit Früchten stand. Irina griff nach einer der Trauben, stellte jedoch überrascht fest, dass diese aus Wachs waren.

Ich hätte nicht gedacht, dass diese Deko außerhalb von Möbelhäusern verwendet wird, dachte sie sich.

Das Haus war dank der vielen Fenster lichtdurchflutet. Neugierig schaute sich Irina um, als sie durch eine Glastür den Wohnraum betrat. Die Wand war ebenfalls in einem hellen Beige gestrichen, und die wenigen Möbel in Naturholzfarben ließen das Zimmer warm und einladend erscheinen.

Die verteilten Blumenarrangements und die hellen Vorhänge machten das Bild perfekt. Konnte das die Wohnung eines Mörders sein?

Irina fragte sich nicht das erste Mal, was sie überhaupt vorzufinden erwartete. Sie öffnete einige Schubladen und blätterte die Dokumente durch – nichts Interessantes.

Als nächstes blieb sie vor einem Bücherregal stehen. Sie entdeckte Krimis von ihr unbekannten, offensichtlich deutschen Autoren, aber auch Klassiker von Stephen King und Edgar Allen Poe. Ob ihre Bücher wohl irgendwann auch in einem dieser Regale stehen würden?

'Der neue Bestseller von Irina Bergmann'.
Gedankenverloren ging sie weiter die Reihe mit den Romanen durch, bis sie schließlich an einem Band mit handgeschriebenem Buchrücken hängenblieb. *Fotoalbum.*
Ein Blick kann ja nicht schaden, dachte Irina und nahm das Album aus dem Regal.
Kaum hatte sie die erste Seite aufgeschlagen, fielen einige Dokumente und Fotos zu Boden.
Irina bückte sich nach den Papieren und erstarrte im selben Moment. In ihrer Hand hielt sie Aufzeichnungen über vier Entführungen. Sie kannte drei der Namen von Florians Liste. Schnell entfaltete sie das nächste Dokument – es zeigte den Bauplan und Grundriss eines Gebäudes. Darauf waren mehrere Räume eingezeichnet, einer war als Verlies bezeichnet, einer als Spielkammer und ein weiterer als Quartier.
Ein Schauer lief ihr über den Rücken. Sie hatte ihn gefunden! Eindeutig, es gab keine Zweifel. Er war der Mörder!
Schnell zog sie ihr Smartphone hervor und wählte Florians Nummer.
Doch dann schloss sie die Telefon-App wieder und steckte das Handy zurück in ihre Tasche.
Sie würde sich in dem Gebäude umsehen, eine Anfahrtsbeschreibung lag schließlich bei. Diesen finalen Zug würde sie sich von der Polizei nicht nehmen lassen. Endlich würde sie ernstgenommen werden und niemand mehr würde in ihr nur die dumme Reporterin sehen.

Kapitel 54 – Einundzwanzig Jahre vorher

Die Schlafräume des Waisenhauses waren nicht gerade groß, aber praktisch eingerichtet.
Je nachdem, wie viele der Kinder zusammenwohnten, befanden sich darin zwei bis vier Stockbetten, ein größerer Kleiderschrank, ein Schreibtisch und eine Kommode. Der grüne Teppich verdeckte nur unzureichend die Kratzer auf dem Laminatboden.
Doch Vivien störte sich nicht daran, sie lag auf ihrer weißen Bettdecke und blickte auf das Poster von Nick Carter an der Decke – ihrem Traummann. Sie würde alles dafür geben, ihn irgendwann einmal zu treffen und ihn schließlich zu heiraten. Vivien Carter. Vielleicht würde sie sich auch einen anderen Vornamen zulegen. Einen, der englischer klingt und besser zu Nick passt.
Sie steckte sich die Kopfhörer ihres Discmans ins Ohr und summte zur Melodie ihres Lieblingslieds *Quit playing games with my heart.*
Hinter den Fenstern wurde es bereits dunkel, und Vivien wusste, dass es bald an der Zeit war, das Deckenlicht auszuschalten.
Frau Altenburg verstand da keinen Spaß und war streng, wenn es um Verstöße jeglicher Art ging.
Doch Vivien zögerte das Löschen der Lampe jedes Mal so lange wie möglich hinaus. Heute musste sie alleine in ihrem Zimmer schlafen, und davor grauste es ihr. Die

Gruselgeschichten der Jungs vom Vorabend ließen sie einfach nicht los.

Kennt ihr schon die Geschichte von der Frau in Weiß?
Man erzählt sich, dass ein Liebespaar vor vielen, vielen Jahren hier in Fürstenfeldbruck heiraten wollte.
Die Frau trug ein weißes Hochzeitskleid und machte sich im Auto auf den Weg zur Kirche.
Doch ihr Wagen hatte eine Reifenpanne, und so musste sie zu Fuß weitergehen. Es war bereits Abend und die Straßen dunkel.
Die Braut war spät dran und wusste, dass sie zu spät kommen würde. Umso erleichterter war sie, als Scheinwerfer auf sie zukamen.
Sie blieb stehen und winkte dem heranfahrenden Auto freudig entgegen.
Doch es bremste nicht. Es erfasste die Braut und schleifte sie mehrere Meter mit sich.
In dem Wagen saß ihr Verlobter, er war ebenfalls in Eile und hatte seine Freundin übersehen.
Nun lag vor ihm ein blutiger Leichnam, den er als die Liebe seines Lebens erkannte.
Zutiefst erschüttert vom Tod seiner Braut fuhr der Mann nach Hause, legte sich einen Strick um den Hals und erhängte sich im Schlafzimmer.
Seither erzählt man sich, streift der Geist der Braut durch die Straßen von Fürstenfeldbruck auf der Suche nach ihrem Verlobten.
Viele Leute berichten, dass sie gegen Mitternacht eine Frau in einem weißen, mit Blutflecken überzogenen Hochzeitskleid in den Gassen gesehen haben.
Die Frau bittet dich um Hilfe – sie sucht ihren Bräutigam.
Kannst du ihr nicht helfen, dann starrt sie dich mit toten Augen an, und dann kommt sie dich kurz darauf holen.

Vivien rieb sich über ihre Arme, auf ihrem Körper hatte sich eine Gänsehaut gebildet.
Sie drehte die Lautstärke höher und versuchte sich wieder auf Nick zu konzentrieren.
Quit playing games with my heart.
Ein Klopfen an der Zimmertür ließ sie aufschreien. Schnell zog sich Vivien die Bettdecke bis zur Nase übers Gesicht.
Die Tür öffnete sich …
Jemand betrat den Raum und Vivien hielt den Atem an.
»Hallo Steve.«
Die Angst vor der Frau in Weiß kam ihr nun albern vor. Vivien wusste, dass soeben der wahre Horror Einzug in ihr Zimmer gehalten hatte.

Kapitel 55 – Gegenwart

Sie hielt das Messer in der rechten Hand und spielte an der Klinge herum, während ihr Komplize gespannt auf den Monitor blickte.
Dieses Spiel gefiel ihr. Mehr noch, sie brauchte es. Viel zu lange hatte sie ihren Schatten vor anderen versteckt, hatte ihn tief in ihr Inneres eingeschlossen.
Doch ohne zu morden fehlte ihr etwas. Sie drehte beinahe durch. Es war nicht gerade optimal, dass Bernhards Leiche am Straßenrand lag, doch solange niemand ihre Freundin dabei erwischt hatte, konnte sie diese minimale Abweichung vom Plan verkraften.
Die letzten Stunden seit der zweiten Runde hatte sie genutzt, um ihr eigenes große Finale vorzubereiten.
Die Gewaltexzesse der letzten Tage konnten ihren Schatten etwas beruhigen, aber das Ende war in Sicht und dann würde sie wieder solo weitermachen müssen.
»Seltsam, dass gleich alles vorbei sein wird«, meinte ihr Gehilfe, als hätte er ihre Gedanken gelesen und blickte vom Monitor auf.
»Es muss noch nicht vorbei sein«, erwiderte sie abwesend.
»Wie meinst du das?«
Sie ließ seine Nachfrage unbeantwortet und antwortete stattdessen mit einer Gegenfrage.
»Sollen wir den Gewinner der dritten Runde eigentlich tatsächlich am Leben lassen? Wer auch immer es sein wird, wir können ihn doch nicht einfach gehen lassen.«
»Wie versprochen bekommt er seine Chance, indem ich ihm verrate, warum er hier ist. Und dann entscheide ich, ob er es verdient hat, zu überleben.«

»Du hast recht«, murmelte sie, doch in Wirklichkeit hatte sie eine komplett andere Meinung darüber.
Glaubte er wirklich, dass seine Rache fair war? Sein Motiv war – milde ausgedrückt – völlig überzogen und gestört. Sie selbst genoss das Morden und brauchte es, um leben zu können. Dennoch hatte sie ein komplett anderes, in ihren Augen viel nachvollziehbareres, Motiv für dieses Spiel.

Und eines stand fest, wenn die dritte Runde vorbei war, würde sie nicht nur den Gewinner, sondern auch ihren Komplizen abschlachten.

Kapitel 56

»Diese Phantomzeichnung ist echt ein Witz«, meinte Florian, nachdem er den Anhang von Jochen Heinrichs Mail geöffnet hatte.
Walter ließ von einer Akte ab und stand schwerfällig von seinem Bürostuhl auf. Sein Fuß war eingeschlafen, und so humpelte er genervt zum PC seines Kollegen.
»Du hast recht, das könnte jeder sein. Sogar seine eigene Mutter.«
Die Bilder wurden längst nicht mehr per Hand, sondern mittels eines speziellen Programms erstellt, mit dem Merkmale des Gesichts in vielfachen Ausfertigungen angepasst werden konnten. Zusätzlich verwendete die Polizei die Software aber auch für die Rekonstruktion von Gesichtern von Verbrechensopfern.
»Johnny hat angeblich nicht viel gesehen, was hätten wir uns also von seiner Beschreibung auch erhoffen können? Er ist ein seltsamer junger Mann«, sagte Walter.
»Das kannst du laut sagen. Glaubst du eigentlich, dass er diese Krankheit hat, und deswegen als Täter nicht in Frage kommt?«
Walter überlegte, bevor er antwortete. Konnte Alexandra Kindl, Johnnys Mutter in den Fall verstrickt sein? Schließlich hatte sie bei der Befragung direkt abgeblockt und Drohungen ausgestoßen. Doch Walter verwarf den Gedanken wieder. Welches Motiv sollte die Frau auch haben?
»Ganz ehrlich, ich weiß es nicht«, antwortete er schließlich.
»Das Heim steht irgendwie in Verbindung zu unserem Fall. Und dass Johnny jetzt urplötzlich diesen Ganzmann

beschuldigt, als wir ihn bedrängt haben, das kommt mir komisch vor.«
»Der Meinung bin ich auch. Wir hätten ihn hierbehalten und ihm auf den Zahn fühlen sollen.«
»Ehrlich gesagt, nein«, gestand Walter und rückte dann mit der ganzen Wahrheit raus. »Ich habe Christian auf ihn angesetzt. Er observiert Johnny und seine Mutter, und mit etwas Glück führen sie uns zu den Entführungsopfern. Wir können nur hoffen, dass alle vier noch am Leben sind.«
»Nett, dass du mir auch mal davon erzählst. Ich würde vorschlagen, wir fahren morgen noch mal zum Waisenhaus. Die Altenberg soll uns mal ein bisschen was über den Jungen erzählen. In der Zwischenzeit sehen wir zu, ob wir Karl Ganzmann erreichen, der ist ja wie vom Erdboden verschluckt.«
Walter schaute aus dem Fenster. Zum ersten Mal seit vielen Wochen zogen schwarze Gewitterwolken auf, und es sah nach einem heftigen Sturm aus.
»Jetzt sollten wir erst einmal nach Hause, draußen sieht es ganz schön böse aus.«
»Ja, da hast du recht«, erwiderte Florian. »Aber irgendwie spüre ich, dass wir ganz nahe an der Lösung sind.«
Walter wollte noch nicht zu optimistisch sein, aber er musste zustimmen, dass sich die Puzzleteile allmählich zu einem Bild zusammenfügten.
Er fuhr den Computer herunter und sperrte die Unterlagen des Falls in seine Schreibtischschublade.
»Habe ich einen Kohldampf. Zum Glück hat der Asia-Lieferservice geöffnet«, meinte Florian.
»Mein Magen macht sich auch schon bemerkbar. Renate hat heute Morgen ihren Hackbraten angekündigt. Ich kann dir gar nicht sagen, wie ich mich darauf freue«, erwiderte Walter.

»Danke, jetzt habe ich keine Lust mehr auf gebratene Nudeln mit Sojasoße.«

In diesem Moment klingelte Florians Handy. Er zog es aus seiner Jeanstasche und errötete im Gesicht.

»Geh ruhig ran«, meinte Walter, als sein Kollege keine Anstalten machte, den Anruf entgegenzunehmen.

»Ähm, nein … ich rufe einfach von draußen zurück.«

Walter schmunzelte. Der Name auf dem Display war problemlos zu lesen gewesen.

»Ich bin vielleicht alt aber noch lange nicht verkorkst. Denkst du, ich weiß nichts von Irina und dir?«

Florian schaute Walter irritiert an.

»Was … du weißt …? Woher?«

Als Walter ihm erneut deutete, den Anruf anzunehmen, wischte Florian über den Bildschirm und hob das Smartphone ans Ohr.

»Hey du … was … wie meinst du das … alleine? … wo genau … okay … ja … nein, wir kommen.«

Florians Blick verfinsterte sich und die Farbe wich aus seinem Gesicht.

»Wir müssen sofort los.«

Kapitel 57

»Ja! Fick mich! Besorg es mir hart! Ja! Scheiße, ich komme.«
Alejandro drückte sich das Kissen fest gegen die Ohren. Er wollte die Schreie und das Gestöhne seiner Mutter nicht hören, doch die Wände waren zu dünn, und so blieben ihm keine Einzelheiten des ekelhaften Treibens erspart.
Mit seinen fünfzehn Jahren wusste er längst, wie pervers Menschen sein konnten – er hatte es schließlich am eigenen Leib erfahren.
Es war nicht bei einem Mal geblieben, dass er beim Dealen an Typen mit Extrawünschen geraten war. Brutale Männer, die er hatte befriedigen müssen, und die ihn anschließend verprügelt hatten.
Dennoch waren diese Schweine nichts gegen seine Mutter und ihren neuen Macker. Es musste endlich ein Ende haben.
Alejandro stand von seiner versifften und durchgelegenen Matratze auf und schlich barfuß aus seinem Zimmer. Er hielt den Atem an und blieb vor der Tür zum elterlichen Schlafzimmer stehen.
»Ich spritz dir gleich meine Soße rein, du Schlampe. Ja, ich komme«, stöhnte sein Stiefvater.
Nein, Alejandro ertrug das nicht mehr. Mit einem Ruck riss er die Tür auf, sah die überraschten Blicke seiner Mutter und seines Stiefvaters und rannte auf die beiden zu. Alejandro holte mit der Taschenlampe aus und schlug auf sie ein. Das Blut spritze. Doch er schlug wieder zu. Überall Blut. Hautfetzen. Fleisch. Er holte aus. Sein Gesicht klebte, und seine Haut war besudelt mit der roten Flüssigkeit. Immer und immer wieder schlug Alejandro auf ihre Gesichter ein, bis kaum noch etwas menschliches an ihnen war.
Erschöpft und die Augen voller Tränen ließ Alejandro die Taschenlampe fallen und sank weinend neben dem Bett zu Boden.

Lange hatte Alejandro nicht mehr an seine Vergangenheit und seine Familie gedacht. Keiner hatte ihn für den Mörder gehalten, dennoch war ihm der Knast nicht erspart geblieben. Ironischerweise war er beim Dealen erwischt worden. Die darauffolgenden Jahre im Jugendknast waren nicht leicht gewesen, aber sie hatten ihn abgehärtet. Und genau deshalb war er sich sicher, dass er diese Scheiße hier überleben würde. Runde drei würde demnächst beginnen, und Alejandro schwor sich, zu kämpfen. Er würde siegen und die Entführer für das, was sie ihm angetan haben, mit dem Tod bestrafen.

**

»Ich kann es kaum erwarten, dich meinen Eltern vorzustellen. Sie werden Augen machen, wenn ich ihnen von der Hochzeit erzähle und ihnen die Flugtickets nach Deutschland vorlege.«
Laurin lächelte Katja an, küsste sie auf den Mund und ging dann mit seinem Koffer zum Check-In.
Katja warf ihm einen Kussmund zu und schaute ihm traurig hinterher. Sie konnte es kaum erwarten, endlich Ja zu sagen und seine Frau zu werden.
Glücklich streichelte sie über den Verlobungsring, den sie seit drei Monaten trug und verließ den Flughafen.
Zwei Tage ohne ihren Verlobten, wie sollte sie die Zeit nur überstehen? Andererseits konnte sie so in Ruhe die Torten aussuchen, ihre Trauzeugin mit Arbeiten eindecken und an ihrem Ehegelübde schreiben.

Traurig dachte Katja an den Tag zurück, an dem sie Laurin das letzte Mal gesehen hatte. Er war verliebt und glücklich in das Flugzeug gestiegen und nie wieder zurückgekehrt.

Und das nur, weil irgendein Irrer wahllos um sich geschossen und dabei ihren Verlobten und dessen Familie ausgelöscht hatte.
Wäre sie doch nur dabei gewesen und mit ihm in dem Kugelhagel gestorben. Stattdessen saß sie eingesperrt in dieser Hölle. Bald würden die Entführer zurückkommen. Hatte sie noch die Kraft für eine dritte Runde? Ihr war kalt, schwindlig, ihre Kehle brannte, sie konnte ihre Finger kaum noch spüren, und ihr Kopf pochte vor Schmerzen.

In diesem Moment öffnete sich die Eisentür.

Kapitel 58

Kurz nach 19 Uhr brach der Sturm los. Münzgroße Hagelkörner schlugen auf die Erde ein, es regnete in Strömen, und orkanartige Winde wehten Äste auf die Straßen.
Am dunklen Himmel erschienen helle Blitze, gefolgt von ohrenbetäubenden Donnerschlägen.

»Die spinnt wohl total, alleine zu ermitteln. Was, wenn ihr etwas passiert?«, schrie Florian.
Er konnte sich nur schwer auf die Straße konzentrieren.

Ich weiß, wer der Killer ist und wo er seine Opfer festhält. Ich kann dir jetzt nicht alles am Telefon erzählen, weil ich kaum Empfang habe. Aber ich schicke dir den genauen Standort schnell per WhatsApp.

Nach diesen Worten hatte Irina aufgelegt und Florian und Walter waren sofort ins Auto gesprungen.
»Sollen wir nicht doch direkt Verstärkung anfordern?«, fragte Walter zum wiederholten Male.
Doch Florian verneinte erneut. »Warten wir erst einmal ab, was genau uns dort erwartet. Dann können wir immer noch die Kavallerie rufen.«
Zwar machte Florian sich Sorgen um seine Freundin, aber er konnte sich denken, dass Irina alle Infos von ihm hatte. Selbstverständlich war ihm aufgefallen, dass sie seine Notizen am PC entdeckt und wahrscheinlich mitgenommen hatte. Erst einmal musste er herausfinden, was Irina wirklich wusste und woher, und dann konnten sie immer noch die Kollegen rufen.

»Wieso hast du eigentlich nicht gesagt, dass du von Irina und mir weißt?«
»Die Frage sollte wohl eher lauten: Wieso hast du mir nichts davon erzählt«, erwiderte Walter.
»Ich weiß doch, wie du von ihr denkst und was du im Allgemeinen von Reportern hältst.«
»Zugegeben, ich bin kein Fan von Frau Bergmann, aber dass ihr euch mögt, hat selbst ein gehörloser Blinder gemerkt. Und ganz ehrlich, ich freue mich für dich. Spätestens zu eurer Hochzeit werde ich mich schon mit ihr verstehen.«
Walter lachte auf, doch Florian bemerkte trotzdem die Anspannung in der Stimme seines Kollegen.
Er hatte also genauso viel Respekt vor der Situation, die sie in wenigen Kilometern erwarten würde.
Der Himmel wurde von einem hellen Blitz erleuchtet, und der anschließende Donner ließ Florian zusammenzucken.

Kapitel 59

Er schloss die Tür zu dem Verlies auf und betrat den Raum.
Katja Körner saß auf der einen Seite, den Blick auf den Boden gerichtet. Alejandro Sanchez hingegen starrte ihm mit wütenden Augen entgegen.
»Kommen wir zur dritten und letzten Runde. Die Frage lautet: Wer erträgt mehr Schmerzen?«
Als keiner der beiden reagierte, öffnete er den mitgebrachten Koffer. Mit einem Glänzen in den Augen präsentierte er ihnen den Inhalt: eine Auswahl an Skalpellen, Zangen und Messern.
Zudem steckte eine Pistole griffbereit in einem Holster an seiner Jeans.
Die Angst in Katja Körners Augen war nun deutlich zu sehen, und das verschaffte ihm die erhoffte Genugtuung.
»Ich erkläre euch kurz die Regeln: Ich werde euch nacheinander verletzen und derjenige, der zuerst aufschreit, stirbt. Ganz einfach.«

**

Sie beobachtete ihren Komplizen über den Monitor. Hatte sie sich in ihm getäuscht? Tatsächlich schien er Freude an diesem Spiel zu haben und es nicht mehr nur als Rache zu sehen.
Aus einer der Schubladen am Tisch schnappte sie sich eine Wasserflasche und trank diese in einem Zug leer.
Dabei fiel ihr Blick auf einen der anderen Monitore. Erschrocken ließ sie die Plastikflasche fallen.
Oben machte sich eine Frau am Eingang zu schaffen.

Schnell steckte sie sich eine Pistole in die Manteltasche und nahm das Messer mit der längsten Klinge in die Hand. Doch dann musste sie grinsen – sie hatte eine andere Idee.

**

Er zog eines der Skalpelle aus der Halterung im Koffer und ging damit auf Katja zu.
Sie drückte sich gegen die Wand und schüttelte panisch ihren Kopf.
Mit festem Griff packte er ihre Hand, setze die scharfe Klinge bemüht ruhig an ihrer Fingerkuppe an und schnitt ihr die Haut am Finger entlang auf. Katja stöhnte vor Schmerzen. Er zog die aufgeschlitzte Haut vom Finger, ließ dann aber wieder von ihr ab. Nicht, dass sie direkt ohnmächtig wurde.
Während das Blut auf den Boden tropfte, drückte Katja sich die unverletzte Hand auf den Mund. Es war ihr anzusehen, welche Überwindung es sie kostete, nicht vor Schmerzen aufzuschreien.
Doch sie hielt sich bis auf die Tränen, die ihre Wangen hinabliefen, gut. Deshalb ging er weiter zu Alejandro.
»Fass mich nicht an«, drohte dieser.
»Halt deinen dreckigen Mund, sonst zähle ich das auch als Schrei.«
Sofort verstummte Alejandro, doch sein Blick sprach Bände.
Schnell fügte er auch Alejandro die gleiche Wunde wie Katja zu. Die Gesichtszüge des Spaniers wurden flehend.
»Ihr haltet euch gut«, sagte er.
Dieses Spiel bereitete ihm eine diabolische Freude. Sein Penis wurde steif, und er fand Gefallen an den Schmerzen seiner Opfer. Das war ja noch besser als die Psychospiele der ersten und zweiten Runde.

Entschlossenen ging er wieder auf Katja zu, dafür nahm er sich eine rostige Zange aus dem Koffer.
Er beugte sich zu der zitternden Frau hinunter und begutachtete die Wunde am Finger.
Doch plötzlich sprang Katja auf.

Kapitel 60

Florian parkte das Auto am Waldrand und sprang hinaus. Walter öffnete die Beifahrertür und bemühte sich, mit der Geschwindigkeit seines Kollegen mitzuhalten.
»Hier entlang!«, rief Florian und lief zwischen zwei Bäumen mitten hinein ins Dickicht.
Der Regen peitschte ihnen ins Gesicht. Walter konnte nur schwer etwas erkennen, und innerhalb weniger Sekunden waren seine Klamotten völlig durchnässt.
Sie kämpften sich über Wurzeln, durch Blätter und Dornen, bis Florian plötzlich abrupt stehenblieb.
»Laut Karten-App sollten wir richtig sein. Irgendwo hier im Umkreis muss es einen Eingang zu einem Bunker oder unterirdischem Verlies geben.«
Der Waldboden war aufgeweicht und mit einer matschigen Schicht aus nassen Blättern überzogen. Walter achtete vor allem auf einzeln herumstehende Baumstümpfe, bis er schließlich an einem Abhang etwas entdeckte.
Mehrere Felsbrocken wirkten auf den ersten Blick wie ein unbedeutender Steinhaufen, doch Walter bemerkte ein Loch, das hinter losen Ästen versteckt lag.
»Ich glaube, hier ist etwas«, flüsterte er, und Florian eilte zu ihm. Er schob das Geäst beiseite, und sofort erkannte er, dass es sich hierbei tatsächlich um einen Einstieg handelte.
Florian schaute sich suchend um.
»Wir sind hier eindeutig richtig, aber wo in aller Welt ist nur Irina?«
»Sie wird doch nicht hineingestiegen sein?«
Walter hatte kein gutes Gefühl. Wenn dieser Ort das Versteck des Mörders war, und die Entführten hier festgehalten wurden, war es eindeutig an der Zeit,

Verstärkung zu rufen. Er zog sein Handy und wählte eine Nummer. Doch es folgte kein Freizeichen.
»Himmelherrgott! Ich habe keinen Empfang!«
Auch Florian nahm sein Smartphone und schüttelte den Kopf.
»Lass uns zum Wagen gehen und Verstärkung holen.«
»Nein, bitte, wir dürfen jetzt nicht weg«, flehte Florian. »Wir können Irina nicht alleine lassen. Bitte!«
Walter hatte kein gutes Gefühl dabei, aber er konnte die Bitte seines Kollegen verstehen. Wäre Renate in den Fängen des Mörders, wäre er der erste, der hinunterstürzen und auf eigene Faust handeln würde.
»Gut, wir gehen hinein. Aber wenn es zu gefährlich wird, versprichst du mir, nichts zu riskieren und mit mir loszufahren, um die Kollegen zu holen.«
Florian nickte und kletterte durch den schmalen Felsvorsprung. Walter folge ihm. Im Inneren war es dunkel, und die Luft stand unangenehm in dem Raum. Walter tastete sich weiter vor, bis er schließlich auf einen Widerstand stieß.
»Hier ist eine Tür.«
Er hatte keine Ahnung, was ihn dahinter erwarten würde, und das bereitete ihm ein flaues Gefühl im Magen. Was tat er hier nur? Sie liefen direkt in die Fänge des Mörders.
Doch dann dachte Walter an seinen Kollegen und dessen Beziehung zu Frau Bergmann.
Kopfschüttelnd griff Walter nach der Klinke und drückte die Tür auf. Vor ihnen erschien ein länglicher Einstieg, und von irgendwoher kam ein schwaches Leuchten.
»Scheiße, wir haben es gefunden«, murmelte Florian.
Walter ging voraus. Der Boden war uneben, und von der Decke hingen Spinnweben, die er mit Graus aus seinem Gesichtsfeld wischte. Trotz der entfernten Lichtquelle war

nur wenig zu sehen. Doch es war zu gefährlich, mit dem iPhone den Raum auszuleuchten, so würden sie nur auf sich aufmerksam machen.
Der Weg gabelte sich nach rechts und links.
»Was ist das hier nur? Florian, ich würde vorschlagen, wir gehen zuerst nach links«, flüsterte Walter.
Stille.
Ein Gefühl von Unsicherheit machte sich in ihm breit. Niemand war zu sehen.
»Florian?«
Neben ihm erschien eine Gestalt in der Dunkelheit.
»Ganz falsch«, ertönte eine Frauenstimme.
Sie kam Walter bekannt vor, doch ehe er sich darüber Gedanken machen konnte, holte die Frau aus und stach ihm etwas in den Hals.

Kapitel 61

Was für einen Sinn machte ihr Leben überhaupt noch? Laurin war tot. Die Liebe ihres Lebens. Nie wieder würde sie einen Mann finden, dem sie so sehr vertraute wie ihm. Ihr Seelenverwandter.
Katja saß in der Badewanne und ließ kaltes Wasser auf ihre nackte Haut prasseln.
Neben ihr lag eine Klinge, und die Flasche Weißwein war schon halb geleert. Ein edler Tropfen, der eigentlich für ihre Hochzeit gedacht war. Eine Feier, die niemals stattfinden würde.
Der Anruf am Morgen hatte Katja den Rest gegeben.
»Der Entwurf für die Torte ist fertig. Sie können gerne heute Nachmittag vorbeikommen«, hatte der Konditor auf den Anrufbeantworter gesprochen.
Jetzt saß Katja weinend in der Wanne, fest entschlossen, ihrem Leben ein Ende zu setzen.
Katja nahm einen weiteren Schluck aus der Flasche und wischte sich die Tränen von der Wange. Mit zitternden Fingern hob sie die Rasierklinge an und starrte darauf.
Was würde sie erwarten, wenn das Licht ihres Lebens erlosch? Sie erinnerte sich an eine Geschichte ihrer Mutter aus der Kindheit.
»Wenn wir irgendwann gehen müssen, reisen wir in eine neue Welt, in der wir alle Kinder sind. Wir werden niemals älter. Es gibt keinen Krieg, keine Wut und keine Ungerechtigkeit. Alle Menschen und Tiere leben zusammen. Der blutrote Hass, der hier auf der Erde herrscht, wird für immer verschwinden.«
Hoffentlich hat meine Mutter recht, dachte sich Katja und schnitt in das Fleisch an ihrem Arm.
Unter Schmerzen ließ sie von der Klinge ab, und diese fiel unachtsam in das kalte Wasser.

Was tat sie hier? Was würde Laurin von ihr halten, wenn er sah, was sie sich antat?
Katja schluchzte hemmungslos und blickte auf das Blut, das von ihrem Arm tropfte.
Nein, sie musste stark sein. Laurin würde nicht wollen, dass sie hier einsam verblutete.

Jetzt saß Katja in ihrem kalten Verlies und musste bei dem Gedanken, wie sehr ihr dieser kleine Schnitt damals wehgetan hatte, beinahe lachen.
Sie schaute auf ihre wunden Fingerkuppen, an denen sich verkrustetes Fleisch anstelle ihrer Fingernägel befand.
Sie würde hier unten nicht sterben. Sie würde stark sein – für Laurin und für Patrick.
Ihr Entführer machte sich an Alejandro zu schaffen, ging dann zu dem Koffer und kam wieder auf Katja zu. In seiner Hand hielt er eine Zange, und seine Lippen umspielte ein irres Grinsen.
Als er vor ihr stand, sprang Katja auf, zog sich an seiner Jeans nach oben und presste ihr Gesicht in seinen Schritt. Dabei spürte sie seinen Ständer. Was für ein krankes Arschloch.
Der Entführer holte mit seiner Faust aus, und mit einem kräftigen Schlag wurde Katja zurück gegen die Wand geschleudert.
»Versuch das noch einmal, du kleine Hure, und ich schlitze dich direkt auf«, brüllte er sie an.
Dann packte er ihr Gesicht, zwang ihren Mund auf und setzte die Zange an. »Gleich wird es wehtun. Achtung!«, rief er und riss mit einer heftigen Bewegung an einem ihrer Schneidezähne.

**

Juhu, mein achtzehnter Geburtstag.
Traurig malte Alejandro eine Kerze auf den staubigen Boden. Er saß unter einer Brücke, auf seinem Schoß ein Mädchen, dessen Namen er nicht kannte.
Sie bemerkte nicht einmal die Zeichnung im Staub. In ihrem Arm steckte eine Spritze, und sie befand sich wohl irgendwo in einem fernen Delirium aus Farben und Musik. Sie wippte lustlos auf seinem Schwanz herum und merkte nicht einmal, dass er schon gar nicht mehr richtig steif war.
Alejandro spürte nichts mehr von der aufputschenden Wirkung der Drogen und schob die Kleine von seinen Oberschenkeln.
Mit leeren Augen und Schweiß auf der Stirn rollte sie sich auf die nasse Matratze und lächelte.
Alejandro dachte an seinen Vater und an Bruce Wayne, seinen kleinen Welpen. Beide hatte er verloren. Ebenso sein Leben. Im Knast war er missbraucht und geschlagen worden. Natürlich hatte er sich nicht an die Anstaltsleitung wenden können. Über Leute, die sagten, ein Jugendknast wäre nicht so schlimm wie ein normaler, konnte er nur lachen. Es war härter. Viel härter.
Die Nacht war kalt und der Wind eisig. Die Junkies unter der verlassenen Brücke waren längst weggetreten, und einzelne von ihnen würden heute mit Sicherheit erfrieren oder sich den letzten Schuss geben. Nicht zum ersten Mal dachte Alejandro darüber nach, dass er aufstehen und zum Arbeitsamt gehen könnte.
Doch dann nahm er eine Spritze aus der ALDI Tüte und legte das Gummiband um seinen Arm an.

Der Entführer schlug Katja zu Boden. Hatte die Schlampe doch tatsächlich versucht, dem einen zu blasen. Gar nicht dumm, die Kleine. Aber es hatte nichts gebracht. Vielleicht war der Entführer ja schwul. Sollte Alejandro ihm das Angebot machen, ihm einen zu blasen? Schließlich hatte er das in seiner Jugend oft tun müssen.

Doch bevor Alejandro seinen Gedanken halbwegs sortieren konnte, kam der Maskierte bereits auf ihn zu und packte seine Kiefer.

»Mal schauen, wie du damit umgehst, wenn ich dir deinen Zahn rausreiße.«

Alejandro presste aus Reflex seine Kieferknochen fest aufeinander.

Doch dann entdeckte er etwas.

Kapitel 62

Nun war auch der alte, dicke Kommissar bewusstlos. Der andere war bereits unten.

Unter Anstrengung zog sie den leblosen Körper des Mannes in die Schubkarre. Hoffentlich hatten die Polizisten nicht ihre Kollegen informiert, aber sie wusste selbst, dass man hier in den Wäldern nur selten Empfang hatte, also war dies unwahrscheinlich. Denn hätten sie vorher Verstärkung gerufen, wäre diese wohl inzwischen eingetroffen.

Sie schob die Karre den Weg entlang, bog nach links ab und öffnete eine Tür.

Nun stand sie mitten im Quartier mit den Monitoren. Einer zeigte ihren Komplizen, wie er gerade dabei war, Katja einen Zahn auszureißen.

Sie selbst hatte – seit sie ein Teenager gewesen war – ihren Schatten, der sie immer wieder dazu zwang, anderen Menschen Schmerz und Leid zuzufügen. Trug er ein ähnliches Laster mit sich?

Dann ließ sie vom Monitor ab und konzentrierte sich auf ihr Opfer – Walter Friedrich.

Links befand sich das schwere Eingangstor zum Raum mit den Entführten. Stattdessen ging sie durch die rechte Tür und gelangte in einen weiteren Gang. Davon gingen sechs weitere Räume ab, von denen sie die meisten nicht nutzten. Zumindest ihr Komplize nicht.

In einem wartete bereits eine kleine Überraschung, die sie für ihr Finale aufgehoben hatte.

Sie schob den bewusstlosen Kommissar zur zweiten Tür auf der rechten Seite und sperrte diese auf.

Der Raum war ähnlich aufgebaut, wie das Verlies der vier anderen Opfer. An der Wand hingen eine Anzeigetafel und eine Kamera. Eigentlich hätte das Spiel in diesem Raum stattfinden sollen, aber dann hatten sie und ihr Mittäter es sich anders überlegt, da das Zimmer für vier Leute zu klein war.

Sie schob die Schubkarre hinein.

Florian Weigelt und die Reporterin Irina Bergmann lagen reglos auf dem Boden. Vor ihnen standen zwei Glaskästen.

Es war ein gewagtes Spiel, das sie sich spontan ausgedacht hatte, aber es würde ein Spaß werden.

Sie lud den alten Kommissar ab und verließ den Raum.

Kapitel 63

Alejandro spürte die Zange schon in seinem Mund, als er plötzlich aus dem Augenwinkel eine Bewegung wahrnahm.
Was dann geschah, spielte sich innerhalb weniger Sekunden ab.
Der Maskierte drehte sich erschrocken um, während Katja ihn von hinten ansprang. Er war schneller und schlug ihr mit der Faust ins Gesicht, doch Katja hatte bereits nach seinem Mantel gegriffen und gemeinsam wurden sie nach hinten gerissen.

** Kurz zuvor **

Katja saß in der Ecke. Die Erinnerungen an Laurin waren noch immer schmerzhaft.
Unter Angst und Wut musste sie mitansehen, wie der Entführer langsam auf sie zukam, die Zange in der Hand hielt und vor ihr stehenblieb.
Doch dann kam ihr eine Idee: Es war gewagt, aber vielleicht ihre letzte Chance.
Katja sprang auf und zog sich an seinem Gürtel nach oben. Er holte zum Schlag aus, doch vorher schaffte sie es tatsächlich noch, nach seinem Schlüsselbund zu greifen. Als sie die Faust traf, wurde Katja zurückgeschleudert, und ihre Fußketten klirrten laut. Ein Glück, denn so bemerkte der Maskierte nicht, dass sie seine Schlüssel in der Hand hielt. Noch im Sturz schob sie den Schlüsselbund unter ihre Jeans.
Grob und mit einer hastigen Bewegung rammte er Katja die Zange in den Mund und riss ihr einen Zahn heraus. Der Schmerz war heftig.

Doch das war Katja zu diesem Zeitpunkt egal, denn sie hatte eine reale Chance. Sie hatte die Schlüssel.
Während ihr Entführer sich wieder Alejandro widmete, zog sie vorsichtig den Bund hervor. Drei Schlüssel befanden sich daran. Sie probierte den ersten und tatsächlich konnte sie damit ihre Fußfessel lösen.
Jetzt oder nie!
Katja rannte los und sprang ihren Entführer von hinten an. Doch bevor sie ihn erreichen konnte, drehte sich der Maskierte zu ihr um und rammte ihr die Faust ins Gesicht. Katja bekam gerade noch seinen Mantelkragen zu fassen, wodurch er mit ihr zu Boden gerissen wurde.
Katja ignorierte das Blut und die Schmerzen an ihrer Nase, riss die Taschenlampe vom Gürtel seiner Jeans und schlug sie ihm mit voller Wucht ins Gesicht. Benommen fiel er zurück.
Schnell schlug sie ein weiteres Mal zu. Blut spritze. Nochmal. Erst als er sich nicht mehr regte, ließ sie von ihm ab.
»Fuck, ich glaub es nicht! Du hast ihn kaltgemacht. Schnell, mach mich los«, rief Alejandro.
Unter Schock stehend konnte Katja Alejandros Worte erst gar nicht begreifen, doch dann kehrte sie wieder in die Realität zurück. Sie ließ die Taschenlampe fallen und starrte auf den reglosen Körper vor ihr.
Blut sickerte durch die Maske. Mit einer hastigen Bewegung riss sie dem Entführer die Pistole aus dem Holster und steckte sie sich in die Hosentasche.
»Scheiße, mach mich endlich frei!«, rief Alejandro erneut.
Schnell eilte Katja zurück zu ihren Fesseln und holte die Schlüssel. Sie löse Alejandros Ketten, woraufhin er ihr um den Hals fiel.
»Verdammt, ey, du hast uns echt gerettet.«

»Du kannst mir später danken, erstmal müssen wir hier raus.«
»Nein, vorher will ich wissen, wer es ist«, entgegnete Alejandro kühl. Er griff nach der Maske und zog sie der Gestalt vom Kopf.

Kapitel 64 – Einundzwanzig Jahre zuvor

Äste schlugen gegen ihr Zimmerfenster im Waisenhaus *Goldener Engel*.

Vivien saß unter der Dusche und beobachtete das Gewitter, das draußen tobte. Ein Sturm, der alles verändern würde.

Steve. Er war tot. Endlich. Durch einen Unfall, der keiner war.

Vivien dachte an die körperlichen und seelischen Wunden, die er ihr zugefügt hatte. Jede Nacht träumte sie seither von ihm. Auch jetzt, nach seinem Tod.

Sie fragte sich, ob sie überhaupt jemals wieder jemandem würde vertrauen können.

Ihre Freundinnen waren längst weg, adoptiert von glücklichen Familien, während sie wohl nie diese Liebe spüren würde.

Vivien zog das Messer, das sie aus der Küche entwendet hatte, aus ihrer Tasche und steckte sich die In-Ears ihres Discmans ins Ohr.

Quit playing games with my heart.

Sie musste lächeln, doch dann kehrte die Trauer zurück. Ein Schnitt. Blut. Dann verlor sie das Bewusstsein.

Kapitel 65 - Gegenwart

»Wach schon auf, bitte!«
Florian hörte die Stimme zunächst unterbewusst. Seine Gedanken waren wirr und doch fühlte sich sein Kopf gleichzeitig leer an. Doch dann erkannte er sie. Es war Irina, deren Flehen die Stille zerschnitt.
Er zwang sich, die Augen zu öffnen. Die Umgebung war unscharf, als würde er durch einen Schleier schauen.
»Schau mich an, ich bin hier. Bitte komm wieder zu dir.«
Florian spürte, wie Irina ihre Hand in seine legte, und allmählich hatte er ein klares Bild vor Augen.
Gleichzeitig kam die Erinnerung zurück. Er war mit Walter in den Bunker gestiegen, als ihn jemand hinterrücks angefallen und betäubt hatte. Walter? Wo war er?
Der Raum war grau und düster, der Boden staubig und kalt. Irina kniete neben Florian, ihr Augen-Make-up war verwischt und lief in schwarzen Streifen an ihren Wangen hinab.
Sie half ihm aufzustehen, doch seine Beine knickten sofort wieder ein. Vorsichtig stützte er sich an der Wand ab.
»Scheiße, was ist passiert? Was hat man mir verabreicht?«, fragte Florian.
Noch bevor Irina etwas antworteten konnte, erblickte er seinen Kollegen. Walter lag am anderen Ende des Raumes auf dem Boden. An einer Platzwunde an der Stirn klebte Blut, und sein schwerer Atem war deutlich zu hören. Walter lebte.
Florian wollte schon zu ihm eilen, als plötzlich eine mechanische Stimme ertönte.

»Sie sind uns leider ein Stückchen zu nahegekommen. Sie wollten unseren Plan zunichtemachen, und dafür werden Sie bestraft. Aber ich gebe Ihnen eine letzte Chance. In den Glaskästen vor Ihnen befinden sich zwei Pistolen, geladen mit jeweils einer Kugel. Sie haben vier Minuten Zeit, um Walter Friedrich zu töten. Derjenige, der ihn erschießt, bleibt am Leben. Schießen Sie gleichzeitig, bleiben Sie beide am Leben.
Schießt keiner von Ihnen, werde ich den Raum mit einem Nervengift füllen, und Sie alle werden sterben. Der Countdown läuft.«

Im nächsten Moment leuchtete eine Anzeigentafel an der Wand auf.

03:59

»Scheiße, was ist hier nur los?«, schrie Florian.
»Denkst du, es ist ein Bluff?«, fragte Irina mit zittriger Stimme.
Florian war sich sicher, dass der Täter es todernst meinte. Er schaute sich im Raum um. Ein rechteckiges Verlies ohne Fenster, das nur mit einem flackernden Neonlicht ausgeleuchtet wurde.
Schnell lief er zur Tür und rüttelte an der Klinke, doch sie ließ sich nicht öffnen.
»Verdammt, was machen wir nur?« Florian ging zu Walter und kniete sich neben seinen reglosen Kollegen.
»Walter, hörst du mich?«

02:58

Plötzlich hörte er ein Geräusch hinter sich und drehte sich erschrocken um. Irina hatte einen der Glaskästen geöffnet und die Pistole herausgenommen.
»Das meinst du doch nicht ernst? Leg die sofort wieder zurück!«, schrie Florian entsetzt.
Doch Irina reagierte nicht und schaute stattdessen mit weit aufgerissenen Augen auf die Waffe.
»Die ist echt, oder?«
Florian ging zu dem zweiten Kasten und schnappte sich die andere Pistole. Das war eindeutig kein Spielzeug.
Im selben Moment ertönte die mechanische Stimme ein weiteres Mal.

»Ein Leben gegen drei. Töten Sie Walter Friedrich, und Sie bleiben am Leben – als glückliches Paar. Ansonsten werden Sie qualvoll sterben.«

01:50

»Wir … wir … wir müssen es tun«, stotterte Irina und eine Träne lief ihre Wange hinunter.
Zu Florians Entsetzen zielte sie auf Walter.
Aber hatten sie wirklich eine andere Wahl? Womöglich konnte er Walter nur einen Streifschuss verpassen. Aber Irina und er würden gleichzeitig schießen müssen, um am Leben zu bleiben. Ob sie einen ähnlich gezielten Schuss würde abgeben können?
Wenige Sekunden später wachte Walter auf. Er fasste sich benommen an die Stirn und versuchte sich aufzusetzen, sackte aber sofort wieder zusammen.
»Was ist pass…«

Florian richtete die Waffe auf ihn. Welche Wahl hatte er schon?
»Was … was soll das?«, stammelte Walter.

00:20

Florian schüttelte traurig den Kopf und blickte zu Irina.

Ein lauter Knall durchbrach die Stille.
Ein Schuss war gefallen.

Kapitel 66

Alejandro zog dem Entführer die Maske vom Kopf.

Katja traute sich kaum hinzusehen. Jetzt würde sich aufklären, wer hinter allem steckte und damit auch das Motiv.

»Kennst du ihn?«, fragte Alejandro, und ihr blieb nichts anderes übrig, als den Mann anzuschauen.

Sie schüttelte den Kopf. Der Mann zu ihren Füßen war ein völlig Fremder.

»Nein … ich … ich habe ihn noch nie gesehen«, stotterte Katja.

Konnte es ein irres und krankes Spiel ohne jeglichen Hintergrund gewesen sein? Hatte er womöglich die falsche Katja Körner geschnappt? Sie verstand die Welt nicht mehr.

Alejandro starrte den Mann an.

»Irgendwoher kenne ich ihn …«

Katja schnappte sich den Schlüsselbund und ging Richtung Tür.

»Komm schon, wir verschwinden hier und rufen die Polizei. Das wird sich schon alles aufklären.«

»Noch nicht«, sagte Alejandro. Er zog ein Skalpell aus dem Koffer und beugte sich über den bewusstlosen Mann. »Erst schlitze ich ihm die Kehle auf.«

»Begib dich nicht auf sein Niveau. Wir lassen ihn einfach hier, da kommt er eh nicht raus. Außerdem müssen wir schnellstmöglich verschwinden, es gibt schließlich noch einen zweiten Entführer.«

Katja wartete seine Reaktion nicht ab, sondern drehte den Schlüssel im Schloss herum und versuchte, die schwere Tür aufzustemmen.

»Er hat es verdient, und so viel Zeit muss sein«, erwiderte Alejandro kühl.
Katja schüttelte den Kopf. Sie bekam die Tür einen Spalt weit auf, als plötzlich ein Aufschrei ertönte.
Erschrocken fuhr sie herum. Alejandro stand auf und stolperte zurück. Blut. In seiner Brust steckte ein Messer.
Katja schrie auf. Sie schob sich durch das Tor. Der Mann sprang auf, rannte auf sie zu. Im letzten Moment konnte sie die Tür zuschieben, bevor er sie erreicht hatte.
Panisch schaute sich Katja um, sie durfte sich keine Zeit nehmen, um durchzuatmen. Links von ihr führte ein Gang zu weiteren Türen, während rechts ein hell beleuchteter Raum lag. Katja blickte vorsichtig hinein, drückte sich die Hand auf den Mund und huschte schnell wieder zurück.
Dort saß eine maskierte Gestalt vor mehreren Monitoren. Also blieb ihr keine andere Wahl, als nach links zu gehen.
Leise schlich Katja den Gang entlang. Es roch modrig, und von den Decken hingen gewaltige Spinnweben. Trotz der Todesangst ekelte sie sich davor, und sie bemühte sich, keines der Netze zu berühren.
Auf einmal hörte sie Stimmen aus einem der Räume. Katja näherte sich und drückte ihr Ohr gegen die Tür. Sie wollte bereits einen der Schlüssel in das Schloss stecken, als sie ein mulmiges Gefühl überkam.
Gab es noch weitere Gefangene, oder warteten hinter der Tür die nächsten Killer auf sie?
Katja zog die Pistole aus der Hosentasche, steckte einen der Schlüssel in das Schloss und öffnete die Tür.

Kapitel 67

Der Schuss ließ Irina zusammenzucken. Hatte Florian auf Walter geschossen?
Doch an seinem Körper war keine Schusswunde zu sehen. Stattdessen zerschellte die Kamera, die an der Decke montiert war, und unzählige Scherben fielen zu Boden.
»Schnell, wir müssen hier weg!«
Erschrocken drehte sich Irina um. Hinter ihr stand eine blutüberströmte Frau. Sie hielt eine Pistole in den Händen und zielte auf die nun freie Stelle an der Decke.
»Sie sind Katja Körner! Sind die anderen Entführten auch hier?«, stieß Florian hervor.
»Die anderen? Sie sind alle tot und wurden weggebracht. Es sind … es sind zwei Killer! Einen von ihnen habe ich einsperren können, aber der zweite wird schon auf dem Weg zu uns sein. Schnell, wir müssen hier raus!«
Irina konnte das Gehörte kaum verarbeiten, zu sehr stand sie unter Schock. Doch eines wusste sie: Sie mussten so schnell wie möglich hier raus.
Florian stürmte zu Walter und half ihm auf die Beine.

»Nicht so schnell, meine Liebe! Dachtest du wirklich, ich habe nur einen Schlüssel und eine Pistole bei mir?«

Ein Mann erschien im Türrahmen und starrte sie voller Verachtung an.
Irina erkannte ihn. Sie hatte also recht gehabt. In seiner Wohnung hatte sie die Pläne über den Bunker gefunden.

Kapitel 68

»Sie?«
Walter hatte mit allem gerechnet, aber nicht damit. Der Mann, der von ihnen stand und sich nun als Mörder entpuppte, war niemand anderes als Andreas Abraham.

Der Vater der kleinen Julia Abraham starrte sie hasserfüllt an. In seinen blutigen Händen hielt er eine Pistole.
»Ja, ich!«, spie er voller Wut aus.
»Aber warum? « Walter konnte nicht begreifen, was sich ihm offenbarte. Hatte er das etwa auch seiner eigenen Tochter angetan?
»Sie wollen wissen, warum? Julia war meine kleine Prinzessin, ich musste sie rächen. Roland Reissberg hat ihr das angetan, und deshalb musste er genauso leiden wie meine Julia!«, schrie Andreas Abraham.
Walter tat sich schwer, die Situation zu begreifen. Roland Reissberg hatte die siebenjährige Julia entführt, sexuell missbraucht und ermordet. Ihr Vater, Andreas Abraham, musste dahintergekommen sein und hat daraufhin wohl Herrn Reissberg getötet. Aber warum dann die weiteren Opfer? Was hatten sie mit der Tat zu tun?
Katja verstand offensichtlich genauso wenig.
»Und was habe ich damit zu tun?«, fragte sie entsetzt.

** Der 12. Juni **

Andreas Abraham saß auf dem Ehebett im Schlafzimmer und schaute konzentriert auf den Koffer am Boden. Hatte er an alles gedacht?
Boxershorts? Check.

Socken? Check.
Shirts? Check.
Badehosen? Check.
Kurze Hosen? Check.
Rasierer? Check.
Er ging die Liste weiter durch und atmete erleichtert auf. Nicht nur, dass er dieses Jahr wohl alles eingepackt hatte, es passte auch noch in den einen Koffer. Nur eine bedeutende Sache fehlte noch: sein Reisepass.
Diesen hatte Andreas vorgestern blöderweise in seinem Hotelzimmer liegen gelassen. Er war im Ausland gewesen, um einem Versicherungsunternehmen die Software seiner Firma zu präsentieren.
Per Express war sein Ausweisdokument nun auf dem Weg nach Fürstenfeldbruck, und sollte auf jeden Fall noch heute ankommen. Das musste es auch, sonst würden er und seine Familie morgen nicht nach Südafrika fliegen können.
Während seine Frau im Nagelstudio war, musste er zu Hause auf ihre gemeinsame Tochter aufpassen und die restlichen Vorbereitungen für den Urlaub erledigen.
Andreas schloss zufrieden den Reisverschluss und stellte seinen Koffer neben die zwei seiner Frau. Dann ging er in das Zimmer von Julia und stellte fest, dass diese gerade ihre Kuscheltiere in die ohnehin schon überfüllte Reisetasche stopfte.
»Willst du die denn wirklich alle mitnehmen?
»Ich kann doch Leni, Hundi, Äffchen und Clarissa nicht dalassen«, erwiderte sie prompt und in einem Ton, als hätte er gerade vorgeschlagen, den Familienhund auszusetzen.
»Stimmt, wie konnte ich das nur fragen«, erwiderte Andreas und wuschelte Julia durch die Haare.

Doch dann schaute er mit einem mulmigen Gefühl auf die Uhr. Es war schon nach vier und das Päckchen sollte längst angekommen sein.

»Wann kommt bloß dieser verflixte Bote?«, murmelte Andreas nervös.

»Aber ich habe das Postauto vorher schon vorbeifahren sehen«, erwiderte Julia.

Hatte der Fahrer sein Päckchen etwa vor der Tür abgelegt? Das wäre zwar frech, aber besser, als wenn sein Reisepass nicht mehr rechtzeitig ankäme. Also lief Andreas die Treppen nach unten, riss die Haustür auf und konnte seine Wut nicht mehr zurückhalten.

»Das darf doch nicht wahr sein! Dieser Dummkopf!«

Andreas kannte den Fahrer Bernhard Klotznebel gut und wusste von seiner Faulheit. Und tatsächlich war das Päckchen nicht da.

Womöglich urteilte er vorschnell, und der Mann würde seine Lieferung noch vorbeibringen.

Deshalb öffnete Andreas die App auf seinem Handy und startete die Sendungsverfolgung.

»Ihre Sendung befindet sich in der Postfiliale? Das darf doch nicht wahr sein!«

Seine Frau Manuela hatte das Auto, also blieb für Andreas nur das Motorrad. Doch dann müsste er seine siebenjährige Tochter alleine zu Hause lassen – und dabei hatte er ein schlechtes Gefühl. Zwar lebten sie auf dem Land, aber seitdem das Flüchtlingsheim in der Nähe eröffnet hatte, ließ er seine Kleine ungern alleine. Er wusste, dass fast alle seiner Nachbarn bereits im Sommerurlaub waren, also fiel auch diese Lösung aus.

Eine Chance hatte er noch: Er griff nach seinem iPhone und öffnete die App *SitterWanted*. Babysitter oder Personen, die Zeit und Lust hatten, auf Kinder oder Säuglinge

aufzupassen, konnten ihren Lebenslauf online stellen, ihren Standort freigeben und anzeigen lassen, ob sie verfügbar waren.
Und glücklicherweise wurde genau eine Anzeige eingeblendet. Eine Katja K., die gerade einmal wenige hundert Meter entfernt wohnte.
Perfekt, dachte sich Andreas und öffnete das Profil der jungen Frau und schrieb ihr sofort eine Nachricht.

Hallo Katja,
ich heiße Andreas
Abraham und es geht
um meine siebenjährige
Tochter Julia.
Könntest du eventuell für
eine Stunde auf sie aufpassen,
da ich dringend noch eine
Besorgung tätigen muss.

Dann gab er in dem Feld Bezahlung '25,00 EUR' ein und setzte zusätzlich den Haken bei „oder nach Vereinbarung“.
Es kam keine Antwort, und Andreas' Anspannung stieg. Lange hatte die Postfiliale nicht mehr geöffnet, und er brauchte sein Ausweisdokument dringend.

Es wäre ganz wichtig.

Schickte er deshalb vorsichtshalber noch hinterher, und tatsächlich erschienen nun mehrere Punkte im Chatverlauf, die andeuteten, dass Katja K. gerade eine Nachricht eintippte.

Sorry, aber ich kann heute
doch nicht. Habe nur
versehentlich auf online
gestellt.
LG

Enttäuschung machte sich in Andreas breit, doch er versuchte es erneut.

Bitte, es ist wirklich dringend.
Wir wollen morgen in den
Urlaub fahren, und dafür muss
ich noch etwas abholen.

Katja K. tippte eine weitere Nachricht.

Wie gesagt, es tut mir leid,
aber es geht nicht.

Kurz darauf wurde das Profil als offline angezeigt.

»So eine saublöde Kuh«, murmelte Andreas.

Er schloss die App und wählte stattdessen die Nummer seiner Frau.

Nach längerem Klingeln meldete sich am anderen Ende der Leitung die Mailbox.

Auch das noch, dachte sich Andreas und legte auf. Auf Google suchte er die Telefonnummer vom Nagelstudio und rief schließlich dort an.

»Nagelstudio Tanaka. Yuki Tanaka am Apparat«, meldete sich die Asiatin am anderen Ende der Leitung.

»Hier ist Andreas, der Mann von Manuela. Kann ich bitte mit meiner Frau sprechen?«

»Nein, das geht momentan nicht, die Nägel ihrer Frau trocknen gerade, und sie entspannt sich bei orientalischer Musik. Da möchte ich sie nicht wecken. Tschüss.«
Noch bevor er etwas entgegnen konnte, wurde das Telefonat unterbrochen. Wütend wählte Andreas erneut die Nummer.
»Herr Abraham, ich habe Ihnen doch bereits gesagt, dass Ihre Frau jetzt schlecht sprechen kann. Und ich habe noch einen Kunden auf der anderen Leitung«, erklärte die Asiatin.
»Hören Sie, es ist wirklich dringend. Ich muss unbedingt etwas erledigen, und meine Tochter wäre dann alleine zu Hause. Dabei ist mir nicht wohl.«
»Haben Sie doch noch etwas Geduld, Ihre Frau wird ja bald wieder da sein. Außerdem muss ich jetzt wirklich auflegen und die Terminvereinbarung fertig abstimmen«, hörte Andreas aus dem Telefon, danach wurde die Verbindung unterbrochen.
»Das kann doch nicht ihr Ernst sein. Scheiße!«
»Was ist denn los, Papi?«, fragte Julia, die hinter ihm im Türrahmen erschien.
»Nichts, Prinzessin. Ich muss nur noch kurz weg. Versprich mir bitte, dass du währenddessen hier drinbleibst. Lass niemanden rein und öffne auch nicht, wenn es klingelt. Und vor allem: Erzähl Mama nicht, dass ich dich alleine gelassen habe.«
»Wo musst du denn hin, Papi?«
Andreas erzählte seiner Tochter die Kurzfassung und begleitete sie ins Wohnzimmer.
»Schau dir einfach eine Folge *Spongebob* an, und bis die Folge aus ist, bin ich schon wieder zurück.«
Dann eilte Andreas aus dem Haus, stieg auf sein Motorrad und fuhr los.

Die Geschwindigkeitsbeschränkungen beachtete er kaum, während er über die Straßen raste. Er hasste das Gefühl, seine kleine Tochter alleine im Haus zu wissen.
Nach einer gefühlten Ewigkeit kam er endlich bei der Postfiliale an, parkte und eilte in den Laden.
Typisch, mal wieder hatte nur einer der drei Schalter geöffnet. Dahinter saß eine Frau mit rotgefärbten Haaren.
Vor ihr stand ein Mann, der wild mit den Händen gestikulierte und mit der Frau schimpfte.
»Hören Sie zu, Sie dumme Kuh. Dieses Scheißpaket muss hier sein, ich habe doch die Benachrichtigungskarte.«
»Herr Sanzek, wie ich Ihnen bereits mitgeteilt habe, liegt mir Ihre Sendung aber nicht vor. Vielleicht bringt sie der Fahrer bei seiner nächsten Tour mit.«
»Erstens ist mein Name nicht Sanzek, wie ich Ihnen bereits mehrfach gesagt habe, sondern Alejandro Sanchez, und zweitens sind mir Ihre Ausflüchte egal. Ich will jetzt mein Paket.«
Der aufgebrachte Mann wurde bei jedem Wort lauter und wütender.
Eigentlich wollte Andreas ihn nicht noch weiter verärgern, doch er hatte auch keine Zeit, sich von ihm aufhalten zu lassen.
»Entschuldigen Sie bitte. Ich habe es wirklich eilig, und Ihr Paket scheint ja ohnehin nicht da zu sein.«
»Hey, du Scheißschwuchtel, jetzt bin ich dran!«, schrie der Mann ihn an.
»Reißen Sie sich bloß zusammen.« Andreas konnte seine Wut kaum zurückhalten.
Doch Alejandro Sanchez schnaubte nur verächtlich und wandte sich wieder der überforderten Mitarbeiterin zu.
»Nun wieder zu Ihnen. Ich gehe hier erst weg, wenn ich mein Paket habe.«

Es vergingen fünf weitere anstrengende Minuten, bis Sanchez schließlich fluchend die Postfiliale verließ und Andreas an den Schalter treten konnte.
An jedem anderen Tag hätte er sich über Bernhard beschwert, doch heute blieb ihm dafür keine Zeit.
Stattdessen nahm er sein Päckchen entgegen, verließ kurze Zeit später das Gebäude und machte sich auf den Weg nach Hause.
Während der Fahrt hoffte er inständig, dass seine Frau noch nicht zu Hause war, und Julia alleingelassen vorfinden würde.

Als Andreas wenig später sein Motorrad in die Einfahrt lenkte, stellte er zufrieden fest, dass ihr Auto noch nicht vor dem Haus parkte, und seine Frau somit noch nicht zurück war.
Doch seine Freude währte nur kurz. Entsetzt stellte er fest, dass die Haustür offenstand.
»Julia? Prinzessin?«, rief Andreas, doch es folgte keine Antwort.
Er eilte ins Wohnzimmer. Im Fernseher alberten der gelbe Schwamm und der rosafarbene Seestern mit einem Eichhörnchen herum. Doch von seiner Tochter fehlte jede Spur.
»Julia, antworte!«
Andreas rannte die Treppe zum Kinderzimmer hinauf, doch auch dieser Raum war leer.
Allmählich überkam ihn Panik. Wieso sollte seine Tochter nach draußen gehen und die Tür offenstehen lassen? Es musste etwas passiert sein …
Voller Angst eilte Andreas zurück ins Erdgeschoss.
Plötzlich stand seine Frau vor ihm.

»Was ist los? Wo ist unsere Tochter?«, fragte Manuela.
»Julia … sie … sie ist … ich … ich kann sie nicht finden.«

** Gegenwart **

Katja stand wie versteinert da und starrte Andreas Abraham an.
»Deshalb das alles hier? Es tut mir leid, dass ich damals den Job nicht angenommen habe, aber deshalb habe ich doch nicht den Tod verdient.«
Die Gesichtsfarbe von Andreas färbte sich dunkelrot.
»Ihr habt Schuld am Tod meiner Prinzessin«, schrie Andreas hysterisch.
»Was wäre so schlimm daran gewesen, eine halbe Stunde lang auf meine Tochter aufzupassen? Und Bernhard hätte nichts anderes tun müssen, als seinen Job zu erledigen. Ihr alle hättet ihren qualvollen Tod verhindern können.«
»Herr Abraham, das waren alles nur Zufälle, die ungünstig aufeinandergetroffen sind. Hätten diese vier Personen anders gehandelt, hätten vielleicht andere Umstände dazu geführt, dass Sie Ihre Tochter hätten alleine lassen müssen. Einzig der Mörder von Julia trägt Schuld. Wir können Ihnen helfen«, versuchte Walter im ruhigen Ton die Situation zu deeskalieren.
»Sie denken, ich bin krank?«, schrie Andreas und fuchtelte mit seiner Waffe herum. Katja wich instinktiv einen Schritt zurück. »Was an meiner Handlung ist bitte krank? Hätte Bernhard geklingelt und seinen Job gemacht, hätte ich Julia nicht alleine lassen müssen. Hätte Katja das getan, was sie in der Babysitter-App angepriesen hat, wäre Julia nicht alleine gewesen. Yuki hätte nur meine Frau ans Telefon holen müssen, dann wäre sie früher nach Hause gekommen, und

Alejandro war schuld daran, dass ich in der Poststation so lange aufgehalten wurde.«

Nun war es Florian Weigelt, der einen Schritt auf Andreas Abraham zuging.

»Das sind wilde Spekulationen. *Sie* haben Ihre Tochter alleine gelassen. Wenn, dann müssten Sie die Schuld bei sich selbst suchen.«

Katja fragte sich, ob der Kommissar damit nicht zu weit gegangen war, doch zu ihrer Überraschung ließ Andreas die Pistole sinken.

»Natürlich bin ich schuld. Sie können sich gar nicht vorstellen, wie oft ich mir gewünscht habe, dass ich anders gehandelt hätte. Wie oft bin ich schweißgebadet aufgewacht, weil ich von Julia geträumt habe? Ich würde alles dafür geben, diesen Tag ungeschehen machen zu können. Ich würde meine Tochter in den Arm nehmen, mit ihr Koffer packen und bei ihr sein. Ich würde sie niemals wieder alleine lassen. Julia ist tot, meine Frau hat mich verlassen. Ich halte das nicht mehr aus.«

Katja musste sich eingestehen, dass ihr der gebrochene Mann leidtat. Doch dann blickte sie auf ihre blutigen Hände und spürte den Schmerz. Dieser Mann hatte kein Recht dazu!

»Kommen Sie«, sagte Walter schließlich ruhig.

»Lassen Sie die Waffe fallen. Wir suchen Ihnen die Hilfe, die Sie benötigen. Ich habe selbst ein Kind verloren und musste lernen, mit dem Verlust umzugehen. Glauben Sie mir, das ist eine lange und schwierige Zeit, aber irgendwann kann man damit leben. Ganz wird Ihre Kleine nie aus Ihren Gedanken verschwinden, aber glauben Sie mir, die Erinnerungen werden Sie irgendwann mit Wärme erfüllen.«

Andreas Abraham ließ die Pistole zu Boden fallen.

»Julia fehlt mir so sehr.«

Walter atmete erleichtert auf.

»Eines noch: Sie haben die Morde nicht alleine begangen. Wer ist Ihre Komplizin?«

Andreas Abrahams Lippen umspielte ein trauriges Lächeln.

»Darauf werden Sie nie kommen. Es ist …«

Plötzlich ertönte ein Schuss.

Blutüberströmt und mit nur noch halbem Schädel sank Andreas Abraham zu Boden.

Kapitel 69

Entsetzt beobachtete sie durch den Monitor, was sich da gerade abspielte.

Katja Körner hatte sich offensichtlich befreit und war in den Spielraum von Walter, Irina und Florian gestürmt. Sie hatte Katja nur für Sekundenbruchteile auf dem Bildschirm gesehen, bevor diese auf die Kamera geschossen hatte.

Aber wie war das möglich? Ihr Komplize war doch gerade bei Katja und Alejandro. Schnell blickte sie auf den entsprechenden Monitor und erstarrte.

Das Verlies war leer, und von Andreas fehlte jede Spur. Am Boden lag nur noch die Leiche von Alejandro.

Sie ärgerte sich, dass sie nicht auch auf diesen Bildschirm geachtet hatte. Doch dann sprang sie auf und eilte zum zweiten Kerker.

Dort stand Andreas und offenbarte in dieser Sekunde seine kompletten Beweggründe. Dieser sentimentale Trottel mit seinem albernen Rachefeldzug.

Sie hatte nur noch eine Chance, heil aus dieser Sache herauszukommen.

Kapitel 70

Walter starrte auf Andreas Abrahams leblosen Körper. Er war tot. Definitiv tot. Das zerfetzte Einschussloch am Schädel ließ keine Zweifel daran aufkommen.

Erst jetzt realisierte Walters Gehirn, dass sie in der Falle saßen.

»Wir sollten schleunigst schauen, dass wir hier rauskommen«, sagte Florian und blickte in den düsteren Gang.

»Kannst du etwas sehen?«, wollte Walter wissen.

»Nein. Der Schütze ist nicht mehr da. Wir haben nur diese eine Chance.«

Walter beobachtete die beiden Frauen an seiner Seite. Irina hatte die Augen weit aufgerissen und hielt die Pistole in ihren zitternden Händen. Katja starrte auf die Leiche von Andreas Abraham.

Es war für Walter unmöglich nachzuvollziehen, welche Schmerzen Andreas seinen Opfern zugefügt hatte. Dass der Mann am Tod der eigenen Tochter zerbrochen war, war nachvollziehbar. Walter selbst hatte lange mit dem Tod seines einzigen Sohnes zu kämpfen gehabt. Er musste sich eingestehen, dass auch er den Unfallverursacher verflucht hatte. Den Autofahrer, der seinem Sohn das Leben genommen hatte.

Doch die Hirngespinste und Schuldzuweisungen, in die sich Andreas Abraham hineingesteigert hatte, waren krank.

»Ich gehe voraus«, unterbrach Florian Walters Gedankengänge.

Walter stellte sich schützend vor die beiden Frauen und nahm Irina den Revolver ab.

»Wir müssen versuchen, möglichst leise zu sein. Ihr folgt mir«, flüsterte Florian, dann lief er mit schnellen Schritten los, die Pistole von sich gestreckt.

Die beiden Frauen gingen hinter ihm, während Walter das Schlusslicht bildete, um darauf zu achten, dass niemand hinter ihnen auftauchte.

Eine entfernte Neonlampe beleuchtete den langen Gang nur notdürftig, und so bildeten sich grausame Schatten an den dunklen Betonwänden.

Sie kamen an den Raum mit den Monitoren.

»Hier ist ein Aufgang«, stellte Irina fest.

Im selben Moment trat eine Frau vor sie.

Kapitel 71

Der Sturm, der im Moment über die südlichen Teile Bayerns hinwegzieht, erreicht gerade seinen Höhepunkt. Wir haben Meldungen von münzgroßen Hagelkörnern und orkanartigen Windböen. Der Wetterdienst hat eine akute Unwetterwarnung für den Landkreis Landsberg und Fürstenfeldbruck herausgegeben. Wir möchten Sie bitten: Bleiben Sie wenn möglich zu Hause.

Thomas und Markus saßen im Präsidium in Fürstenfeldbruck. Vor ihnen lag die Aussage eines gewissen Bertl Gustav. Dieser hatte die Leiche von Bernhard Klotznebel im Wald entdeckt.

»Ich würde ja nur zu gerne wissen, wo Walter und Florian so plötzlich hin verschwunden sind – noch dazu bei diesem Wetter«, meinte Thomas, stellte das Radio leiser und klappte eine weitere Akte auf.

»Ja, das frage ich mich auch. Sie sollten dringend erfahren, dass wir eine weitere Leiche haben«, erwiderte Markus. »Gibt es eigentlich etwas Neues wegen der Adoption? Bekommen du und dein Mann das Sorgerecht für seine Tochter?«

»Wir haben nächste Woche noch mal einen Termin bei einer Psychologin, deren Gutachten sicher mitentscheidend sein wird. Sie ist …«

Thomas wurde mitten im Satz durch das Läuten eines Telefons unterbrochen.

»Das ist Walters Diensttelefon«, stellte er fest.

»Ich geh schnell ran … seltsam, eine Nummer aus Berlin«, murmelte Markus. Er hob den Hörer ab und stellte auf Lautsprecher.

»Markus Berger von der Mordkommission Fürstenfeldbruck«, meldete er sich.
»Hallo, Herr Berger. Mein Name ist Camila Mendez, ich arbeite als Kriminalhauptkommissarin bei der Kripo Berlin. Kann ich bitte mit Herrn Walter Friedrich sprechen?«
»Ich bedaure, er ist momentan nicht im Büro.«
»Herr Friedrich hat eine Anfrage bezüglich eines aktuellen Mordfalls gestellt. Dabei wurden tote Schmetterlinge bei den Leichen gefunden. Sind Sie auch mit dem Fall vertraut?«
Thomas wurde hellhörig. Markus und er warfen sich erwartungsvolle Blicke zu.
»Ja, wir ermitteln ebenfalls darin«, bestätigte Markus.
»Super«, erwiderte die Frau am anderen Ende der Leitung. »Zwar haben wir keinen Fall mit präparierten Tieren, aber wir hatten vor sieben Jahren einen Mord im Stadtteil Charlottenburg. Eine junge Frau wurde nach einer Diskonacht auf brutalste Weise ermordet. Selbstverständlich gibt es auch bei uns solche Fälle häufiger, aber aufgrund der heftigen Brutalität ist er mir bis heute in Erinnerung geblieben. Nicht viele solcher Fälle bleiben bei uns ungelöst«, erklärte Camila Mendez.
»Hatten Sie damals Verdächtige?«, fragte Markus aufgeregt, während Thomas unruhig auf dem Stuhl hin und her rutschte.
»Durchaus«, antwortete Camila. »Deshalb rufe ich auch an. Wir konnten es ihnen zwar nie nachweisen, aber zwei Frauen aus Fürstenfeldruck waren damals meine Hauptverdächtigen. Ihr Kollege hat in seiner Anfrage zudem ein Kinderheim erwähnt. Und wenn ich mich recht erinnere, hat eine meiner damaligen Verdächtigen in einem Waisenhaus gearbeitet.«

Kapitel 72

Florian war vorausgegangen. Das Adrenalin ließ sein Herz schneller pumpen. Der zweite Killer musste irgendwo hier unten sein.

Seltsamerweise machte er sich weniger Sorgen um sich selbst, als um das Leben von Irina. Er musste diese Frau beschützen, er hatte sich verliebt, daran gab es keine Zweifel mehr.

Als sie den Raum mit den Monitoren erreichten, war es Irina, die den Ausgang entdeckte.

»Hier ist ein Aufgang«, stellte sie fest.

Doch im selben Moment trat eine Frau vor sie.

»Frau Reissberg«, stieß Walter entsetzt aus.

Vor ihnen stand Kim, die Schwester von Roland Reissberg.

»Nehmen Sie die Hände hoch«, rief Florian und richtete die Waffe auf die Frau.

Zu seiner Verwunderung folgte Kim seinen Anweisungen ohne Gegenwehr.

»Das … das ist ein … Missverständnis«, brachte Kim Reissberg stotternd hervor. »Ich habe mit der Sache nichts zu tun. Ich selbst war hier gefangen. Sie … sie war es!«

»Wen meinen Sie?«, fragte Florian irritiert.

In diesem Moment stürmte eine Frau aus dem Gang. Sie rannte auf Kim zu und riss eine Pistole nach oben. »Stirb endlich!«

Doch Florian war schneller. Er hob den Revolver an und drückte ab.

**

»Sie haben mir das Leben gerettet.«

Kim Reissberg fiel Florian um den Hals und schluchzte. »Sie … sie hat mich heute Morgen zu Hause überfallen und hierhergebracht.«

Walter bemühte sich, die Situation zu verstehen. Vor ihm lag die Leiche von Cornelia Altenburg, der Leiterin des Kinderheims. Ihre Augen waren weit aufgerissen, und in ihrem Gesicht lag ein Ausdruck von Hass.
»Kim, Ihr Bruder hat die kleine Julia ermordet. Und es war Frau Altenburg, die Andreas Abraham geholfen hat, sich daran zu rächen«, fasste Walter mehr für sich selbst zusammen.
»Ich weiß nicht, was genau der Auslöser war, und ich verstehe auch nicht, wie mein Bruder zu so einer schrecklichen Tat fähig war«, sagte Kim mit verweinter Stimme. »Ich bin nur froh, dass Sie hier sind. Ich hatte schon Angst, dass ich auch bald mit einem Schmetterling im Schädel aufgefunden werden würde.«
»Jetzt sind wir in Sicherheit«, meldete sich Katja zu Wort.

**

Wenig später verließen sie den Bunker. Der Waldboden war matschig, und einige vom Sturm abgerissene Äste lagen wild durcheinander. Der Himmel war zwar noch dunkel, aber der Sturm hatte sich gelegt.
Walter und Florian nahmen Katja Körner in ihrem Dienstwagen mit. Sie wollten einen Krankenwagen und die Spurensicherung verständigen, sobald ihre Handys wieder Empfang hatten.
Irina saß hinter dem Steuer ihres Wagens und stieß die Luft aus. Neben ihr saß Kim Reissberg.

»Ich fahre Sie jetzt noch zur Aussage aufs Revier, und dann dürfen Sie sicher bald nach Hause«, sagte Irina und startete den Motor. Vorsichtig lenkte sie ihren kleinen Fiat zwischen die Bäume hindurch.

»Ich freue mich so auf eine warme Dusche.« Kim strich sich eine schwarze Locke aus dem Gesicht.

»Und ich erst«, erwiderte Irina. »Wie haben Sie es eigentlich geschafft, sich zu befreien und dieser Altenburg zu entkommen?«

Kim blickte aus dem Fenster. »Ich habe mich in einem unbeobachteten Moment aus den Ketten befreien können und bin einfach losgelaufen. Zum Glück waren Sie da, sonst hätte sie mich auch noch erwischt.«

»Ja, manchmal ist man doch zur richtigen Zeit am richtigen Ort«, erwiderte Irina mit einem Lächeln.

»Und wie Sie vorher schon gesagt haben, gut, dass wir aufeinandergetroffen sind, sonst hätte Frau Altenburg wohl wirklich nochmal ein Schmetterlingspräparat …«

Irina stockte. »Woher … Sie … Sie konnten das mit den Schmetterlingen doch gar nicht wissen … «

Kaum hatte sie den Satz zu Ende gesprochen, bereute sie ihre Worte auch schon.

Kim drehte sich zu ihr herum, griff ins Lenkrad und riss es mit einem hastigen Griff nach rechts.

Das Auto geriet auf der nassen Fahrbahn ins Schleudern und kam von der Straße ab. Es holperte über einen Baumstamm und überschlug sich.

Kapitel 73

»Immer noch kein Empfang«, stellte Florian genervt fest.
Walter saß auf dem Beifahrersitz und beobachtete Katja durch den Rückspiegel. Der Körper der jungen Frau war mit zahllosen Verletzungen übersät, über die psychischen Schmerzen wollte er erst gar nicht nachdenken.
Doch Katja hatte überlebt, genauso wie Kim Reissberg.
Aber irgendetwas passte an der Sache noch nicht. Walters Gehirn arbeitete auf Hochtouren, und er spürte ein beklemmendes Gefühl im Magen.
»Wissen Sie, was mir komisch vorkommt?«, löste sich Katja aus ihrer Starre. Walter und Florian sahen sie fragend durch den Rückspiegel an.
»Die Ketten, mit denen wir festgehalten wurden, waren eigentlich kaum zu lösen. Und selbst wenn Kim es geschafft hat, sich zu befreien, wieso steht sie dann am Ausgang herum und wartet nur darauf, bis wir auf sie stoßen?«
Walter schielte zu Florian hinüber, der nickte. Ja, irgendetwas an dieser Situation war faul.
»Lass uns umdrehen!«
Kaum hatte Florian den Satz zu Ende gesprochen, riss er auch schon das Lenkrad herum und wendete auf der schmalen Hauptstraße. Mit durchgedrücktem Gaspedal fuhr er nun in die entgegengesetzte Richtung.

**

Alles hätte perfekt nach Plan laufen können. Nur diese eine dumme und unüberlegte Aussage hatte sie verraten. Immerhin hatten die Kommissare sie nicht durchschaut.

Kim Reissberg schmeckte Blut in ihrem Mund und taste ihre Stirn ab.
»Scheiße!«, stieß sie hervor.
Schwer atmend zog sie sich durch die zerbrochene Windschutzscheibe aus dem Autowrack.
Kim hörte ein Stöhnen hinter sich. Irina war am Leben und befreite sich ebenfalls aus dem Wagen.
Diese Reporter waren wie Kakerlaken – einfach nicht totzukriegen.
Kim stützte sich an einem Baum ab und zog sich daran nach oben.
»Sie waren es! Sie haben die Morde zusammen mit Andreas Abraham begangen«, wiederholte Irina außer Atem.
»Ja! Und ich habe die Altenburg eigentlich nur entführt, um sie festzuhalten. Sie sollte der krönende Abschluss der Mordserie werden, schließlich wusste sie längst, dass mit mir etwas nicht stimmt und hat Kontakt mit mir aufgenommen. Ihr Fehler. Doch dann musste ich wegen euch improvisieren. Ich habe die Ketten von Frau Altenburg geöffnet und die Pistole in der Nähe gelassen. Es war riskant, aber tatsächlich hat sie so reagiert, wie ich es geplant hatte. Die Altenburg ist mit der Waffe rausgestürmt, und wenn keiner der beiden Kommissare sie erschossen hätte, hätte ich es aus Notwehr getan.«
Kim schmunzelte. Irina Bergmann musste sterben, daran gab es keinen Zweifel mehr.
Kim hob einen Stein vom Boden auf und beugte sich über Irina. Ihr Schatten kam wieder zum Vorschein, und damit der Drang nach Blut und Tod. In einem gewaltigen Kraftakt schlug Kim Irina den Stein gegen den Kopf. Blut lief über das Gesicht der Frau. Irina versuchte zwar, ihren Schädel mit den Händen zu schützen, doch Kim war in Rage. Sie holte aus und schlug ein weiteres Mal zu. Blut. Es verteilte sich auf

Irinas Körper. Ein weiterer Schlag. Irinas Kopf sackte zur Seite.

**

Irina spürte die Schmerzen kaum noch. Mit jedem Schlag wurden sie ein wenig erträglicher. Die Welt um sie herum verschwand in einem alles auslöschenden Schwarz.
Entfernt hörte sie Florians Stimme.
»Legen Sie den Stein weg!«
Danach folgte ein Schuss.
Irina spürte instinktiv, dass es kein Traum war. Florian war neben ihr. Sie fühlte seine Liebe und seine Wärme.
In einiger Entfernung hörte sie seine Stimme.
»Bitte, Irina! Verlass mich nicht. Ich liebe dich! Bitte!«
Wie gerne hätte sie darauf geantwortet, hätte ihm auch ihre Liebe gestanden. Doch sie hatte keine Kraft mehr. Und dann kam es, das erlösende Nichts.

Kapitel 74

DAS LEBEN DER KIM REISSBERG

03. Juli 1994

»Alles Liebe zu deinem zehnten Geburtstag, Kimi«, hallten die Worte ihrer Mutter in Kims Ohren nach. Sie saß auf ihrem Bett und ließ die Beine baumeln. Ihre neuen rosafarbenen Ballerina-Schuhe sahen total schön aus.
Es war schon spät, bereits nach acht, und Kim wusste, dass sie längst schlafen sollte, doch sie war viel zu aufgeregt. Schließlich lagen neben ihr die zwei neuen Polly-Pocket Häuschen und die neue Barbie-Boutique, die Kim aus der Super RTL Werbung kannte.
Es klopfte an der Tür, und Kims Vater Rudolf trat ein.
»Ich gehe sofort schlafen, Vater«, sagte Kim umgehend und kroch unter die Bettdecke.
»Ach meine wunderhübsche Zuckermaus, du weißt doch ganz genau, dass ich nicht deswegen da bin«, erwiderte Rudolf und schloss die Tür hinter sich.
Kim erschauderte, denn sie ahnte, was gleich passieren würde.
»Mami sagt, ich muss jetzt schlafen«, versuchte es Kim.
Plötzlich packte sie Rudolf mit festem Griff am Hals. »Wie oft habe ich dir schon gesagt, dass es mir völlig egal ist, was deine Mutter will?« Mit diesen Worten lockerte Rudolf den Griff und streichelte stattdessen die Oberschenkel seiner Tochter. Mit der anderen Hand öffnete er den Gürtel seiner Jeans.

»Du weißt, dass du lieb zu Daddy sein sollst, sonst muss ich deinen Bruder Roland und deine Mutter für deine Unfolgsamkeit bestrafen.«
Kim versuchte mit aller Kraft, ihre Tränen zu unterdrücken. Ihr Vater würde nicht glücklich sein, wenn sie heulte. Also nickte sie artig.
»So ist's brav«, sagte Rudolf mit einem Grinsen, zog seine Hose herunter und schlüpfte unter die Decke zu seiner Tochter.

10. Juli 1994

»Es hat dir doch auch gefallen, meine Zuckermaus«, sagte Rudolf, küsste seine Tochter auf den Mund und stieg nackt aus ihrem Bett.
Kim hatte die letzten zwanzig Minuten wie in Trance wahrgenommen. Zwar spürte sie die schlimmen Schmerzen zwischen ihren Beinen, doch in ihr drin tat es nicht mehr weh. Kim hatte gelernt, wie sie damit umzugehen hatte, wenn ihr Vater zu ihr unter die Bettdecke kroch und sich auszog.
Plötzlich wurde die Tür aufgerissen. »Kim, magst du auch noch einen Kakao mit …« Ihre Mutter Margarete verstummte mitten im Satz. »Rudolf, was machst du da?«
Kim begann zu weinen. »Bitte, Mami! Hilf mir.«
Rudolf ballte seine Faust und schlug Kim ins Gesicht, Blut schoss aus ihrer Nase. Dann wandte er sich an seine Frau. »Raus mit dir!«

14. Juli 1994

Kim saß zusammen mit ihrem Bruder Roland auf dem Bett, während im Hintergrund der neue Song von DJ Bobo lief. Kim hatte die Lautstärke ihres tragbaren Radios absichtlich nach oben gedreht, damit niemand ihr Gespräch belauschen konnte.

»Vater war gestern Abend bei dir im Zimmer, nicht wahr?«, fragte Kim und griff nach der Hand ihres Bruders.

Roland begann zu weinen und lehnte sich an die Schulter seiner Schwester. »J… ja …«, brachte er nur stotternd hervor.

Er tat es also nicht nur mit ihr. Aber das würde bald zu Ende sein. Kim wollte keine Schmerzen mehr haben. Sie wollte nicht mehr lieb zu ihrem Vater sein.

16. Juli 1994

Es war dunkel im Haus, und Kim hörte das Schnarchen ihres Vaters durch die Tür. Die Uhr in der Diele zeigte kurz vor Mitternacht.

Vorsichtig öffnete Kim die Tür zum elterlichen Schlafzimmer und schlich hinein. Den Kanister stellte sie vor sich auf den Boden.

Ihre Mutter Margarete lag auf der linken Seite des Bettes. Selbst im Dunkeln konnte Kim das blau geschlagene Auge ihrer Mama erkennen. Vater lag auf der anderen Seite.

Kim zog den Schlüssel von der Innenseite der Tür ab und steckte ihn in die Tasche ihres Nachthemds. Danach nahm sie die Streichholzschachtel hervor.

Sie warf einen letzten Blick auf das Bett ihrer Eltern, und sofort tauchten wieder die schrecklichen Bilder vor ihren

Augen auf. Ihr Vater, der sich nackt an sie drückte. Und ihre Mutter, die all das ignorierte, auch als er zu Roland ins Zimmer ging.

Nein, das musste ein Ende haben!

Entschlossen verschüttete Kim das Benzin über dem Bett. Sie goss außerdem eine Spur bis zur Tür und entzündete eines der Streichhölzer.

Eine Spur aus Flammen raste auf das Bett zu. Schnell schloss Kim die Tür und versperrte von außen das Schloss.

»Scheiße! Margarethe, wach auf! Es brennt«, hörte sie die Stimme ihres Vaters von innen.

Kurz darauf wurde an der Türklinke gerüttelt.

»Die Tür geht nicht auf!«, schrie ihre Mutter.

»Das Fenster auch nicht!«, ertönte wieder die Stimme ihres Vaters.

Kim hatte das Fenster im Vorfeld ebenfalls verschlossen. Inzwischen quollen dichte Rauchschwaden unter der Tür hervor.

»Ich schlage die Scheibe ein!«, hörte Kim ihren Vater rufen.

Kurz darauf zerklirrten die Scheiben, und ihre Eltern schrien vor Schmerzen. Der Sauerstoff musste die Flammen weiter entfacht haben.

»Hiiiiiiiilfe!« Die Stimme ihrer Mutter klang panisch.

Kim schlüpfte in ihre Schuhe, weckte ihren Bruder und gemeinsam verließen sie das Haus.

Ein Lächeln umspielte Kims Lippen.

02. August 1994

Liebes Tagebuch,
die erste Woche war aufregend und irgendwie schön. Roland und mir gefällt es gut im Goldenen Engel. Das Essen ist ganz lecker und das Zimmer auch okay. Nicht so groß wie zu Hause, aber schön. Die Leute hier sind total nett, und ich habe auch schon erste Freundinnen gefunden. Vivien und Lydia. Wir unternehmen ganz viele Sachen zusammen. Hoffentlich findet Roland auch bald Freunde, er ist traurig, seitdem Mami und Vater tot sind. Aber ich hatte keine andere Wahl.

»Hey Kim, was machst du da?«, fragte Lydia, die an der Tür stand.
»Ich schreibe in mein Tagebuch«, antwortete Kim und steckte das kleine Heft in die Schreibtischschublade.
Lydia setzte sich auf das Bett und deutete Kim, zu ihr zu kommen. »Setz dich mal zu mir«, bat sie in einem ernsten Ton. Lydia war im selben Alter wie sie selbst, sah aber älter aus.
Kim setzte sich zu ihrer Freundin und schaute sie fragend an.
»Ich muss dir etwas gestehen«, sagte Lydia schließlich. »Gestern habe ich in deinem Tagebuch gelesen, und ich weiß von dem Feuer.«
Kim wurde nervös und sie überlegte, was sie darauf sagen sollte. Doch Lydia nahm ihre Hand und sprach in einem ruhigen Ton weiter.

»Ich verstehe es, das war das einzig Richtige, das du tun konntest. Dein Vater war ein Arschloch, und er hat es verdient, zu sterben. Aber noch etwas … ich … ich habe gesehen, was du mit der Katze gemacht hast.«
Kim wusste nicht, was sie darauf sagen sollte. Sie dachte an das Kätzchen, dass nun hinter dem Heim im Waldstück vergraben lag.

02. Mai 1996

»Wir werden uns niemals aus den Augen verlieren, glaub mir. Ich werde immer für dich da sein. Beste Freundinnen. Ich kenne dein Geheimnis und wenn du irgendetwas brauchst, melde dich bei mir, ich kann dir helfen.«
Mit diesen Worten drückte Lydia Kim ein letztes Mal und verließ das Gemeinschaftszimmer.
Kim legte sich auf die Bettdecke und weinte hemmungslos. Ihre beste Freundin wurde in eine Pflegefamilie aufgenommen, dabei war das die einzige Person, mit der sie über ihren Drang, zu morden, sprechen konnte. Zwei Jahre lang hatten sie zusammengehalten wie Pech und Schwefel, doch nun war Kim wieder auf sich gestellt.
Ihre andere Zimmergenossin, Vivien, war zwar ebenfalls eine gute Freundin, doch vor ihr musste sie sich verstellen. Vivien würde es nie verstehen. Auch mit Roland konnte sie nicht darüber sprechen.
»Alles in Ordnung bei dir?«
Kim zuckte zusammen und drehte sich Richtung Tür. Sie hatte nicht bemerkt, dass die Leiterin des Heims eingetreten war.

»Ja. Ich bin nur traurig, weil Lydia jetzt weg ist«, antwortete Kim und strich sich eine Strähne aus dem Gesicht.
»Ach Süße, du hast doch noch andere Freundinnen hier. Außerdem, darf ich dir jemanden vorstellen?«, sprach Frau Altenburg weiter, und ein junger Mann erschien neben ihr im Türrahmen. »Das ist Steve, der neue Pfleger. Er ist ab jetzt für dein Stockwerk zuständig.«

18. Mai 1996

»Bitte rede mit mir! Was ist denn los?«, forderte Kim, während sie Vivien in den Arm nahm. Ihre Freundin lag weinend auf dem Bett und kratzte sich immer wieder mit den Fingernägeln über ihre Arme.
»Ich … ich kann nicht«, antwortete Vivien mit brüchiger Stimme.
Doch Kim ließ nicht locker. »Sag schon, du kannst mir vertrauen.«
»Steve, er …«, begann Vivien schließlich zu erzählen, »er war gestern bei mir. Er hat mich vergewaltigt.«
Wut machte sich in ihr breit, und von einem Moment auf den anderen tauchten wieder die Bilder ihres Vaters vor Kims Augen auf, die sie die letzten Jahre beinahe erfolgreich verdrängt hatte. Seit dem Mord an ihren Eltern hatte Kim nicht mehr aufhören können. Sie brauchte das Morden, um klar denken zu können. Das alles war die Schuld ihres Vaters. Diesem Kinderschänder.
Und nun hatte ein ähnliches Monster Einzug in das Waisenhaus gehalten. Der Pfleger Steve hatte sich an ihrer Freundin Vivien vergangen, und das würde Kim nicht zulassen.

19. Mai 1996

Trotz des Regens folgte ihr Steve aufs Dach.
»Na los, such mich doch«, sagte Kim, fasste sich anzüglich an ihre Brüste und warf Steve einen Kussmund zu. Dann rannte sie hinüber zu den Rohren, die aus dem Dach ragten und kauerte sich dahinter zusammen.
»Und bekomme ich dann eine Belohnung, wenn ich dich finde?«, rief ihr der Pfleger hinterher.
»Natürlich.« Kim ekelte sich vor diesem Schwein, aber nur so hatte sie ihn in die Falle locken können.
»Wo bist du, kleine Prinzessin?«
Steve balancierte nahe der Mauer entlang und schaute sich dabei nach ihr um. Dieser Mistkerl. Dieser widerliche Kinderschänder.
Kim spürte den blutroten Hass in sich aufsteigen und rannte auf ihn zu.
Steve riss die Augen auf, und ehe er die Situation realisieren konnte, gab ihm Kim einen heftigen Stoß.
Erschrocken ruderte er mit den Armen, versuchte Halt zu finden, doch Kim trat noch einmal nach. Mit einem Schrei stürzte Steve in die Tiefe. Kurz darauf gab es einen dumpfen Aufprall.

03. Juli 2002

Liebes Tagebuch,
heute ist mein achtzehnter Geburtstag, und endlich kann ich auf eigenen Beinen stehen. Ich

liebe meinen Bruder, auch, wenn er immer noch sehr in sich gekehrt ist. Was würde er von mir halten, wenn er von meinem Schatten wüsste? 'Mein Schatten', so nenne ich den Drang. Den Drang zu töten.
Nach jedem Mord fühle ich mich endlich wieder frei und besonders. Doch die Zeit vergeht, und die Leere kehrt zurück. Ich frage mich immer wieder aufs Neue, was ich tun muss, um wieder leben und spüren zu können. Und dann verstehst du, dass es nur eine Sache gibt, die dich fühlen lässt. Die Art von Macht, zu entscheiden, wer leben und wer sterben darf. Ich habe heute einen Penner getötet, ihn in eine Gasse gezerrt und ihm seine Kehle aufgeschlitzt. Ich weiß, dass es verrückt ist. Aber ich brauche das Blut. Lydia hat mir geholfen, ihn verschwinden zu lassen. Gemeinsam haben wir ihm die Fingerkuppen abgeschabt, um die Fingerabdrücke unkenntlich zu machen. Dann haben wir ihm die Zähne gezogen, damit ihn niemals jemand identifizieren kann und ihn bei Lydias Adoptiveltern auf dem Bauernhof vergraben. Was würde ich nur ohne sie machen?

15. Mai 2010

»Scheiße, ich liebe diesen Song!«, rief Lydia und tanzte zum Beat von *Only Girl in the World* von Rihanna.

»Ich auch!«, schrie Kim in der gleichen Lautstärke zurück.

Der Bass und die Lautstärke in der *Eagle & Scotch Bar* waren dermaßen aufgedreht, dass Kim beinahe Ohrenschmerzen bekam.

Der Club war ein Geheimtipp in Berlin. Kim trank bereits ihren vierten Wodka-Shot, und auch Lydia hatte schon ordentlich Alkohol intus.

Dennoch bemühte sich Kim, einen klaren Verstand zu wahren, denn sie hatte ihre Wahl getroffen.

»Die soll es werden«, bestimmte sie und deutete auf eine Frau Mitte zwanzig, die alleine an der Bar saß und einen kleinen Beutel – wahrscheinlich Ecstasy – vom Barkeeper entgegennahm.

»Okay, hast du dein Messer dabei?«, fragte Lydia ernst.

Kim nickte, und gemeinsam gingen die beiden auf die junge Frau zu.

Kapitel 75

»Ich verstehe ja, dass Sie eine schlimme Kindheit hatten, und es tut mir auch ehrlich leid. Aber warum haben Sie Andreas Abraham geholfen, Ihren Bruder und diese anderen Menschen zu töten?«

Walter saß im Verhörraum, ihm gegenüber Kim Reissberg.

»Sie werden es nie verstehen, und das ist mir ehrlich gesagt auch egal. Ich brauche das Morden, sonst drehe ich durch. Sie wollen die ganze Wahrheit wissen? Dann hören Sie genau zu.«

Die Selbstgefälligkeit, mit der Kim das sagte, trieb Walter beinahe zur Weißglut. Doch er hielt sich zurück, denn er wusste, sie hatten genug, um Kim Reissberg für sehr lange Zeit wegzusperren.

»Ich empfehle Ihnen, nichts mehr zu sagen.«

Die Worte kamen von Dr. Dietheim, dem Anwalt von Frau Reissberg. Der korpulente Mann saß neben seiner Mandantin und verschränkte die Arme vor seiner Brust.

»Ach, halten Sie doch die Klappe. Ich schäme mich nicht dafür, was ich getan habe«, erwiderte Kim schroff.

»Der Drang zu morden ist seit meiner Jugend nicht mehr weggegangen. Ich habe mir Sorgen gemacht, was passiert, wenn meine Freunde von meinem zweiten Ich erfahren. Also habe ich gelernt, mich nach außen hin anzupassen. Ich bin eine Mörderin, während ich für die anderen die nette Nachbarin bin. Erst als ich Sven kennengelernt und wir geheiratet haben, wurde es besser. Mein Schatten und der Hass sind verschwunden. Ich war wirklich glücklich. Doch Sven hat mich betrogen. Mit diesem Flittchen, Yuki Tanaka. Nicht nur das, er wollte mich verlassen, um mit ihr eine Beziehung aufzubauen. Es war ekelhaft.«

Kim lachte auf. Es war ein krankes und falsches Lachen, das widerspiegelte, wie es in ihrer Seele aussehen musste.
»Dann habe ich erfahren, dass mein geliebter Bruder die beiden nicht nur gedeckt, sondern auch dabei unterstützt hat. Diese miesen Schweine. Und da kam mein Schatten zurück. Der Drang, zu töten. Die Gier nach Blut. Ich wollte meinen Mann, meinen Bruder und Yuki töten. Dafür, was sie mir angetan haben. Mein Mann hat sich in der Badewanne geföhnt. Damit war es schon mal einer weniger. Ich bin später zu Yuki gefahren, um einen weiteren Namen von meiner Liste streichen zu können. Doch da war gerade Manuela Abraham bei ihr im Laden. Ich habe durch ein Telefonat mitbekommen, dass ihr Mann die Tochter alleine zu Hause lassen musste. Ein Glück, dass Yuki ihr Telefon auf Lautsprecher gestellt hatte, um eine Reservierung ins Buch eintragen zu können. Und da ist mir der perfekte Plan eingefallen, der alle meine Probleme lösen und gleichzeitig meinen Drang stillen würde. Zunächst hatte ich Zweifel, ob es klappen würde, aber dann … Ich habe die Tochter der Abrahams entführt und ermordet, um es meinem Bruder in die Schuhe zu schieben.«
»Sie haben was?« Dr. Dietheim bekam einen roten Kopf und fächerte sich mit seinen Unterlagen Luft zu. Ohne ein weiteres Wort verstaute der Anwalt die Dokumente in seinem Koffer und verließ den Verhörraum.
»Ist es so nicht gleich viel intimer?«
Kim Reissberg zwinkerte Walter zu, und er musste sich bemühen, ruhig zu bleiben. Dass in Wirklichkeit Kim die kleine Julia entführt und ermordet hatte, rückte den Fall nochmal in ein ganz anderes Licht.
»Also, wie gesagt, ich habe mir einen Plan ausgedacht, der wohl kaum zu übertreffen war. Ich wollte alle Fliegen mit

einer Klappe schlagen. Also habe ich Julia Abraham entführt, mit einem Dildo bearbeitet und schließlich umgebracht. Glauben Sie mir, ich bin kein Monster. Es hat mir wehgetan, das kleine Mädchen zu foltern, aber sie ist für einen höheren Zweck gestorben. Den Schmetterling habe ich platziert, um mit Ihnen und allgemein der Polizei zu spielen. Ich wollte Sie in die Irre führen. Kurz nach dem Mord an der Kleinen habe ich Andreas Abraham aufgesucht. Ich habe ihm erzählt, dass ich wüsste, wer der Mörder sei.«

Walter hörte kopfschüttelnd zu, während er seine Fäuste unter dem Tisch ballte. Aber erneut beruhigte er sich. Er durfte jetzt keinen Fehler machen. Kim Reissberg würde für viele Jahre ins Gefängnis wandern und danach womöglich noch in eine lebenslange Sicherheitsverwahrung kommen.

»Erst wollte Andreas wie ein Weichei zur Polizei rennen, doch dann habe ich ihn in das Verlies geführt, wo ich bereits meinen Bruder festgehalten habe. Ich habe Andreas gezeigt, wie schön es sein kann, sich zu rächen. Was waren schon zehn oder fünfzehn Jahre Gefängnis, wenn er den Mörder ein für alle Mal von der Welt tilgen konnte? Es hat einige Zeit gedauert, aber dann hat Andreas verstanden. Er hat meinen Bruder gefoltert und anschließend getötet. Ich habe die Schmetterlinge für Andreas besorgt und einen auf der Leiche meines Bruders platziert. Andreas habe ich gesagt, er soll die Leiche genauso hinterlassen, wie der Mörder seine Tochter liegen hat lassen – so könne er sie rächen.«

Kim lachte los und musste husten. Sie klopfte sich auf die Brust und sprach weiter.

»Andreas wollte nach dem Mord zur Polizei und sich stellen. Doch ich habe ihm klargemacht, dass es noch nicht vorbei war. Dass noch deutlich mehr Menschen Schuld am Tod seiner Tochter haben. Ich habe ihn gefragt, ob es denn niemanden gäbe, dem er es heimzahlen möchte. Ich habe

Andreas bewusst in diese Richtung gelenkt, um ihm aufzuzeigen, dass Yuki seine Frau aufgehalten hat und damit ebenfalls Mitschuld am Tod seiner Tochter trägt. Stattdessen wollte Andreas direkt seine Frau umbringen, doch die ist ja zu ihren Eltern abgehauen. Ich habe so lange auf ihn eingeredet, bis er eingesehen hat, dass Yuki den Tod verdient hat. Wie leicht ein gebrochener Mann doch zu steuern ist.«

Walter hörte Kim ohne ein Wort der Unterbrechung zu. Sie war in einen Wahn verfallen, in dem sie jede Einzelheit ihres kranken Plans schilderte. Sie zählte die Fakten so voller Gelassenheit und Stolz auf, dass Walter beinahe schlecht wurde. Er trank einen großen Schluck aus seinem Wasserglas und folgte Kims Ausführungen weiter.

»Und schließlich kam Andreas mit dieser irren Geschichte. Die Babysitterin, der Postbote und dieser Alejandro, der ihn in der Filiale aufgehalten hat. Ich meine, ist das nicht lächerlich? Ich hatte immerhin ein richtiges Motiv.«

Kim Reissberg schaute Walter erwartungsvoll und mit großen Augen an. Doch er schüttelte nur den Kopf.

»Sie haben ein kleines Mädchen umgebracht und den trauernden Vater zum Mörder gemacht. Und darauf sind Sie stolz? «

»Sie können das nicht verstehen. Seit ich ein kleines Mädchen war, habe ich mir nichts sehnlicher gewünscht, als normal zu sein. Endlich nicht mehr morden zu müssen und meinen Schatten loszuwerden. Und dann lernte ich meinen Sven kennen, und alles wurde gut. Wir hatten eine glückliche Ehe. Bis Yuki und Roland ihn mir weggenommen haben. Nein. Jemand musste dafür bezahlen.«

So traurig Kim Reissberg bei ihren letzten Worten auch ausgesehen hatte, umso berechnender wirkte ihr Lächeln, das sie nun wie eine Maske aufsetzte.

»Sie ahnen gar nicht, wie viele Akten zu Morden und Vermisstenfällen Sie nun wieder hervorholen müssen. Es gibt so viel mehr Tote, als sie sich vorstellen können.«

Kapitel 76

Walter führte Kim Reissberg zusammen mit einem Polizisten, der während der Befragung vor der Tür gewartet hatte, aus dem Verhörraum.
Er konnte es kaum erwarten, die Frau in ihre Zelle zu bringen und letztendlich dem Haftrichter vorzuführen.
Selbstverständlich waren Kim seit dem Kindesalter schreckliche Dinge wiederfahren, doch nichts davon rechtfertigte die brutalen Morde, die ihr Leben seitdem begleitet hatten.
Kim Reissberg sah wütend aus, während sie in Handschellen Richtung Aufzug gebracht wurde. Für Walter war dies eine innere Genugtuung.
Plötzlich öffnete sich die Tür, und seine Mitarbeiter Markus und Thomas traten heraus. Neben ihnen ging Lydia Unger.
»Kim?«, fragte die junge Frau überrascht.
Walter blickte sie irritiert an, warum war die Mitarbeiterin aus dem Waisenhaus hier?
Diese Unachtsamkeit nutzte Kim Reissberg aus. Sie zog die Pistole aus Walters Holster.
»Glauben Sie wirklich, ich hätte all die Morde über die Jahre hinweg alleine vertuschen können?«, fragte Kim und drückte ab.
Ein Knall ertönte, und Thomas ging zu Boden.
Walter entriss Kim die Pistole und drückte die Frau mit festem Griff gegen die Wand.
Währenddessen bildete sich unter Thomas Markwardts Körper eine Blutlache.
»Wir brauchen einen Arzt!«, rief Markus.
Walter hielt Kim und Lydia zurück, gleichzeitig stürmten mehrere Kollegen aus den Büros.

Markus kniete sich neben seinen verletzten Kollegen.
»Thomas, halte durch! Bitte!«
Markus versuchte, die Blutung mit den Händen zu stoppen, doch er hatte kaum Erfolg.
»Ich will nicht sterben«, flüsterte Thomas mit zitternder Stimme. »Ich habe endlich eine Familie, die ich liebe. Ich darf jetzt nicht gehen.«
»Du wirst auch nicht sterben, hörst du!«, rief Markus.
Doch dann fielen Thomas' Augen zu.

Epilog

»Wie geht es dir eigentlich inzwischen?«
Katja saß auf dem Balkon ihrer Studentenwohnung und trank einen selbstgemixten Hugo. Die Minze hatte sie in einem kleinen Holzkasten selbst angepflanzt.
Das Getränk prickelte in ihrer Kehle, und sie ließ sich die Sonne ins Gesicht scheinen. Es würde noch einige Zeit dauern, bis alle Wunden an ihrem Körper verheilt waren, doch ihrer Seele ging es allmählich besser.
Auch Alejandro Sanchez schien es ähnlich zu gehen.
»Besser. Deutlich. Und du erholst dich auch gut?«, fragte Katja.
»Die Ärzte sind zuversichtlich. Unkraut vergeht nicht«, erwiderte Alejandro und nahm einen Schluck von seinem Drink.
Ein Wunder, dass Abraham bei ihm keine lebenswichtigen Organe verletzt hatte.
Noch im Krankenhaus war Katja mitgeteilt worden, dass Alejandro überlebt hatte und auf der Intensivstation lag.
Nun saß er ihr gegenüber und lächelte bemüht – als wäre er ein anderer Mann. Schockierende Erlebnisse konnten einen Menschen eben doch verändern – und in Alejandros Fall sogar zum Positiven.
»Auf uns Überlebende«, stieß Katja aus und prostete ihrem Gegenüber zu.

**

»Keine Sorge, ich komme jetzt zum Ende meiner Rede, Sie haben es also gleich überstanden.«

Die Gäste lachten auf, und der Polizeichef drehte seine Karteikarte um.
»Bevor ich gleich das Buffet eröffnen werde, möchte ich Ihnen, Walter, nur noch einmal sagen, wie sehr ich Ihnen für Ihre treue Mitarbeit über all die Jahre hinweg danke. Auch, wenn es hin und wieder Unstimmigkeiten gab, so konnte ich mich zu jeder Zeit auf Sie verlassen. Mit Ihnen geht die wohl treueste Seele unseres Präsidiums. Und jetzt, greifen Sie zu.«
Die Gäste applaudierten, und Renate legte ihren Arm um Walter.
Obwohl Walter sich bemühte, jegliche Sentimentalität zu unterdrücken, füllten sich seine Augen mit Tränen. Es war der Tag gekommen, um Lebewohl zu sagen. Der Tag, an dem Walter sich für immer vom Polizeidienst verabschieden würde.
Seine Sekretärin und Sabine von der Rechtsmedizin hatten das Büro in eine 80er Jahre Party mit Ballons und Girlanden verwandelt.
An der Wand hingen Fotos, die über all die Jahre entstanden und in chronologischer Reihenfolge präsentiert wurden.
Während er eine Hand nach der anderen schütteln musste und ihm Wünsche für die Zukunft aufgesagt wurden, betrachtete Walter die Aufnahmen.
Er hatte als junger Mann hier in Fürstenfeldbruck begonnen. Voller Elan und Motivation – und mit deutlich mehr Haaren. Umso aktueller die Fotografien wurden, desto ausufernder wurde sein Körperumfang und mit ihm die kahle Stelle am Kopf.
Sein Job war neben seiner wundervollen Ehe Walters Leben, und diesen Abschnitt würde er nun hinter sich lassen.
»Ich werde dich vermissen, alter Kumpel«, sagte Florian und klopfte Walter anerkennend auf die Schulter. »Niemals hätte

ich mir während unseres ersten Falles vorstellen können, dass wir einmal so gute Freunde werden würden.«
Walter prostete ihm zu und trank einen Schluck Sekt, bemüht, seine Tränen zu unterdrücken.
»Wir werden uns in Zukunft sicher noch öfter sehen«, meinte Irina, die sich zu ihnen gesellte. Man sah auch nach all den Wochen, die inzwischen vergangen waren, immer noch Spuren des Kampfes mit Kim Reissberg.
»Ist das eine Drohung oder ein Versprechen?«, scherzte Walter, woraufhin Irina ihm leicht gegen die Schulter boxte.
»Machen Sie mal lieber mein Geschenk auf.«
Walter hatte bereits eine Vorahnung, als sie ihm das Präsent überreichte. Er riss das Papier auf.
»Der Tod der Schmetterlinge«, las Walter vor.
»Ja, Sie bekommen den ersten Entwurf meines Manuskripts zu lesen, bevor er demnächst ins Lektorat geht.«
Irinas Augen glänzten dabei. Sie hatte ihren Roman also tatsächlich geschrieben. Walter fragte sich, ob er darin wirklich eine Rolle spielen würde.
»Und keine Sorgen, die Namen aller Beteiligten sind natürlich geändert, ebenso viele Fakten«, fügte die Nachwuchsautorin zwinkernd hinzu.
Walter bedankte sich, und er meinte es ehrlich. Tatsächlich war ihm Irina ans Herz gewachsen. Sie hatte es beinahe geschafft, seine Meinung über Reporter zu verändern.
»Aber es ist schon verrückt, wie Kim Reissberg es über Jahre hinweg geschafft hat, Leute zu entführen und zu ermorden, ohne dabei erwischt zu werden.« Irina sprach die Worte beinahe anerkennend aus.
»Dumm hat sie sich ja auch nicht gerade angestellt«, erwiderte Walter.

»Sie hat in ganz Deutschland Morde begangen, sodass kein direkter Zusammenhang erschlossen werden konnte. Meistens war Lydia Unger an ihrer Seite und half ihr, die Spuren zu verwischen. Wenn sie hier in Bayern gemordet haben, dann hat Frau Unger die Leichen auf dem Bauernhof ihrer Adoptiveltern verschwinden lassen. Dort haben wir auch die Leiche vom Schmetterlingspräparator Karl Ganzmann gefunden.«

»Es ist echt schlimm, was mit ihm passiert ist«, erwiderte Irina traurig.

»Jetzt lasst uns aber Essen und nicht Trübsal blasen«, ergriff Florian wieder das Wort und zog seine Freundin zum Buffet.

Auf mehreren Platten und Tellern wurden Minischnitzel, Fleischpflanzerl, warmer Leberkäse und Wurstsalat präsentiert.

Obwohl all diese Speisen zu Walters Lieblingsgerichten zählten, hatte er nicht wirklich Hunger. Seine Kollegen und Bekannten zu sehen, ließ ihn melancholisch werden. Sie waren wie seine zweite Familie für ihn gewesen.

Mit einem kurzen Signalton öffnete sich die Aufzugtür. Jürgen Markwardt trat heraus, vor ihm lief ein Mädchen.

»Darf ich vorstellen, das hier ist Mia.«

Die Kleine streckte Walter ihre Hand entgegen. »Freut mich, Sie kennenzulernen.«

Die Worte versetzten Walter einen Stich ins Herz. Er hatte die Kleine bereits auf Thomas' Beerdigung gesehen, damals war sie weinend in den Armen von Jürgen gelegen.

Mit Thomas' Tod hatte Mia einen Vater, Jürgen einen Ehemann und Walter einen liebevollen und treuen Mitarbeiter verloren.

»Du weißt, wenn ich irgendetwas für dich oder deine Familie tun kann, dann melde dich bei mir. Das gilt auch jetzt, wo ich im Ruhestand bin«, flüsterte Walter Jürgen ins Ohr und drückte den Mann. Niemals würde er Thomas vergessen.

Der Abend verging wie im Flug. Nach dem Buffet gab es einen Schokobrunnen, Sabine hielt eine Rede voller schwarzem Humor, und eine Flasche Sekt nach der anderen wurde geleert.

Um kurz nach Mitternacht fiel Walter erleichtert in sein Bett. Seine Füße taten ihm weh, und die Müdigkeit überkam ihn.
»Und, mein Schatz, wie fühlt es sich an, im Ruhestand zu sein?«, fragte seine Frau und legte sich neben ihn.
»Momentan realisiere ich das noch gar nicht. Ich kann mir gar nicht vorstellen, nicht mehr ins Büro zu fahren und mich nicht um die Verbrechen zu kümmern.«
»Dann vermisst du es jetzt schon?«
»Einerseits ja, andererseits nein. Ich freue mich auf eine wunderbare Zeit mit dir. Erstmal jedoch auf Österreich. Das wird ein wunderbares Weihnachten.«
Renate küsste ihn sanft auf die Wange und knipste die Nachttischlampe aus.
»Das wird schön. Auf jeden Fall können wir uns auf eine ruhige und besinnliche Zeit freuen. Was soll an Weihnachten in den Bergen schon Schlimmes passieren?«

Nachwort

Wenn Sie diese Worte lesen, haben Sie ihn beendet, meinen zweiten Roman *Blutroter Hass.*

Ich möchte mich zunächst bei Ihnen bedanken. Dafür, dass Sie mich unterstützt und meinen zweiten Roman gelesen haben – sei es als E-Book, Taschenbuch oder bei KindleUnlimited. Ich hoffe sehr, dass ich Sie fesseln und mitreißen konnte. Ebenfalls möchte ich mich an dieser Stelle noch kurz für das tolle Feedback zu meinem ersten Roman bedanken.
Auch bei *Blutroter Hass* sind alle Personen und öffentliche Plätze, wie der Bunker und auch das Waisenhaus frei erfunden.

Wenn Ihnen das Buch gefallen hat, wäre ich Ihnen sehr dankbar, wenn Sie es auf Amazon bewerten würden.
Eine Bewertung muss nicht besonders ausführlich oder genau sein, und sie muss auch keine Inhaltszusammenfassung enthalten. Ein einfacher Kommentar, z. B. wie Ihnen die Story gefallen hat, ist absolut ausreichend. Mich als Autor interessiert jede einzelne Meinung, und auch für potentielle Käufer sind ehrliche Lesermeinungen immer ein guter Anhaltspunkt. Viele Leser richten sich nach Bewertungen und es wäre schade, wenn eine Meinung nicht kundgetan wird, nur weil man vielleicht denkt, nicht viel dazu sagen zu können. Dem ist aber nicht so. Jede noch so kurze Bewertung oder Meinung bedeutet mir sehr viel.

Ich lese jede Rezension aufmerksam durch, und freue mich über jede einzelne davon.

Zusätzlich können Sie mir für Anregungen, Kritik oder Vorschläge entweder direkt an

Autor(at)daniel-abenthum.de

schreiben oder meine Facebook-Seite besuchen:

Daniel Abenthum – Autor

Abschließend möchte ich mich gerne noch bei einigen wichtigen Menschen und Freunden bedanken:

Bernhard Drexl, der mir, wie bei meinem Vorgänger auch, viele hilfreiche Tipps und Informationen zur Polizeiarbeit geben konnte. Mögliche Abweichungen von der Norm liegen rein an meiner persönlichen Interpretation. Danke dir, dass ich immer auf dich zählen kann und du sogar deinen Urlaub nutzt, um mir weiterzuhelfen. Vielen Dank für deine Mühe und deine Geduld!

Ronny Dohmen, auch auf dich konnte ich bei meinem zweiten Roman zählen. Danke für das tolle Cover und die Promotion-Bilder – wie immer eine perfekte Arbeit.

Lisa Schwerber, meiner Lektorin, die mir viele hilfreiche Tipps gegeben hat und den Roman erst zu dem gemacht hat, der er heute ist. Dankeschön auch für die ehrlichen Hinweise und die ausführliche Kritik.

Jasmin Krieger, meiner Korrektorin. Vielen Dank für die tolle Zusammenarbeit und die Anmerkungen und Verbesserungsvorschläge, die *Blutroter Hass* nochmal aufwerten konnten.

Jasmin Buder. Danke, dass du das Buch testgelesen und die letzten Fehler rausgefischt hast.

Daniel Bouziri, der nun auch endlich meinen ersten Roman in der finalen Fassung vollständig gelesen hat und mir nun auch bei meinem zweiten Projekt weiterhelfen konnte.

Und zu guter Letzt meinen Eltern, Roland und Corina, die mich bei der Promotion zu meinem ersten Buch unterstützt haben. Vielen Dank für eure Mühe und euer ehrliches Feedback. Ihr habt mich darin bekräftigt, weiterzumachen.

Ohne euch und viele weitere Personen wäre das Buch *Blutroter Hass* nie in dieser Form zustande gekommen, wie es jetzt vor euch liegt.

Ein großes Dankeschön gebührt auch Ihnen allen. Ihnen, die diesen Roman als Taschenbuch oder als eBook gekauft haben. Es macht mich unheimlich glücklich, dass Sie meinem zweiten Projekt eine Chance gegeben haben.

Herzlichst

Ihr
Daniel Abenthum

Weitere Werke des Autors

Blutiges Geheimnis – Ein Dorf in Angst

Die ruhige Idylle eines Dorfes am Ammersee wird erschüttert, als die mit Messerstichen übersäte Leiche eines jungen Mädchens entdeckt wird. Während die Polizei im Dunkeln tappt, begibt sich eine Gruppe Jugendlicher auf die Fährte des Killers. Dabei ahnen sie nicht, dass sie längst von Jägern zu Gejagten wurden. Kurz darauf geschieht ein weiterer bestialischer Mord … Welches düstere Geheimnis verbirgt die Gemeinde? Und was hat ein blutiges Ereignis von vor zehn Jahren mit der Mordserie zu tun?

Printed in Poland
by Amazon Fulfillment
Poland Sp. z o.o., Wrocław

77181108R00179